家卷—翔

最忆是故乡

李进章 / 著

文化发展出版社
Cultural Development Press

图书在版编目（CIP）数据

最忆是故乡 / 李进章著 . — 北京：文化发展出版社，2022.4
ISBN 978-7-5142-3736-8

Ⅰ . ①最… Ⅱ . ①李… Ⅲ . ①散文-中国-当代
Ⅳ . ① I267

中国版本图书馆 CIP 数据核字（2022）第 051166 号

最忆是故乡

著　　者　李进章

出 版 人：宋　娜
责任编辑：岳智勇　　　　责任校对：岳智勇
责任印制：邓辉明　　　　封面设计：邓小林
出版发行：文化发展出版社（北京市翠微路 2 号　邮编：100036）
发行电话：010-88275993　010-88275711
网　　址：www.wenhuafazhan.com
经　　销：全国新华书店
印　　刷：唐山楠萍印务有限公司

开　　本：710mm × 1000mm　1/16
印　　张：16
字　　数：220 千字
版　　次：2023 年 11 月第 1 版
印　　次：2023 年 11 月第 1 次印刷

定　　价：69.80 元
I S B N：978-7-5142-3736-8

◆ **如有印装质量问题，请与我社印制部联系　电话：010-88275720**

自序

故乡，一个美丽的词，让人魂牵梦萦，浮想联翩。

故乡，那是一个人的入世之源，根之所在；那是生命的港湾，身心的栖息地。如果问人生最难忘怀的是什么？不言而喻是故乡。对于每个人来说，故乡永远有着磁石般的吸引力，永远是可以温暖心房的一团火。人是故乡亲，月是故乡明。

故乡，一个深刻的词，让人千品不倦，夙夜挂牵。

故乡在游子心里总是“远山横黛蘸秋波”的秀美，总是“儿童相见不相识”的感慨。不管是李白的“举头望明月，低头思故乡”，还是王安石的“春风又绿江南岸，明月何时照我还”，其中的那份游子心，总是人间最美好、最纯洁的情怀。

“最忆是故乡”，当脑海里突然跳出这个词汇，我就喜欢上了它。我尤其喜欢这个结构的词组。“最忆”和“故乡”组合成的书名，是一种很简单的拾取，也是一个富有诗意的名字。同时，它超越了某种地域的概念，构成了一种久远深邃的意境、思想或者一幅干净、简洁的画面。

坦诚地说，这不是一本关于故乡的散文专辑，而是一本散文精选集。

但是，该书中既有直接抒发故乡情思的“故园情深”“亲吻大地”，还有间接写故乡热土上生长的树木花草，还有被视为第二故乡的“远方的家”。这些内容占据了全书的三分之二还多，因此以“最忆是故乡”作为书的名字，可以说是“名副其实”“名正言顺”的。

按照常理，书稿整理好之后，应当延请社会名人，至少也应该是本地有名望的人作序代为推荐，以壮声势，扩大影响。但无奈自己只是一个名不见经传的文学新兵，更何况几十年来的工作性质与文学不搭界，无缘相识。更加之本人性格内向，不善交际，不善言辞，也很少认识文学圈中之人。即便认识几个，名气又大，人家自己的大事都忙不过来，哪里有时间给别人写序呢？思来想去，只好作罢。

忽然间又想起“扬州八怪”之一郑板桥说过的话：“求之王孙大人，既以借光为可耻；求之湖海名流，必至含讥带讪。”未避依草附木之嫌，还是自作自序为佳。

“我思故我写，我手写我心。”于是乎便壮起胆子，鼓足勇气，给自己的《最忆是故乡》和《人生小舞台》两本拙作写自序了。

《最忆是故乡》这本散文集，分为“故园情深”“亲吻大地”“花木逢春”“远方的家”和“低吟浅唱”五辑，35篇（43集）散文。

“故园情深”一辑，是本书重点部分，共收入散文9篇（12集），包括《故乡的情思》《家乡的老屋》《故乡的炊烟》《故乡的味道》《故乡的清明节》《故乡，远逝的手艺人》等散文。既阐释了故乡是天然去雕饰的母亲，又概括了最忆念的是故乡。

在《故乡的情思》一文中写道：“每个人的内心深处，都有一块安放童年的地方，生我养我落叶要归根的地方，叫作故乡。她不论是富饶、美丽，还是贫瘠、落后，都是我们心中最圣洁的地方……”

可以说，“故园情深”中的每一篇散文，都是我生命最初的温暖，更是我生命里无法淡忘的存在。让“故乡的情思”在文字里荡漾，让“故乡的炊烟”在文字里升腾，让“故乡的味道”在文字里穿行，让“故乡远逝的手艺人”在文字里复活……何其美妙，纵使岁月老去，而心中的故乡不老，永远鲜活在灵动的文字里。

“亲吻大地”一辑，咏赞的是农作物和经济作物，收入散文 7 篇，包括《神圣的冬小麦》《玉米不了情》《家乡的红高粱》《谷子里的情事》《红薯的记忆》《花生情结》《芝麻花开入梦来》。我以为，人类是自然之子，人类与自然的一切深层联系是通过粮食来实现的，因为自然的粮食供给了人类的生命与健康。现时代，人类可以制造出各种各样的高科技产品，但绝没有能力像自然造物主（土地）一样创造一粒米出来。这不是科技无能，而是粮食太神奇。因此，我细腻地描述了各种农作物的前世今生，并用抒情的笔法，讴歌并赋予其生命的价值和意义。

在《神圣的冬小麦》中写道：“冬小麦是神圣的，因为只有神圣的植物才能够镶嵌在我们共和国庄严的国徽上。”“在北方的农作物中，没有一种作物能够像冬小麦那样，经历了一年四季：秋种、冬眠、春长、夏收。漫长的季节，孕育出饱满的生命。所以，它是一种经冬历夏的农作物，是一部生命的史诗。”

在《家乡的红高粱》里写道：“最让我不能忘怀的，是红高粱身上所体现出的气度和风格。它是那样坚韧、顽强，不挑剔、不畏惧，根植于厚土，秸秆挺拔直立，它结出丰硕的果实，却低垂着头感恩大地母亲的哺育。从红高粱身上，我分明看到家乡人民的朴实宽厚，本性率真和不事张扬的品格。”

在《谷子里的情世》中写道：“过去，小米曾是北方农民的本命食，农家人由生至死，小米儿全程陪护：‘月娃娃’时，喂小米汤；生病了，喝碗热乎乎的小米粥，以它活命；人没了，吃‘倒头饭’，灵前一碗小米饭。老辈人‘食谷而生’结下的感情该有多么深重！”“回首近代历史，共产党领导的八路军就是喝着小米饭、野菜汤，拿着步枪梭镖，赶走了吃着大米白面、装备着飞机大炮的日本人。在解放战争中，人民解放军也是靠着‘小米加步枪’，打败了蒋介石的八百万军队。”

我发自肺腑地认为，粮食包含着天地日月之精华，是自然之神奉献给人类的礼物。在田间劳作的人是最懂得敬畏粮食的人，他们惜粮如命，对每一粒粮食都饱含着深情与无比的珍惜。“粒粒皆辛苦”，对他们而言，不仅是念在口里的诗句和教诲，更是一种责任和良心……这种节俭惜福的行为，传递出对天地的感恩，对农民的深情，对粮食的敬畏。

“花木逢春”一辑，是专门写花草树木的，收录了13篇散文。树木中有柳树、槐树、榆树和香椿树。既写树，又写花。花卉当中，有君子兰、玉兰、蔷薇、绿萝；草本植物中，有人工栽培的向日葵、油菜、苜蓿，也有野生的苦菜和蒲公英。

说到花草树木，于文学可谓贡献大矣。就拿《诗经》来说，首创“赋比兴”的写作手法，于比兴一端而言，《诗经》中提到的植物多达几十篇不止。诸如“蒹葭苍苍，白露为霜；桃之夭夭，灼灼其华；蔽芾甘棠，勿翦勿伐”，等等。《诗经》中的这些篇章营造了人与自然相关的美好气氛，也为作品扩展了积极的美学元素，使人读后无不动情动容。

可以说，正是历代文人的不断咏唱，使得树木花草都充满了无限柔情蜜意，充满了可供人们把玩的情思与寄托。

说到树木，那些柳芽、槐花、榆钱儿、香椿，不仅扮靓过明媚的春天和炎炎的夏日，而且在那个缺衣少食的年代，曾经“舍弃贫弱之躯”，救人于水火，它们还都是做家具、农具的好材料。

“一花一世界”，无论是花中君子——君子兰，怒放的白玉兰，盛开的蔷薇花，还是《阳光下的向日葵》《紫花苜蓿》《最美油菜花》《守望的绿萝》，还是自由生长的苦菜花、蒲公英，都有着可亲可敬之处。

比如向日葵：“向日葵之所以迎着太阳，是因为爱的力量。每个向日葵只有一个太阳，而一个太阳却拥有了许多向日葵。”

再如玉兰花：“论花的姿色，玉兰花不逊于雍容华贵的牡丹；论花的品格，它不输于秋菊；论花的姿态，它无异于百合、墨兰。可它，却不去争春、不去撩夏、不去恋秋，偏偏要在百花凋谢、万物蛰伏、乾坤萧瑟之时开放，就连绿叶也无须陪衬。它的美，美而幽静、美而高洁，这种独立于世的品性，令人敬畏。”

在《苦菜花，母亲芽》一文中，我从独守寒窑的王宝钏，联想到经历过类似苦难的母亲：“苦菜花，母亲芽，我深深爱上这普普通通的苦菜花，始于儿时看戏、听评书对王宝钏故事的演义。王宝钏独守寒窑一十八载，‘堇荼如饴’，吃光了地里的苦菜和荠菜，终于等来薛平贵的荣归。”“我的母亲也有过类似王宝钏的苦难经历，1938 年，我父亲参加了八路军，成为 120 师 358 旅的一名战士。父亲走了之后，家里人都以为他此去定然是‘凶多吉少’‘九死一生’，便把我母亲和我 5 岁的姐姐从家里‘分出来’。没有房子居住，借住在本家二奶奶磨坊中的草屋子里。后来，经堂叔李士林向村子里争取，才为这对抗日家属母女盖了两间房子。母亲平时要带着年幼的姐姐下地劳动，在日本鬼子占领了华北平原后，经常到村子里烧杀抢掠，母亲不得不带着姐姐到处逃难。母女俩吃糠咽菜，苦度时光。直到日本鬼子投降，解放战争开始，我父亲 1947 年复员回乡。父亲一走就是 9 年，这 9 年，母亲和姐姐就像苦菜花一样顽强地活着……”

“远方的家”一辑，收录了 2 篇（共 5 集）散文，其中有我和同事视为“第二故乡”的保定曲阳和新疆喀什噶尔的故事。通常，我们喜欢用“吾心安处是故乡”来定义我们适应他乡生活后的感受，但我一直认为，故乡是有层次感的。人们常常用第一故乡、第二故乡，甚至第三故乡来概括自己生活变迁地域的认知度，每一个故乡都是一个母亲，她们在我们灵魂的天平上，根据各自的分量排布着，忠实记录着我们在生命的不同时段所努力的分量。每一个故乡，都需要我们用一生的时间去爱，这种爱，不仅仅是一种狭义的表白，更是一种精神的担当和回报。

保定曲阳与新疆喀什噶尔这两个地方都是因为我们前去讲课，而与学员结下深厚的友谊。这种师生之谊，最长的一直延续了 32 年之久，“我心中的喀什噶尔”“曲阳，我们的友谊不散场”文章的题目，就是真实而生动的写照。

本书的最后一辑“低吟浅唱”，收录了6篇（共7集）散文。包括《聆听雪落的声音》《春天的赞歌》《喜欢秋天》《迷上京剧》《小舞台，大梦想》《我当公社广播员》。这一辑，可以说是一个“拼盘”，前3篇属于抒情散文，后3篇属于叙事散文。实话实说，抒情散文不是我的优势，因为我很少写诗，而抒情散文兼具散文与诗的特点，我只得勉力为之。

在《聆听雪落的声音》里，我表达了对雪的渴望：“我喜欢雪，不论是童年村庄的雪，还是落在久居城市的雪，它总能唤起内心的愉悦。虽然在某些时候，我不喜欢冬天的严寒，但却期待着雪的身影。我愿意将那些飘飘洒洒的雪花，比作漫天飞舞的小精灵，它们带着对未来的美好希冀，装扮着冬天，也为来年孕育着希望。”

在《春天的赞歌》里，我则引用了著名作家冯骥才的一段话：“春是一种生命。凡是生命都是不可遏制的。生命的本质是生。谁能阻遏生的力量？冬天没有一次关住过春天，也永远不会关住春天。”

叙事散文是我的擅长，这可能与早年从事小说写作有关，尤其是描写各类人物，更是我的拿手好戏。试举几例。

“看到小秋，我先是被她的俊俏的容貌所吸引。她那眼神，清亮有力，身姿挺拔，一股卓然独立、风神俊秀之姿，淡定从容之质，皮肤紧致，完全看不出已是年逾半百之人。”（《小舞台，大梦想》）

“张小妥中等身材，一头漆黑的齐耳短发，瓜子脸，细眉毛，眼睛不大、清亮有神。给人印象比较深的是她那张嘴巴，比一般人要大一些。她平时爱笑，笑起来，嘴巴显得更大了。所以，她一边笑，一边下意识地用手把嘴巴给捂起来。”（《我当公社广播员》）

西方作家福克纳有句名言：“我的像邮票那样大小的故乡是值得好好描写的，而且，即使写一辈子，我也写不尽那里的人和事。”一个写作者可写的东西很多，但故乡是一个永远绕不开的广袤概念。

在《最忆是故乡》这本书里，我希望以35篇（43集）散文来表达自己对于故乡的真诚与善意，表达对于世间事物的热爱和感动，结果到底如何？我无法预料，也超出了我的能力范畴。但我始终相信，这个社会仍然坚持阅读的人，一定是比较优雅而有情趣的人，他们见到哪里有阳光，就会毫不犹豫地奔跑过去。万物皆有灵，万物皆有声。情感的微妙，只可意会不可言传。

是为序。

目 录

第一辑 故园情深

第二辑 亲吻大地

第三辑　花木逢春

第四辑　远方的家

第五辑　低吟浅唱

第一辑　故园情深

故乡的情思

故乡，是我们年少时，想要逃离的地方，是我们年老想回去，可能已经回不去的地方。故乡，是清明的那炷香，是中秋的那轮月，是春运时的那张车票，是不经意间流露出的乡音。故乡，是起点，是终点，即便永远回不去，也依然是心中最柔软的那个地方。

——题记

每个人的内心深处，都有一块安放童年的地方，生我养我落叶要归根的地方，叫作故乡。她不论是富饶、美丽，还是贫瘠、落后，都是我们心中最圣洁的地方。这个地方也许不是很恢宏，但却是我们穷其一生也走不出的地方。她那母亲一般深沉的目光，总是把我们牵挂。故宋代王安石诗云："春风又绿江南岸，明月何时照我还。"然而我想：游子们思念的岂止是亲人、亲情？更思念故乡浓浓的乡情，思念故乡的月朗风清，思念故乡的风土人情，思念故乡的黄土地，思念故乡的小桥流水。心里总是渴望踏上故乡的沃土，呼吸一下乡间的清新空气，喝一口故乡甘甜的水，捧起一把湿润的泥土，闻一闻故乡大地气息的愿望。

我的故乡安平县，是河北省衡水市最北端的一个县。这里没有高山，没有丘陵，是一望无际的大平原。这里有滹沱河、潴龙河两条古老的河流。但由于连年干旱，20 世纪 60 年代中期就已经干涸了。

我的故乡是一个有着几千年文明历史的地方，自汉高祖时置县，因"官民安居乐业且地势平坦"而得名，"王莽赶刘秀"的故事在这里留下千古传奇。自东汉以来，就以学术著称，人才辈出，唐代更是达到巅峰。整个唐朝科考 263 次，博陵崔氏一门出了 9 名状元，为宰相者 16 人。

这里是丝网之乡，明弘治年间，安平人即以马尾织罗，1918 年，徐老山以金属丝制罗底，成为现代丝网的创始人。从马尾罗到现代的耐力赛马，安平一直骑在马背上。

我的故乡是革命老区，诞生于 1923 年的中共台城特别支部是全国第一个农村党支部，建立于 1924 年的中共安平县委是河北省第一个县委；1938 年，冀中区党委、冀中行署、冀中军区等均在这里创建，是冀中抗日根据地的诞生地和发祥地。

新中国成立初期，党号召农民成立农业合作社，南王庄村的王玉坤、王小其、王小尨，曾被誉为"全国五亿农民的方向"。

我的故乡在文学方面有两朵花，古有"去年今日此门中，人面桃花相映红。人面不知何处去，桃花依旧笑春风"的唐代诗人崔护；另一朵花，即是"荷花淀派"文学大师孙犁。

悠久的历史，现代的文明，都无法抹去留在人们心头的那些曾经的伤痕记忆。

作为土生土长的安平人，作为一名"50 后"，我们这一代人，是与故乡同甘苦，共患难的一代人。我们经历了由贫困向小康，由计划经济到市场经济，由生产方式落后到科技进步最快，社会变化最大，生活方式变化最显著的变革。

20 世纪五六十年代，新中国百废待兴，严峻的国际国内形势，薄弱的工业基础，落后的农业生产方式，加之旱灾、洪灾等自然灾害连绵不断，才使得人民的基本生活水平低下。正如故乡当时的一首民谣所说:“四个兜的中山装。高粱红薯吃得香，住的都是砖混房，走亲访友用脚量。”幸运的是，我们和故乡，没有经历兵荒马乱的战争、颠沛流离的逃亡、国破家亡的痛楚、妻离子散的悲伤。这一切都归功于共产党的英明领导，归功于社会主义制度的优越性。

改革开放 40 年，故乡同伟大祖国一样发生了翻天覆地的变化，形成了以丝网、生猪两大产业为主导，汽车配件、卫生洁具、化工等行业竞相发展的产业格局，全县经济始终保持了快速、健康的发展态势。先后被命名为“中国丝网之乡”“中国丝网产业基地”“中国丝网产销基地”“国家生猪活体储备基地”“全国科技工作先进县”，全国第一个“国家级县域经济信息化试点县”。

改革开放 40 年，不仅是国家跨越发展的 40 年，也是故乡经济文化教育各项事业发展变革的 40 年，更是一个人在国家奏响的主旋律中拼搏奋斗的 40 年。经历过改革开放 40 年的故乡人，见证了一段美好的岁月，点点滴滴之间无不渗透着温馨幸福的气息。我们这一代人，既是受益于改革开放发展的一代人，又是千千万中国老百姓沐浴改革春风砥砺前行的一个缩影，笑看泱泱大国勇立潮头，乘着改革开放的劲风，故乡以全新的姿态迈向新的征程。

1978 年，恢复高考的第二年，我考上了大学，毕业后留校任教。1989 年随着老人、家属、孩子的户口“农转非”，我从此告别了亲爱的故乡。

虽然，我工作的省城，离故乡不算很远，但由于工作繁忙，加之故乡已没有了亲人，我只在每年清明节回故乡一次，来去匆匆。但脑海中时常感觉故乡在召唤着我回去走走，去看看。

去看什么呢?

故乡旖旎的风光召唤着我回去。昔日泥泞狭窄的乡村土路，已变成了宽敞的柏油马路，乡村通、路路通，纵横交错，四通八达。过去一条通往深州市前磨头的窄轨铁路上行驶的小火车，早已跟不上时代发展的步伐而被淘汰了。过去全县唯一的一栋标志性建筑原粮食局两层小楼，早已成为历史。如今不仅县城处处高楼大厦林立，而且，不少新农村新社区也有了带电梯的高层住宅楼。昔日的丑小鸭正在变成白天鹅，汉王公园、平安公园、如意公园，集休闲、健身、娱乐为一体的休闲场所，杨屯村上万亩金灿灿的油菜花，正在建设的马术小镇、马术演艺中心、马文化博物馆……中国马城在向我发出邀约。

故乡众多传统历史文化召唤着我回去。修葺一新的孝义圣姑庙，全国第一个农村党支部纪念馆，孙犁故居及纪念馆，“四季见绿、三季开花”的汉王公园，以及安平中学、安平二中、安平职教中心宽广的教育一条街……吸引我这位从教近 26 年的教育工作者前往参观。

故乡的特产、名小吃召唤着我回去。故乡的特产有从汉朝就开始种植的小白嘴山药，甜糯细嫩，是有名的滋补佳品。还有 600 多年历史的郑庄挂面，曾经作为“贡品”。它选用优质小麦，纯手工制作，具有“洁、白、净、细、干”五大特色。食之柔韧、滑爽、筋道，营养丰富。故乡的名小吃有秫面饼（高粱面饼）裹小白条鱼、驴肉火烧、炉糕、咸食、饹馇、油炸知了猴等，不仅让从安平走出的老前辈们常常思念，也让离乡的游子们垂涎不已……“想吃就回家”，仿佛母亲在召唤。

故乡的传统产业金属丝网召唤着我回去。经过改革开放 40 年的发展，故乡的丝网业已如日中天，形成了规模产业。据悉，其产量已占到世界总产量的百分之九十以上，每年一次的“安平丝网博览会”，吸引着世界各国客商云集。丝网业有句行话，叫作“有业必有网”。意思是说，世上所有的行业都需要种类不同的丝网产品，上至最尖端的航空航天，下到人民群众的日常生活，都离不开丝网及其制品。浏览琳琅满目的丝网产品，让我心中充满自豪感。

故乡的亲情召唤着我回去。按照故乡的习俗，每年清明节都要扫墓拜祭先祖，这时在外的游子纷纷回乡进行拜祭，相约在美丽的故乡。春暖花开或秋高气爽时节，好友相聚，把酒言欢，亲情浓浓。

故乡晚辈的婚嫁喜事召唤着我回去。搭棚摆桌，亲朋云集，举杯同乐，喜气洋洋。平时难得见面的亲友，这时都能见到了，捧起酒杯，拉近了亲情。

故乡在我的眼里，一切都是那么富有诗意，那些“自在飞花轻似梦，无边丝雨细如愁（宋·秦观）”的风光，那种“深知身在情长在，怅望江头江水声（唐·李商隐）”的挚爱，那种“休对故人思故国，且将新火试新茶（宋·苏轼）”的意境，那种“桃李春风一杯酒，江湖夜雨十年灯（宋·黄庭坚）”的成长，就如一幅幅优美的画卷，无论怎样欣赏它、怎么赞美它，都不为过。

袒露自己的胸怀，放松自己的心情，用讴歌的情怀去赞赏、回忆、讴歌故乡，去追寻久违了的故乡的香甜与恬美，感念生命的交响与光彩。

故乡巨大的变化，崭新的面貌，连同她那古老的故事，都宛如一段如诗如画的岁月，都会让所有离乡的游子魂牵梦萦……

故乡的味道

味道，比喻某种感受，出自《吕氏春秋·适音》：“口之情欲滋味。”

在自然界，在人世间，每一缕时光都有自己的味道；每一条河流，都有自己的味道；每一座村庄，都有自己的味道；甚至每一个人，也都有自己的味道。

在我的记忆里，家乡是有味道的。这种味道自然而淳朴，温暖而亲切，它令人陶醉，难以忘怀，历久弥新……

家乡的味道，从我呱呱坠地时便开始有了，它来自母乳的香醇甘甜，那是人生最原始的味道。以后随着岁月的流逝，从童年到少年，自然的生长，家乡的味道在慢慢地积累沉淀，日渐丰满。无论你走到哪里，身在何处，离乡的日子久了，每到闲暇或节日的时候，浓浓的家乡味道便会涌上心头。久而久之，这种思乡之情，就会在心中滋生出根须。随了根须，家乡的味道也就在意识中不断地成长，成长出了思念，成长出了乡情……

家乡的味道，来自清晨人们挑水的声音。在没有自来水的年代，水井，是一个村子的“命根子”。因为有了井水的润泽，才会六畜兴旺，生机勃勃，人们才世世代代繁衍不息。水井，曾是华北平原上的村庄里最核心的标志，一个村庄倘若没有吃水井，那是不可思议的。

我小时候，村子里有一口水井，乡亲们习惯地把它称为“洋井”。这口水井坐落在村子大街的中央，离我们家不到一百米。这口水井始于哪一年？为什么叫它“洋井”？我打听了村子里不少上了年岁的老人，都没有得到确切的答案。

这口“洋井”的水很深，很清澈，水质特别好，喝起来带有一股甜丝丝的味道。“洋井”的水量充沛，不仅可以保障全村人、畜的饮用，还可以供邻村整个村子的人饮用。

或许是这口井的水采自地下深水层的缘故，“洋井”里的水夏天时是冰凉凉的，将刚从地里摘回来的西红柿、黄瓜、西瓜等，放进井水里“拔”一会儿，瓜果会更加清脆、爽口；冬天时，井水又是温暖的，井口腾腾地往外冒着热乎气儿，用新挑回来的水刷锅洗碗，一点儿也不觉得冰手。

每天天刚蒙蒙亮，勤快的人们就起来挑水了。住在村北的人挑水多数从我们家过道里路过，开始听到的是挑着空水筲（木制的水桶）的晃悠声，然后听到水井旁传来的咕咚的提水声，不久就听到扁担发出的颤悠悠的声音和咚咚的脚步声，像一首晨曲，唱响了村子的黎明……

家乡的味道，来自黄昏那袅袅的炊烟。每当暮色向晚，家家户户的烟筒里，一缕缕炊烟升腾在空中。想来，故乡的炊烟是一种召唤。炊烟飘起，是在悄悄地告诉在田间劳作的家人，抑或是在外疯玩的孩子，该回家吃饭了。过不了多久，就会传来妇女们呼儿唤女回家吃饭的叫嚷声：那声音有高音、低音，还有中音；有“桃花”“贵龙”等挺好听的学名，也有“狗蛋”“臭娃”“屎壳郎”等怪不中听的小名。

炊烟，还有一个特殊的功效，就是预报天气。当空中的炊烟被云层压得很低的时候，就预示着近期之内要有雨水降临，这一点，家乡有一句古老的农谚：“烟头不起高，雨不过三朝（读 zhao）。”

家乡的味道，来自辽阔无垠的黄土地。少小时节，泥土就是最好的玩伴。无论是捏泥娃娃、搓泥钱，还是刻泥模子，都能够达到废寝忘食，夜以继日的程度。自制的泥哨子，可以无师自通地吹出抑扬顿挫、长短不同的声调，陶醉其中。年纪稍长，和泥土的关系更加亲密无间：挖野菜、割草、拾柴火，大部分时间都和泥土掺和在一起。

常言说“地种三年亲似母”，这句话可以说是把人和泥土的关系诠释到了极致。“小子不吃十年闲饭。”从开始读“完小”（完全小学的简称，指小学五六年级）之后，每逢学校放麦秋假，便跟着大人到生产队里参加劳动，捡麦穗、掰玉米、掐谷穗等，生产队给记半个劳动力的“工分”，自此与土地有了更加亲密的接触。长大成人后，学会了间苗、锄地、割麦、打场等各种农事劳动，开始嗅到了泥土独有的味道，那是淡淡的幽香中混杂着的一股腥气的味道。

家乡的味道，来自各种饭菜的清香。游子对家乡的眷恋，既有对家乡亲人的牵挂，又有对家乡饭菜的眷恋。

俗话说“一方水土养一方人”“一方水土滋生一种味道”，这种味道在每一个人的身体里根深蒂固，形成了与家乡之间的维系。“民以食为天。”食以地为本，一种普通的吃食，除了用以果腹之外，还有着它独特的文化内涵。这种底蕴深厚的文化内涵，往往以乡风食俗为背景，缠绵、淳朴和厚实。

美食即亲情。天南海北的筵席，品尝的是一份新鲜和好奇，而家乡的农家饭菜才是舌尖上永恒的美味。“秫面饼裹小鱼”“咸食”“炉糕”“芝麻饹馇”“炒花生面糊”……这些童年时的美味积攒起来，就是舌尖上的温暖，更是家乡永远的味道。

家乡的味道，来自那浓浓的乡音。我的家乡安平县东两洼村，地处安平与饶阳两县交界之处，东南北三面毗邻饶阳的村庄，因而与这些村庄联姻的男女为数不少，所以在我们村子的乡音里，既有安平的口音，又夹杂着一些饶阳话的语调，成为一种特有的、一成不变的乡音。那带着泥土气息的乡音，是走遍万水千山也寻不到的最妥帖的温暖。

记得小时候，听说过一个笑话：一个本村的年轻人到外地走了一遭，回来后衣着打扮变了，连说话的口音也变了。有人问他：“你什么时候回来的？”他答道：“昨儿晚上。”乡亲们听了都暗自发笑，因为用我们家乡的土话说，应该是“夜啦后晌”。第二天到了地里，他看到荞麦开花了，便撇着外地口音问他爹说：“红枝绿叶开白花，那是什么东西呢？”他爹气得扇了他一巴掌，他立马改口道：“俺知道，那是棱子（方言，指荞麦）。”这个笑话给我留下了极深的印象，我清醒地意识到：无论你去向何方，走了多长时间，回到家乡都要改说家乡话。否则，乡亲们会瞧不起你，拿你不当家乡人。

我离开家乡有40多年，由于教学和工作的需要，平时说的都是标准的普通话，而一旦回到家乡，立刻变成地道的家乡口音。乡亲们见我这么多年出门在外，依然“乡音未改”，很快便拉近了距离，与我亲密地唠起嗑来。那熟悉的乡音，依旧是那么亲切，仿佛只有在家乡，才没有虚伪的寒暄，做作的恭维，只有殷殷的温暖，亲切的问候，让你久久感动。

家乡的味道，来自夜空中那一轮皎洁的月亮。月光下，儿时的我们一起玩游戏、捉迷藏；月光下，一起听大人们说笑话、讲故事。我一走，月亮也走；我在大街上，月亮也在大街上；我回到家，月亮就在家门口。那一轮明光光的月亮啊，始终都在我的头顶上不肯离去。有多少个幽深的黑夜里，我都是寻着那一缕银白的月光，嗅着月亮的味道，顺利地找到了回家的路。

“月是故乡明”，城市里的月亮也是大而圆的，但它终究抵不过家乡的月亮，因为家乡那一轮明月，早已镶嵌在我的心底，早已深深地雕刻在我永恒的记忆里。

家乡远在身外，味道品在心头。

家乡的味道，是鲜活的，精神的，历史的；家乡的味道是可以传承的，发扬光大的，永远抹不掉的。

家乡的味道，是来自灵魂的，不管是浓是淡，是苦是甜，生活的五味杂陈，都蕴含在其中。洗尽铅华，过尽千帆，才能感悟。只有看惯花开花谢，月缺月圆，历经风雨，四季变换，方可从容不变，随遇而安。

家乡的味道，来自一年四季，它是初春盛开的桃花、杏花、梨花的清香，是夏天洁白如雪的槐花浓香，是秋季遍野的瓜蔬果香，也是冬天雪后家家户户升腾的炊烟芳香……

家乡的味道，来自物化的世界，是风雨的味道，阳光的味道，也是时间的味道，人情的味道。这些味道，已经在漫长的时光中和故土、乡亲、念旧、勤俭、坚韧等情感和信念混合在一起，才下舌尖，又上心间，让我几乎分不清哪一个是滋味，哪一种是情怀。

家乡的味道只有家乡才有；家乡的味道只有儿时的家乡才有；家乡的味道也只有在游子心里历历在目，刻骨铭心……

家乡的老屋

近日，偶读明代文学家归有光的《震川先生集》，很快被其中的《项脊轩志》所吸引。这篇散文曾被编入多种版本的中学语文课本，可惜我们上学时并没有接触。在这篇回忆性记事散文中，作者借一轩以记三代之遗迹，睹物怀人，悼亡念存，叙事娓娓而谈，用笔清淡简洁，表达了深厚的感情。我尤其喜欢文中一段关于老屋景致的描写："借书满架，偃仰啸歌，冥然兀坐，万籁有声；而庭阶寂寂，小鸟时来啄食，人至不去。三五之夜，明月半墙，桂影斑驳，风移影动，珊珊可爱。"读之，真想去这样的老屋。读着，读着，不由自主地想起了自己家乡的老屋……

我家的老屋，并非我的出生地，我的出生地在父亲 1938 年参加八路军后，村子里为母亲和姐姐这对"居无住所"的母女盖的两间"抗日家属房"。后来，这两间宅基地，应本家堂叔李士恩的请求，用他们家村东的一片大水坑置换出去了。

建新房子的时候，我还没有学会说话、走路，更没有记忆。建房子的宅基地是平分来的，建房子的一应花销，多半用的是父亲退伍时发给的安家费，其余的是靠父母种地、姐姐纺线织布积攒下来的钱。

到我记事的时候，我们家不仅有了正房三间，还有东配房两间和大门垛。那时候，刚翻身解放不久的贫苦农民，能够住上自己盖的新房子，还只是少数。记得村子里流传着一句老话：“一辈子不盖房，自在王。”这也说明，农民盖一处房子是多么地艰难！

我家的新房子，是老式的砖木结构，外墙用青砖横垒一行（音杏），竖垒一行，里边则用的全是土坯，然后用麦秸泥抹平。房顶是在隔山墙上放两柁大梁，托起十几根檩条和百余根椽子，上面铺一层用秫秸箔，再铺一层芦苇箔，然后积坯抹泥而成。房顶呈坡状形，后高前低，利于下雨时排水。我们村管这种房子叫作“绰斗房”（方言，即砖混房），60年代，农村多数都是这种房子，少数富裕人家才盖得起里外都是砖的“卧板房”（方言，指全砖房）。

在一家人搬进新房几年后，我才依稀记得，母亲常常用她那温暖有力的手臂，从我的胳肢窝下搀扶着我，让我学习走路，每次跌倒时，抬头总能看到她渴望的眼神和眼中闪烁着的明亮的光，支撑我一次次跌倒又爬起，更照亮了我今后前进的道路和方向。最初的印象是，小小的我经常在院子里游荡，感觉那院子好像被“如来佛”困在手掌心的孙悟空似的，怎么也走不出去……

我三四岁的时候，身体单薄柔弱，经常闹病，一闹病，就请西医或中医看病开药。我至今仍清晰地记得，母亲一只手捏着我的鼻子，另一只手端着碗往我嘴里灌那苦涩的药面或者药汤时的情景，所以后来我宁愿打针，强忍一时之痛，也不愿意再吃药了。

在我们这个李姓家族里，堂兄弟们有十几个，其中比我大两三岁或者四五岁的有小卷、同普、文泽、文普等大哥哥，他们都喜欢来家里陪我玩。看着他们在院子里弹珠子（玻璃球）、玩扑克牌、弹杏核等，心里可高兴了。一到了晚上，我家里更是热闹非凡，大人小孩坐了一炕头，都喜欢听我父亲讲故事。

我父亲经多见广，肚子里装满了有趣的故事。有时讲他自己的亲身经历，他当八路军时是如何打日本鬼子的，有时候讲评书《三侠五义》《西游记》《薛刚反唐》里的故事，有时候还会讲一些《聊斋》里的精灵鬼怪。他们一个个听得聚精会神，可是到了要回家的时候，外边天黑漆漆的，伸手不见五指，一想起故事里的那些妖魔鬼怪，他们心里就害怕起来，一边走一边大声地吆喝着，为自己壮胆。记得有一次，一位小哥哥因为胆小，就假装睡着了，结果在我们家睡了一夜。

我们家这个地方，老辈子是熬硝盐的地方，由于盐土长年累月地堆积，就形成了村子里的最高点之一。1956 年、1963 年河北中南部地区两次遭遇特大洪水，我们村子处在省里划定的泄洪区下游，是洪水冲击的对象。那时村子四周虽然有“围村埝”（类似河堤）作为屏障，但是在发狂的洪水猛兽面前，根本就不堪一击，洪水过处，全村房倒屋塌，哀鸿遍野。

早在洪水到来之前，几家远亲近邻，都搬到我们家里来避难，其中有一个远房亲戚家，一下子就来了五六口子人。洪水期间，里屋外屋，炕上炕下，都睡满了人。我们家里的粮食很快吃光了。大人们就蹚着水，推着面布罗，到地里去挖红薯。经过水浸泡过的红薯，蒸不熟，煮不烂，吃起来脆生生的。好不容易挨过洪水退去，国家的救济粮下来，才解了饥荒。从这个意义上讲，我感激自家的老屋，是它在两次特大洪水危难时刻，挽救了我家和其他乡邻共二十几条性命。

1969 年农历腊月二十六，我和爱人结了婚，住在正房的东间屋。婚前请本家的大伯帮着给吊了顶，墙上贴上了花纸，布置得干干净净。后来，我们的女儿和儿子先后出生了，他们都诞生在自家的炕头上。有了孩子，生活里平添了许多乐趣，老屋也显得有了生机。

随着时光的流逝，孩子们渐渐长大了，老屋也显得老旧了，土坯墙上，时不时有土粉末落下来。

1978 年，我考上了大学，迁移了户口。1983 年，在我大学刚刚毕业留校不久，母亲就因患癌症去世了，离开了她流血流汗参与盖起来的房子，离开了她住了大半生的老屋。

1985年，我父亲和我的妻儿离开了家乡的老屋，随我到了大城市租房居住。那五年是我一生中最艰苦的五年：吃粮没有粮本，两个孩子上学没有户口，每月要交25元“借读费”，那时我一个月工资仅有40多元钱。看到我每天晚上骑自行车外出讲课，挣点讲课费，补贴家用，要等到夜里11点左右才能回家。于是，父亲对我说：“实在不行，把咱家里的老屋卖了吧！”我说：“不行，老屋是你和母亲，还有姐姐辛辛苦苦地盖起来的，也是将来你留给我们的宝贵财产，就是再苦再难，我也绝对不会卖掉老屋！”

1989年，在组织的关心和同事的帮助下，我一家人由农业户口转成了商品粮户口，从此彻底告别了家乡的老屋。

1994年，86岁的父亲去世，我将他的骨灰盒在老屋停放了三天，然后埋葬在村子的公墓里。倘若当初把老屋卖掉了，那么父亲的尸骨将无处停放。记得我小时候的玩伴、曾任村委会主任的李纪庚多次说过：“咱村在外边工作的人当中，我看谁都不如进章叔叔有远见，人家不管日子过得多么艰难，自家的老屋也舍不得卖掉。”

我知道，老屋迟早是要倒掉的，因为母亲在世的时候常说：“人是房屋的芯子，不住人了就坏得快。”果不其然，先是东配房倒掉了，又过了几个年头，正房的屋顶也坍塌了，坍塌得我的记忆四散飞溅，无处可藏。

老屋可以坍塌，但窗户不能坍塌。在我儿时的记忆里，母亲喜欢靠窗前坐着，借着明亮的月光做针线活，除了我做作业，是不轻易点灯的。因为那时候买煤油点灯很贵，要点灯也多是用柴油。柴油的气味熏得人难受，熏得鼻子眼里黑漆漆的。我家的窗户，是我感到最幸福的窗户，母亲常唠叨说，我打小就是个很黏人的孩子，她有事要出门，我就趴在窗台上，小脑袋探出窗户眼（北方人家给猫出入留的口子），往屋子外面盯着，盼望着母亲快一点回来……

老屋可以坍塌，门槛可别动啊，门槛上坐着一个身上生疮，赖赖巴巴的男孩子。我小时候，身上总爱生疮。俗话说“贫生虱子，富生疮”，这话说得可不全在理，咱家又不富，怎么总是身上生疮呢？一生疮就要吃口服药，或者贴膏药，弄得我浑身没有力气，就喜欢坐在门槛上。理由很简单，后背上生疮，不能总在炕上躺着，屋里太闷太暗，屋外虽大却没有依靠，我最喜欢坐在门槛上。而母亲不是在里屋就是在外屋干活，屋里屋外，都给了我很安全的感觉。

老屋坍塌了，总想着给它做一个彩钢屋顶，一旦宅基地登记确权，也好有个囫囵房子在那里戳着。当我把这个想法跟村里的负责人说了以后，他劝我说：“咱村是新民居建设试点村，土地全都规划出去了，宅基地也不会确权了，你弄那个有啥用，过不了三年五载就糟朽了。”

去年清明节回老家，听人说县里有造水泥房子的，在丈量了宅基地的尺寸后，就在工厂里把房子加工好了，到时候用吊车吊到原址，经过加固，房子就做好了，不仅结实耐用，而且价格还不贵。为此，我和老伴专门去外村一户人家参观，看完后觉得确实非常地道，而且造得是二层小楼，也没花多少钱。我要了工厂的电话，打了过去。人家问：“你家是在路边吗？”我说：“没有，在过道内。”又问：“你家那过道有四米宽吗？”我回答：“没有，连两米都不到。”就听人家说：“那我们做不了，进不去吊车，没法做。”一个新的构想没有实现，只好就此作罢。

“离乡千万里，还是家乡人。”老屋是我一生的念想，是我人生历程的一个驿站。城市里的楼房虽然宽敞明亮，但也赶不上老屋温馨。那里有我童年的快乐，年少时的记忆，青春的奋斗；那里有母亲温暖的怀抱，有父亲谆谆的教诲，有亲情的流淌。老屋，承载着我一家人一起走过的风风雨雨。

老屋岁月，忆此一生。

故乡的炊烟

炊烟是乡村固有的一个特殊的符号，有炊烟就有村庄，有村庄就有人家，就存在着温馨与安宁。在辽远的土地上星罗棋布地生长着村庄，大片大片的炊烟笼罩着村庄的身躯，浸透着人们的心脾。

炊烟是乡村的灵魂，它不仅有形态，有色彩，有声音，还有浓浓的味道。炊烟还是乡村的眼睛，她翻过一座座山，越过一道道梁，深情地把在外地的游子张望。

有人说："炊烟是房屋升起来的云朵，是柴草灶火化成的幽魂，是村庄的声息和呼吸。"其实，我觉得炊烟更像是村庄的一道美丽的风景：寂静无声的老屋，灶台旁倦倚着的那只懒猫，锅灶前忙碌着的母亲的身影，灶膛里噼啪燃烧着的柴草，"呱嗒、呱嗒"的风箱声响……

当炊烟袅袅升起来时，村庄上空缭绕着一幅动态的画面：忽聚忽散，忽高忽低，飘飘悠悠，混杂着各种柴草燃烧后特有的味道，散发着饭菜的香味，把一份灵动感，浸染给了整个村庄。

炊烟是画家笔下浓墨重彩的油画，从早到晚不停地变换着色彩。

年少时，我们早上起床之后，第一件事不是读书，而是背着荆条筐到田野里去揪菜、砍草或者拾柴。此时，太阳刚刚从地平线上升起，远远望去，村子里一缕一缕炊烟升起，报道着乡村的黎明。那炊烟沿着屋檐，随着清风，缠着树梢，袅袅上升，婀娜多姿。它调皮地跳跃着，有时候跃上天空，成为与蓝天相伴的云彩；有时候贴着地面而行，化为寂寞行走的诗行。

午间的炊烟是庄稼人匆忙的步履，在我们放学回家的路上，在一阵阵嘹亮的歌声中，炊烟又一次悄然地爬上屋顶。炊烟中，依稀可以望见母亲在院子里择菜、洗菜。收音机里传出袁阔成播讲的那一波三折、扣人心弦的评书——《烈火金刚》。不同于早饭的是，午饭虽然简单，但一定要吃得硬实抗饥饿。因此，午间的炊烟往往急速地升起，瞬间又消逝，一如庄稼人夏收秋收大忙时脚不沾地的身影。

傍晚的炊烟是最漂亮的，也最能体现农家生活的细致与温馨。当金色的夕阳隐没在小树林下，从乡村的房屋高高竖起的烟筒里，升起一缕缕炊烟。伴着夕阳踏上归途的老牛，因告别了劳作的负荷，心情变得轻松，它那难得的哞——哞声欢叫，也宣告了父亲与社员们一天辛劳的结束。于是，母亲拉起风箱，燃旺灶膛中的火苗，随着锅碗瓢盆的响声，农家饭菜的清香顿时飘散开来，而母亲呼喊我们回家吃饭的声音，此起彼伏。渐渐地，天色暗淡下来，炊烟也无声无息地消失在苍茫的夜色之中。

有人说，“乡村的早晨，因炊烟而令人迷恋；乡村的正午，因炊烟而令人流连；乡村的傍晚，因炊烟而令人陶醉”。炊烟，从早到晚飘飘散散，它是乡下女人在灶间的艺术，是乡下汉子放飞的劳动歌声，是乡下孩子嘴里背诵着的古诗词，是乡下老奶奶望儿归来的真情……

炊烟不仅一天到晚地变换着色彩，而且一年四季形成的景致也有不同。我觉得最漂亮当属冬季的炊烟，因为雪花不停地飘落，天气分外寒冷，我们老家不出产煤炭，加之那时交通闭塞，煤运不进来，人们只好烧土炕取暖。由于烧的木柴多，灶火很旺，炊烟冒得也最欢，在冰雪的冬天更显得清晰壮观。到了春天，晨风中的炊烟袅袅，像在述说着乡村的原始故事；在夏日，由于空气干燥。炊烟飘浮得最远，最飘逸，最能体现村庄的声息和呼吸的意境；在秋天，炊烟在天高云淡里飘逸，给大地增添了一种别样的朦胧，尤其是在秋夜月光下，更显得稀薄升腾，在丝丝缕缕的炊烟里，装饰着月亮的缥缈。

在中国文人的眼里，炊烟有着更为丰富多彩的诗情画意和深邃的含义。

在陶渊明的眼中，“炊烟”是山水，是田园，是他心灵的居所：“暧暧远人村，依依墟里烟。狗吠深巷中，鸡鸣桑树颠。”（《归园田居·其一》）陶渊明的世外桃源，充满浓浓的烟火气，也充满了闲适与宁静：“户庭无尘杂，虚室有余闲。久在樊笼里，复得返自然。”（同上）

在宋代词人刘克庄的心里，“炊烟”是百姓，是山河，也是家国。金人占据了北方，那袅袅升起的炊烟中，不再有田园的风光和静谧，而是日月难圆和山河的破碎：“浙河西面边声悄，淮河北去炊烟少。”（《忆秦娥·梅谢了》）

写炊烟最多的，当属南宋文学家、史学家、爱国诗人陆游：“岭谷高低明野火，村墟远近起炊烟。”（《暮秋》），“遥望炊烟疑可憩，试从行路问村名。”（《闲游》），“贫家灶冷炊烟晚，待得邻翁卖药回。”（《秋光》）这些都是他写的。可见，陆游对田园袅袅飘逸的炊烟有多么喜爱。

在现代，有着“新江西诗派”之一美誉的诗人胡刚毅的诗歌《炊烟》里，“炊烟”好似奔流的小河：“模仿村旁流向赣江流向长江的小河，炊烟流向暮色四合的天穹，缓缓伸向天空。”炊烟在天穹上流动，揿亮夜幕无数星星。瞬间，小河接住多少抖下来的大眼睛。小河也在农人的心里流动，从历史深处缓缓走来，流向未知的未来。

在我童年时，记得母亲经常对我说：“炊烟就是咱庄户人家灶火膛里开出的花，花一开就有饭菜吃，天天饭菜香，就是好日子。”那时候青葱懵懂的我，对母亲的话一知半解，每天在意的只是母亲又做了什么好吃的饭菜，对于一天三次从烟囱里冒出的炊烟，并没有多少感动与思考，正所谓：“饥望炊烟眼欲穿，一心只想肚儿圆。”

在我离开故乡42年后，有一次在睡梦里又看到了故乡的炊烟，醒来后终于有所感悟："原来炊烟是和思念缠绕在一起的。"又想起母亲当年对炊烟的比喻，突然觉得母亲就是一个农民诗人。

如今我深切地感受到：炊烟不仅是庄稼人灶台上开出的花，它还是一幅自由舒展、浓淡随意、黑白交织的油画，氤氲在乡村的上空，它就像20世纪表现主义艺术的先驱、挪威画家蒙克的油画作品，画中的奇妙意境只有看懂它的人才能体会得到。而且这幅画的色调永远都是暖色的，因为它的作者是母亲。

我不知道故乡的炊烟在其他人心目中是一个什么概念，但对我来说，故乡的炊烟是联结我生命的血脉。

如今，炊烟已从乡村里消失，昔日贫穷落后的乡村已离我们越来越远了，乡村城镇化的步伐在逐步加大。也许，这就是人类社会向文明发展的必然趋势。

随着人民生活越来越好，鸡鸭鱼肉不断，可我总觉得用不锈钢锅、电饭锅、高压锅做出的饭菜和炖出的肉，没有乡下的土灶铁锅里做出的饭菜有味道。因为，我是在故乡的炊烟下长大的，对母亲在土灶铁锅里做出的饭菜有一种与生俱来的怀念，或许就是这种怀念冲淡了现在饭菜的滋味吧！

故乡的清明节

每年临近清明的时候，心中总会有一丝寡淡而悲凉的哀愁，缠绕在心间，挥之不去。不知道，到了清明节那天，纷飞的细雨是否会如期而至。仿佛是只要有了这细雨，清明才更能显得出它的味道来。是清明成全了这场细雨，更是这细雨衬托了清明。伴着飘洒的细雨，才更能催生人们心中那种哀愁和悲痛。

清明是我国的二十四节气之一。在二十四个节气中，既是节气又是中国传统节日的只有清明节，2006 年被列入第一批国家级非物质文化遗产名录，2008 年清明节被确立为国家法定节假日。

我国传统的清明节大约始于周代，已有二千五百多年的历史。清明最开始是一个很重要的节气，清明一到，气温升高，正是春耕春种的大好时节，故有“清明前后，种瓜种豆”“植树造林，莫过清明”的农谚。后来，由于清明与寒食的日子接近，而寒食是民间禁火扫墓的日子，渐渐地，寒食与清明就合二为一了，而寒食既成为清明的别称，也变成清明时节的一个习俗，清明之日不动烟火，只吃凉的食品。

有这样一个传说：相传春秋战国时代，晋献公的妃子骊姬为了让自己的儿子奚齐继位，就设毒计谋害太子申生，申生被逼自杀。申生的弟弟重耳，为了躲避祸害，流亡出走。在流亡期间，重耳受尽了屈辱。原来跟着他一道出奔的臣子，大多陆陆续续地各奔出路去了。只剩下少数几个忠心耿耿的人，一直追随着他。其中一人叫介子推。有一次，重耳饿晕了过去。介子推为了救重耳，从自己大腿上割下了一块肉，用火烤熟了送给重耳吃。十九年后，重耳回国做了君主，就是著名的春秋五霸之一晋文公。

晋文公执政后，对那些和他同甘共苦的臣子大加封赏，唯独忘了介子推。有人在晋文公面前为介子推叫屈。晋文公猛然忆起旧事，心中有愧，马上差人去请介子推上朝受赏封官。可是，差人去了几趟，介子推不来。晋文公只好亲自去请。可是，当晋文公来到介子推家时，只见大门紧闭。介子推不愿见他，已经背着老母躲进了绵山（今山西省介休市东南）。晋文公便让他的御林军上绵山搜索，没有找到。于是，有人出了个主意说，不如放火烧山，三面点火，留下一面，大火起时介子推会自己走出来的。晋文公乃下令举火烧山，孰料大火烧了三天三夜，大火熄灭后，终究不见介子推出来。上山一看，介子推母子俩抱着一棵烧焦的大柳树已经死了。晋文公望着介子推的尸体哭拜一阵，然后安葬遗体，发现介子推脊梁堵着个柳树树洞，于是派人掏洞，结果掏出一片衣襟，上面题了一首血诗："割肉奉君尽丹心，但愿主公常清明。柳下作鬼终不见，强似伴君作谏臣。倘若主公心有我，忆我之时常自省。臣在九泉心无愧，勤政清明复清明。"晋文公将血书藏入袖中。然后把介子推和他的母亲分别安葬在那棵烧焦的大柳树下。为了纪念介子推，晋文公下令把绵山改为"介山"，在山上建立祠堂，并把放火烧山的这一天定为寒食节，晓谕全国，每年这天禁忌烟火，只吃寒食。

第二年，晋文公领着群臣，素服徒步登山祭奠，表示哀悼。行至坟前，只见那棵老柳树死而复活，绿枝千条，随风飘舞。晋文公望着复活的老柳树，像看见了介子推一样。他敬重地走到跟前，珍爱地掐了一把柳枝，编了一个圈儿戴在头上。祭扫后，晋文公把复活的老柳树赐名为"清明柳”，又把这天定为清明节。

清明扫墓，谓之对祖先的“思时之敬”。其习俗由来已久。明《帝京景物略》载：“三月清明日，男女扫墓，担提尊榼，轿马后挂楮锭，粲粲然满道也。拜者、酹者、哭者、为墓除草添土者，焚楮锭次，以纸钱置坟头。望中无纸钱，则孤坟矣。哭罢，不归也，趋芳树，择园圃，列坐尽醉。”其实，扫墓在秦以前就有了，但不一定是在清明之际，清明扫墓则是秦以后的事。到唐朝才开始盛行。《清通礼》云：“岁，寒食及霜降节，拜扫圹茔，届期素服诣墓，具酒馔及芟剪草木之器，周胝封树，剪除荆草，故称扫墓。”并相传至今。

清明是寄托哀思之日，是人们对革命先烈的缅怀、对自己先祖的追思之时。

记得1958年，我在湖北荆州沙市上初级小学时，每年清明节，学校都会组织学生去烈士墓祭扫，这对我们来说是生活中的一件大事。清明节一大早，我们以班为单位，列队从学校出发。班长打着少先队队旗在前面带路，我们则雄赳赳气昂昂在后面跟着，大家一路唱着《我们是共产主义接班人》的队歌，此时，路两边的山坡上，桃花和梨花正在开放，山上的松柏青青翠翠，我们的心情是既沉重又欢快，沉重的是想起烈士为了我们今天的美好生活而捐躯，欢快的是我们走出校园可以在大自然中尽情玩耍。其间向烈士墓献的花圈，是我们头几天用买来的纸，在老师的指导下做成的，花以白色为主调，间隔放置黄色和蓝色的花，花的形状有菊花、玫瑰花和细条叶状花，这些做法至今我还记得清楚楚。每次祭扫活动，都要请老革命介绍烈士的英雄事迹，接着是宣誓仪式，每只高举过头顶的小手下是挺得笔直的胸膛，每颗小小的心灵满怀着崇敬的心情，立志要好好学习，做“共产主义接班人”。

清明节扫墓的习俗，在我的故乡有不少讲究和禁忌，一般说妇女要在清明之前几天烧纸，而男人们则要烧“正时纸”，即必须在清明这一天上坟烧纸，烧完纸后要在坟头上压一张烧纸，然后给坟头添新土。

关于清明节的禁忌，主要有：孕妇避免扫墓；忌穿鲜艳色彩衣服；外人不要参与他人的扫墓；不可在墓地照相，等等。

在我的故乡，清明节的习俗是丰富有趣的，除了讲究禁火、扫墓，还有吃鸡蛋、插柳戴柳、放风筝、荡秋千等一系列风俗活动。相传这是因为清明节要寒食禁火，为了防止寒食冷餐伤身，所以要参加一些体育活动，以锻炼身体。因此，这个节日中既有祭扫新坟生别死离的悲酸泪，又有踏青游玩的欢笑声，是一个富有特色的节日。

清明节吃鸡蛋是我们老家多年来一成不变的习俗，就如同端午节吃粽子、中秋节吃月饼一样重要。儿时，清明节早上的饭是最值得期待的，因为母亲要给我煮鸡蛋吃了，这对于一年里难得吃上几次鸡蛋的我来说，似乎从清明节以前就开始期盼这一天了。我曾带着疑问和困惑多次问过母亲，清明节为什么要吃鸡蛋，母亲只是说，这是咱们这里的一种风俗，更深的道理，母亲也说不清楚。后来，我听一位本家爷爷告诉我，清明节之所以必须吃鸡蛋，是因为鸡蛋属于寒食，老辈人说“吃鸡蛋，免雹灾”“不吃鸡蛋下雹子”。

表面看来，这种习俗是民间类比思维的结果：鸡蛋像冰冷的雹子，吃了鸡蛋，就是消灭了雹灾。实际上，它所隐含的意义或许是深远而广阔的。

插柳戴柳，是故乡清明节期间的习俗之一。俗话说：“有心栽花花不发，无心插柳柳成荫。”柳条极易成活，而且插到哪里，活到哪里，年年插柳，处处柳成荫。

插柳戴柳的风俗，据天津市天文学会理事赵之珩在一篇文章中介绍，这是为了纪念“教民稼穑”的农事祖师神农氏的。有的地方，人们把柳枝插在屋檐下，以预报天气，古谚有“柳条青，雨蒙蒙；柳条干，晴了天”的说法。

清明插柳戴柳还有一种说法：中国人将清明、七月半、十月朔看作是三大鬼节。清明节正是百鬼出没频频、索讨多多的时节。受佛教的影响，观世音手持柳枝蘸水普度众生，许多人便认为柳条有驱鬼辟邪的作用，把柳枝称为“鬼怖木”。北魏贾思勰《齐民要术》中写道：“取杨柳枝着户上，百鬼不入家。”清明节既然是鬼节，值此柳条发芽时节，人们便纷纷插柳戴柳以辟邪了。

放风筝，也是故乡人清明时节人们所喜爱的活动。每逢清明时节，人们不仅白天放，夜晚也放。夜里放风筝，在风筝下或拉线上拴上一串彩色的小灯笼，像一颗颗闪烁的星星，被称为“神灯”。过去，有的人把风筝放上天后，便剪断牵线，任凭清风把它们送往天涯海角，据说这样能除病消灾，给自己带来好运。

清明节期间，荡秋千也是我们故乡人的习俗之一。荡秋千作为大人和小孩都能娱乐的活动，受到人们的喜爱，可惜现在已很少见到了。

“生者寻根，叶落归根。”我们从什么地方来，到什么地方去，在祖坟、在先人墓前，答案了然。有人烟处，必有血脉传承。

有人说：“清明节就是中国的感恩节。”清明节的名字不只是悲伤，它还可以承载很多、很多，可以是感恩，也可以是珍惜，还可以是总结和展望……但我更在乎它的寻根、缅怀、感恩、认祖归宗，血浓于水。

其实，我们每一个人都是世间红尘中的过客，无论你是大款高官，还是贫贱小民，都会经历喜怒哀乐的一生，这是千古不变的规律，这是大自然造化人类的杰作。生与死只不过是短暂时光与生命中的一个轮回。

那落日的夕阳意味着什么？在我看来，它在地球的另一边，正是一轮初升的太阳。

故乡情思腊八粥

在我的老家，农历腊月初八是一个重要的日子，它既是一年的总结，又是过年的前奏，年的味道就是从腊八开始的，所以民间有谣曰：“小孩小孩你别馋，过了腊八就是年。”声声童谣，翻动积存丰厚的年俗，弥散的粥香，也染上了浓浓的年味。

腊月初八，在我们老家叫“腊八节”，到了这一天，家家户户都要煮一大锅腊八粥，一顿吃不了，第二天接着吃。我们村有一户人家，只有老两口，每年也是煮一大锅腊八粥，把吃剩下的放到一个大瓷盆里，每天早晨往锅里添一碗，加水烧开后喝稀饭，这一吃就吃到了腊月二十三小年……

按照习俗规矩，腊八粥熬煮好以后，要先祭祀神灵奉天帝，还要祭奠先祖诸神，然后，才能动碗筷再吃。

我小的时候，人们能解决温饱就已经是不错的生活，能够吃上一碗香喷喷、黏糊糊的腊八粥或许是一种奢望。好在那时做腊八粥的各种食料，除了红枣、核桃以外，大都是生产队自产自供的，如黄米、黄豆、绿豆、红小豆、豇豆、花生等，其余的食料母亲在进入腊月之前，就提前赶集买齐全了。

在腊八的前一天，母亲把这些食料一样样地挑拣好，清洗干净，把它们泡在一个大瓦盆里。到了腊八这一天，母亲早早就开始忙碌起来，把各种煮粥的食料一起放进锅里，添上水，先是用大火烧开锅，然后用文火慢慢地熬，直到锅里的各种豆粒变得鼓胀胀的，在黏糊糊的稠液中莹莹地透着亮光。

我平时好睡懒觉，但是闻到腊八粥的香味，就像馋猫似的不赖在被窝里了，迅速穿衣起床。“盈儿馨香细细浮，堆盘果蔬纷纷聚。（清·道光《腊八粥》）”在袅袅升散开来的腊八粥的热气里，弥漫着一股又香又甜的味道，不等入口，感觉已甜到了心里。

这时，只见父亲从锅里盛满一碗冒着热气的腊八粥，恭恭敬敬地站在神龛前，嘴里念念有词，我也赶忙从锅里盛上一小碗粥，学着爹的样子，嘴里咕噜几句自己也不懂的话。然后，跟在父亲屁股后边，端着碗走出屋，把腊八粥用筷子甩在北屋门、东屋门、大门的门扇或门吊上，就连院子里的榆树、桃树上也要甩上一筷子。听父亲说：“这样，来年就会平平安安，无灾无妄，而且树上的桃子会结得更多。”

据史料记载，我国喝腊八粥的历史，已有一千多年，最早始于宋代。但是在民间，关于腊八节的由来，各地流传着不同的说法。比较一致的说法是与明太祖朱元璋有关。据说，当年朱元璋落难在牢监里受苦时，当时正值寒天，又冷又饿的朱元璋竟然从监牢的老鼠洞掏出一些红豆、大米、红枣等七八种五谷杂粮。朱元璋便把这些东西熬成了粥，因那天正是腊月初八，朱元璋便把这锅杂粮粥美其名曰“腊八粥”。美美地享受了一顿。后来朱元璋平定天下，坐北朝南做了皇帝，为了纪念在监牢中那个特殊的日子，他于是把这一天定为腊八节，把自己那天吃的杂粮粥正式命名为腊八粥。

读小学时背诵古诗词，读到南宋诗人陆游在《十二月八日步至西村》诗中写到“今朝佛粥耿相馈，反觉江村节物新”，当时对这首诗烂熟于心，却不理解诗的意思，长大以后才知晓，这诗原来是关于腊八节的另一种说法，即腊八节是佛教节日。传说，佛祖释迦牟尼在没成佛之前，出家修道，过了六年苦行僧生活。有一次他饥饿疲惫昏倒在尼连河边。此时，有一位牧羊姑娘给他送来了一碗乳糜（奶粥），他喝了以后，体力迅速得到了恢复。于是，他在河边洗去了浑身的污垢，在菩提树下坐禅，悟性大开，立地成佛。后人不忘他所受的苦难，遂以“腊八”为成道节。

“一阳初复中大吕，谷粟为粥和豆煮。应节献佛矢心虔，默祝金光济众普。（清·道光《腊八粥》）”腊八是佛教的盛大节日，每到这一天，各寺院都要诵经纪念，仿效牧女献乳糜事，以各种香谷、果实煮粥敬佛，称为“腊八粥”，并将腊八粥施赠给善男信女，以及贫困百姓。

传说故事在小孩子心中总是神奇的。儿时的腊八节，虽然清贫、单调，却很温暖，也很向往，充满了幸福与甜蜜，也享受着父母爱的温暖。

时光荏苒，摇曳的时光把我们带到了中年，父母都已逝去，我们也已为人父为人母了。俗久成规，规矩就是居家过日子的道理，我们虽然已从老家迁居到了城市，但过腊八节、熬腊八粥的习俗却延续下来。这时的腊八粥，食料已不再是家乡的土特产，而是用“购粮本”从粮店里按计划供应的。

腊八这天，妻子天刚亮就起床，把头一天泡好的食料放进锅里，打开煤气灶火，开始熬制腊八粥。此时的腊八粥，已经随着时代的变迁在衍变。腊八粥的食料也越来越讲究，在保留先人的黄米作为主料的同时，还加上了大米，加进了莲子、桂圆、葡萄干等好吃的东西，这样做成的集百家之长、南北风味于一体的腊八粥，吃起来清香甜美，益气生津。

看着孩子们吃得津津有味的样子，心里不禁洋溢起做父母的慈爱与幸福。

中年的腊八节，虽然辛苦、忙碌，肩上的担子重，却也过得很开心，很快乐，很温馨。

流年似水，日子在指间悄然滑落而去，步入夕阳的我们，已经淡化了时间的观念，觉得似乎刚刚迈进冬天，年关就迫近了。每逢腊八将至，妻子便拽着我，到超市里去购买熬制腊八粥的各种食料。

时代的进步，连熬制腊八粥的锅灶都发生了很大变化：由用铁锅到钢精锅，再到高压锅；由烧土灶到煤气灶，再到天然气灶。不仅清洁卫生，省时省力，而且煮出来的腊八粥更加绵软香糯。虽然，儿女们都已成家立业，各自有了小家庭，不再与我们一起过腊八节，喝腊八粥了。但孩子们大清早发来的微信：“今天是腊八，别忘了熬腊八粥！”还是让人心里觉得热乎乎、暖融融的。

老年的腊八节，虽然显得有点寂寞、孤单、冷清，但心里却充满希冀，也偎依着幸福。

岁岁腊八，今又腊八。童年的腊八节已留在了美好的记忆里，中年的故事在一代代延续、传承，老年的腊八节更多的是回忆、追思、怀旧。

此刻，我的思绪伴随着腊八粥丝丝香甜的味道，仿佛又回到了童年的故乡，看到了家乡那缕缕摇曳的炊烟，那充满幸福与欢乐的温馨画面。那些千百年流传的关于腊八粥的故事，此刻正带着乡土的气息，从历史深处向我走来，历经岁月风雨的洗涤和淘汰，其精髓已深深浸润在我的血液之中……

故乡，远去的手艺人（一）

20 世纪五六十年代的故乡是安静的，没有机器的轰鸣和汽车喇叭刺耳的噪声，那时最入耳的，就是手艺人的吆喝声。这些声音，有的是口头吆喝出来的，有的是用特殊东西做“唤头”发出的声音。

如果听到街上传来吆喝声或唤头声，整个村子就会热闹上一阵子。这种声音，有的是推销商品，更多的是在推销手艺，手艺也是商品。

剃头匠、补锅匠、劁猪的、张马尾罗的、磨剪子抢菜刀……一年四季，手艺人游走在各个村庄，像火把一样，温暖并照亮着一个又一个村庄。他们是村庄流动的血脉，打造着乡村的卑微与神圣，单纯和质朴。可以毫不夸张地说，乡村手艺人是故乡文明的最初传播者，是行走在故乡的乡村艺术家。

“荒年饿不死手艺人”，是故乡人常说的一句俗语。意思是：即使遭遇灾荒年，手艺人也不会被饿死。说明有了手艺，什么时候也不愁吃饭问题。拥有一门手艺，岂止是饿不死，而是绝对可以活得很体面。

手艺人“人穷志不短”，大多信奉儒家学说“钱财如粪土，仁义值千金”，视名节如生命，最忌别人说他们手艺差、不讲职业道德，一般情况下，只要事先和他们讲好质量、工价、时限等条件，他们就会一丝不苟地履约。

记得作家蒋蓝说过：“手艺一道，毕竟蕴含着文明的累积和嬗递，它们在物品上所留下的痕迹，反过来为手艺塑造了不灭的形象。”这些被记忆所保留下来的印象，或是进入文字史，保留在一些人的生活中，牵动着历经者的记忆；或是顺应社会环境的变迁，以另外一种新的面貌出现在人们的生活中，投射出新的精彩。

手艺，是人类文明的重要载体，先人智慧的生动体现。手艺人，据《百度百科》解释：“手艺人是指：以手工技能或其他技艺为业的人。”“手艺人”的含义是相当宽泛的。传统意义上的手艺人，分类没有今天这么精细，由于我国是一个传统的农业国家，种地不算手艺。所以，只要不是以种地为生而又“娴于一技”，都可以被称为“手艺人”。

2011年，中央电视台科技频道《探索发现·手艺》系列纪录片开播，至2016年，共播出六季共156集，每一集聚焦一件传统手工艺的制作与传承，从不同的角度展示中国传统手工技艺与手工艺人的现状。记录了中国传统手艺流程，关注传统手艺人生活及生存环境，思辨传统手艺发展之路。这些至美至真的手艺人，将很小的事情，用生命去投入。不只是谋生，而是人生价值的追索。在每门手艺中能感觉到禅意，这是手艺人对这个世界深情的表达。

如今，随着科学技术的发展，社会的不断进步，手艺人成为一个已经或者正在消失的群体，那些手艺人曾经引以为荣的技艺，正在被淘汰，被遗忘。当我试图将那些过去的手艺人及其技艺，从历史的长河中打捞出来，有许多已经被无情的时间所湮没，幻化成了一些陌生的代名词，模模糊糊的印象，而在我们的人生经历中却被定格为永恒。

补锅匠

年少时看电影《林海雪原》，里面有一嗓子吆喝，耳熟能详：“焊洋铁壶哩，修理白铁锅……”这是剧中土匪联络官栾平的经典台词，他化装成“小炉匠”，在山里山外，东走西窜，收集情报、联络同伙。小炉匠在旧时东北是一种很常见的手艺人。经那一声吆喝点缀，这部电影瞬间把生活和艺术的距离拉近了。

补锅匠又叫修锅匠，是个比较古老的行当。相传从“黄帝作釜甑”“始蒸谷为饭，烹谷为粥”（三国谯周《古史考》）起，人类便有了锅釜。人赖饮食而生存，美食则依食器而呈现。此时，也便有了补锅匠。生铁铸锅究竟始于哪个年代？已难考证。但出现修补铁锅的补锅匠，是到了铁器出现以后，至今已经有两千多年的历史。

五六十年代，我们村里有一个补锅匠，他不走街串巷，只是在家里等待客户登门，或者是赶集出摊，并不像电影里描述的那样走南闯北。

以前农家用的锅都是生铁铸造的，生铁不耐用，铁锅很容易穿孔、漏水。当时人们生活条件差，一口铁锅价格也就在十多元左右，但对大多数家庭来说，这已经是“价格不菲”了，因为那时人们都是“罗锅子上山——钱（前）短”。觉得还是换个锅底、修补漏洞比买新锅划算，补锅的行当也因此“红火”了起来。

我们村里的补锅匠非是旁人，是我们一个家族的大哥李进波，人们平时都叫他李波。

进波哥比我大十几岁，那时已经结婚有孩子了，他什么时候学的补锅这套手艺，我不清楚。只知道他心灵手巧，什么新鲜玩意儿到了他手里，左摆弄，右摆弄，没有学不会的。什么焊铝壶、焊洗脸盆，换锅底……这些个活计对他来说，都是“张飞吃豆芽——小菜一碟”“老头搓泥钱——撂下的活”。可也有他干不了的活，就是接下来要说的锔盆锔碗锔大缸，因为他“没有金刚钻——揽不来瓷器活”。

进波哥长得个子不高，长方脸，细密的眉毛，眼睛不大，嘴巴有点儿大，下巴上留着毛茸茸的胡子楂，背微微有点儿驼，走路哧当哧当（方言，形容走路有力）的，刮起一溜小旋风。

有一年，我们家做饭的铁锅破了一个小口，一开始，娘用糨糊糊上，凑合着用了几天，实在不行了，娘便打发我把铁锅送到进波哥家去修理。我提着铁锅，心里挺高兴，因为我早想见识一下进波哥的手艺了。

我来到进波哥家，他正在自家院子里忙别的活计，见我提着锅来了，把手里的活放下，把我带的锅接过去，冲着太阳光瞄了一眼，说："这锅早就漏了，怎么不早点拿来呢？"我说："许是俺娘怕你忙吧！""我再忙，也得先尽着当家什户（方言，指本家的人）的。"说完，进波哥就开始忙活起来。

他把锅底破了的地方用砂纸打磨干净，用小锉子把小窟窿眼的边缘打磨齐整。然后，开始拉动风箱，不一会儿工夫，炉火旺了。他拿火钳夹着坩埚放到火上，在小坩埚内放几块碎铁片，等待铁片熔化。当铁片熔成铁水后，他将铁水顺着裂缝一点一点地补上去。补好了漏洞，用粗砂轮将锅内凸起的补疤略加打磨，然后用细砂纸平整一遍，使之不妨碍锅铲的搅动，最后再抹上些黄泥浆，锅就补好了。

进波哥冲我说道："兄弟，锅补好了，拿回去用吧，准保和新的一样结实！"我掏出娘事先给的钱，递给进波哥，说："这是补锅的钱，你收下吧！"进波哥一下子变了脸色，大声说道："钱你收起来，不然大哥我可要生气了。"见我呆呆地站在那里，他莞尔一笑说："回去告诉俺婶子，就当大侄子我孝敬她老人家了。"

虽然，那时候补一口锅，手工费也就一二角钱，但是似这样又搭工夫又搭料的，日子长了可也不是个小数目。何况，进波哥家里孩子多，就他一个劳动力，日子过得很紧巴（方言，指日子过得困难）。由此可见，进波哥是一个重情重义的好人。

锔匠

听到"锔盆来嗨——锔碗来——锔大缸"的吆喝声，人们就知道是锢漏匠（小炉匠）来了。最早，小炉匠是挑着担子串乡的，扁担的一头是小炉子，一头是风箱和焦炭等，后来也有改用小推车推着工具的。

锔，是一种手艺。从事这种手艺的工匠，统称锔匠。锔匠使用的东西，即是锔子。锔子是用银或铜制成的两头带钩的东西，连合器物的裂缝。比如锔碗、锔盆、锔缸，等等。

乡下人居家过日子，所用的盆、碗、缸多以泥、瓷制品居多，在使用时很容易打碎，过日子又奉行“勤俭持家”“新三年旧三年，缝缝补补又三年”。因此，打破器物只要不十分破碎，总是舍不得丢掉，而是将打破的器物好好地收拾起来，锔一锔再用。因此，锔匠在乡村里很受欢迎。

印象中，干这一行的人，多半在四十岁以上，有一些是老师傅，干活时戴着花镜，先看好碴口，估计要用几个“锔子”，再说价钱。有句歇后语叫“锔碗儿的戴眼镜——没碴儿找碴儿”，或许出处就在这儿。

锔匠走村串户，他们也像补锅匠那样有风箱和小炉子、板凳、锤子之类，但是多了一把钻子。担子一头，挂着一面小铜锣和两个铁或铝的“疙瘩锤”，走起路来一摇晃，就会发出清脆的“当啷”“当啷”的响声。

锔匠所用的工具中，有一个像花生米粒儿大小的钻头，一把像拉胡琴的弓子，只不过弓子上系的不是马尾儿，而是一根细绳儿。用它缠在钻头上，来回拉动，那钻头在又滑又脆的瓷器上钻孔，就像锥子扎在豆腐上，真是易如反掌。那个小钻头就是人们常说的“金刚钻儿”。别看它“小”，那可是这个行当赖以生存的主要工具，一副担子加起来的价值，也抵不过这一粒“金刚钻”值钱，没有了它，锔匠们就什么也干不成了，正如俗话所说：“没有金刚钻甭揽瓷器活。”

锔盆锔碗是个仔细活儿，在锔之前，要先用小锤子挨着敲打一遍，看清楚裂缝到底在哪里，有几条，有多长，需要用多少锔子。有的“锔子”为锔匠自己所打制，有的根据锔匠的要求由铁匠打造。锔活儿最关键的一步是让器物“复原”，即先把破碎成几块的瓷器拼凑起来。如果拼得不好，锔起来就容易变形。拼好后，还要用牛皮筋或者细铁丝将瓷器固定起来。固定的时候，要均匀用力，否则也会变形。接着，要用小刷子将裂纹处刷干净，对好裂纹，上下推动方钻，使皮带上钻头快速旋转，在瓷器上打两个向内侧倾斜的小孔，铆上锔钉。最后，用石灰抹平裂缝，这瓷器就锔成了。

每逢锔匠吆喝着进村，我们就尾随其后，唱着当时流行的儿歌："锔盆锔碗锔大缸，腰里掖着把盒子枪。盒子枪真有准，一枪打死个日本人。日本人闹得欢，中国人民打半天……"

如今，富裕起来的村民们，再也没有人用"锔"的传统手艺来维修家什了，锔匠师傅的那些工具也将进入博物馆，而"锔"字也只是字典里的一个生词而已。

劁猪匠

在我们村子里，有一个劁猪的匠人，名叫李同普，是我未出"五服"的知己当家子。

李同普比我大四五岁，小名叫"孬"，平时我都叫他"孬哥"。他上学以后，老师觉得这个名字不好听，便动员他更名为"李同普"。

同普哥哥长得中等身材，圆圆的脸盘，浓密的眉毛，一双眼睛清亮有神，鼻直口方，平时话不多，但有一肚子的故事，只要拉开话匣子，就会滔滔不绝。我小的时候，最喜欢如影随形地跟着那些比我岁数大的哥哥一起玩，因为他们会哄着我，让着我，护着我，外人没有敢欺负我的，李同普哥哥就是其中之一。

记不得是哪一年，同普哥学会了劁猪这一门手艺。他的这个手艺，是跟他大舅哥学会的，他大舅哥是饶阳一致河村那边的。在我们那一带，提起"安平的张马尾罗""饶阳的劁猪""武强的年画""枣强的打铁"，那可真是"隔着窗户眼儿吹喇叭——名（鸣）声在外"。

自从同普哥掌握了劁猪这门手艺，我们家每年养的猪，再也没有找过别人。同普哥记性好，用不着跟他打招呼，到了时候，他一准会主动登门。

劁猪，就是对小猪实施阉割，用白话说，就是给小猪做“绝育手术”。在它们尚小的时候，割除掉其睾丸或卵巢，否则长大了就很“不老实”，净顾着“发匪”（方言，指干坏事），不长个也不上膘。我们老家人用词很讲究，阉割猪叫“劁”，阉割羊或者大牲畜则叫作“骟”。

因地域不同，劁猪的行规也各不相同：北方人时兴大声吆喝“劁猪吼”；而南方人走村串户时，只敲“铛铛”不吆喝。据说，南方人的祖师爷认为，阉割这手艺，有悖动物的生理本能，是不入流的职业。所以，从一开始就立下师训“不准吆喝”。劁猪匠总是肩扛一根竹竿或在自行车把上缠上一根铁丝，铁丝顶头用红布条绑一绺猪鬃，这飘扬着的红布条和猪鬃就是劁猪匠的招牌，人们只要一看见这红布条或者猪鬃，就知道劁猪的来了。

劁猪这活计看起来很简单，工具仅仅是一把特制的圆形小刀，一根较大的弯针。也许有人会认为这没有什么神奇之处，但如果一个行业没有它独特的技巧，人人都容易掌握，那么它就没有什么独到的价值了，也就不能称为艺人了。劁猪这门手艺，同样有其深奥之处。

我亲眼见过几次同普哥劁猪，整个过程看似很容易，其实做起来很有些难度。甭说别的，光是劁猪前的准备工作——逮小猪就很麻烦。如果是圈在圈里的猪，那猪圈又脏又臭，要穿上高勒的胶（雨）鞋进到猪圈里，小猪虽然平时呆头呆脑的，但是到了这时候，也知道准没有好事，于是，玩命地窜来窜去。最后，小猪逮着了，全身上下弄的都是污泥浊水。如果是逮那些放养的小猪，人要跟小猪满院子跑来跑去，没有充沛的体力，没有股子麻利劲，休想顺利地把小猪逮住。

逮小猪不易，劁猪的过程却很利落，一头小公猪，不到两分钟就完成了，小母猪则要稍微慢一些。通常逮着小猪以后，先摁住小猪，放倒在地上，用双脚踩住小猪的头部和尾部，从黄得发黑的帆布兜里取出一个皮鞘，依次拿出刀线等工具，再取出劁猪刀，在小猪后腿之间的某个部位用冷水浇两下，然后用刀子轻轻一划，小猪的胯部就裂开一条不长的口子。如果是公猪，只需用两个指头一挤，然后割掉就成了；如果是母猪，则要复杂一些，两根手指头要在口子里掏弄着，不一会儿就掏出来一样东西，然后用刀割断，将割断的肠子上下节用线结扎好，再将那堆白花花的东西重新放进创口里，用针线缝上，即算完工，整个过程，看起来那么干脆利落。

劁猪这门手艺，延续了上千年，当其他民间手艺在逐渐衰落失传之时，劁猪这门手艺在乡村却依然活跃。目前乡村还没有一种科学方法让猪不用劁。若干年以后，会不会有一种科学方法代替手工劁猪，现在还很难说。至少在目前，沉寂的乡村里，因为有了劁猪匠那洪亮的“劁猪吼”的吆喝声，乡村才变得不那么寂寞。

马掌匠

在各种手艺人中，切马蹄、钉马掌的师傅可以说是一个多面手。

首先，马掌师傅要能够搭好捆绑牲口的架子，架子立得要相当牢固。四角竖立粗壮的木柱子，柱子上端的四边均有横木连接，有的还在横木上安装上铁吊环。柱子中间的空地儿，相当于马的身长和身宽，把牲口牵进去以后，进行捆绑。但四条腿膝盖以下不捆绑，便于修削蹄掌和敲钉马蹄铁。还有一种方法，立一个宽门形的架子，门上边的横木挂着铁吊环，马掌师傅照样能把牲口捆绑好。

马掌师傅还必须懂得一些兽医知识，在切削马蹄子的角质层时，顺便诊断一下蹄子有无炎症，如果有疾患，要对症治疗。最后，马掌师傅要会打铁，根据马蹄的大小打制马蹄铁，当然也有从打铁匠那里定做的。马蹄钉上铁掌后，抗磨损，在骑乘或驾车的时候，马才能更好地使上劲。

钉马掌是个泛指词，不光是马，骡子、毛驴等大牲畜，只要是拉车搞运输，都得给它们上蹄铁。马蹄铁呈U形，厚度3—4厘米，两边各有3—4个钻好的孔，用钢钉子钉在蹄子厚厚的角质层上。钉子要按45度的角度向蹄子的外沿钉进去。要保证钉子穿过的是角质层，否则牲口疼痛难当。钉子尾部要恰好嵌在钉孔的凹槽中，不能高出蹄铁表面；钉子头如果从蹄子侧面露了出来，要把露出部分剪掉或打平。

张罗匠

我的故乡安平县是全国有名的“丝网之乡”，过去，从事张马尾罗的几乎没有外乡人，都是出自我们县。但是，在我们村子里，只出过一个张马尾罗的手艺人，这个人名叫李玉福。

李玉福弟兄四个，他是老三，他大哥李玉良是我爹的盟兄弟。俗话说“乡亲辈，瞎胡论”，我管李玉良叫叔叔，而管李玉福叫哥哥。

我没有见过李玉福年轻时候的模样，但从他中年的形象里，就隐隐地可以推测出，他曾经是一个精神帅气，令姑娘们心动的漂亮小伙。正因为如此，那一年，他在沧州任丘市张罗的时候，有一个姑娘跟随着他来到我们村子，成为他的终身伴侣，她就是我们那个爱说爱逗的大国嫂子。

我从来没有见过李玉福张罗，因为他常年在外奔波，在家的时候比较少。倒是来我们村张罗的，我见过一些。

张罗的手艺人有挑担子的，也有推着独轮车的，进村以后，找一块平坦地方，安顿好，就开始吆喝：“张马尾罗来！”“张马尾罗来！”我小的时候，罗底都是用马尾制作的，后来有了铜网、铁网，还是吆喝“马尾罗”，可能是习惯了，虽然有了制铜网、铁网的手艺，依然沿用旧名。

听到张罗的吆喝声后，家庭主妇们便纷纷走出家门，有的张新罗，也有的更换罗底。做新罗时，艺人会根据顾客的需求去做，或粗或细，或宽或窄，说清楚后，艺人系上围裙，就开始作业了。

做新罗，要先把柔软的薄薄的柳木板子，用明火熏烤加热，把它弯成一个圆圈儿，接头处用皮线缝好，固定结实。然后，把罗底朝上扣到膝盖上，比照着罗底，把筛网蒙到罗圈儿上。而后，取一根跟罗圈儿里口周长相同的新压条，对准罗圈儿里口，挤着筛网压进罗圈儿。筛网外沿儿要与罗圈儿外沿儿一般平，用小钉子固定好，再把筛网周围多余的部分剪去，一个新罗就问世了。

新罗的罗帮不易损坏，一般要用好几年，平时顾客更换旧罗底的较多。换旧罗底操作看着很简单，艺人坐到小板凳上，把旧罗底朝上，扣在自己的膝盖上放好，用类似扁铲的专用工具把嵌在罗底周围的木条拆掉，把旧罗底摘下来，然后比照罗圈儿尺寸，剪下一片筛网，蒙到罗圈儿底上，方法跟张新罗一模一样。

那年头，张马尾罗，没有淡季，四季常有，生意很多。

近年来，各地都有了大中型面粉厂，人们吃的面粉不再用碾子或者石磨加工了，张马尾罗的行业也随之消失。没有了顾客，就失去了生存空间，曾经在农村一线热情服务并大展身手的张马尾罗艺人，如今再也看不到他们往来劳作的身影了。（未完待续）

故乡，远去的手艺人（二）

木匠

木匠，是指专门以木头为材料，以斧、刨、凿、锯等为工具，加工制作器物的手艺人。是人们生活离不开的“十八匠，三十六艺，七十二行”。

木匠古老，在周朝就被列为“天子之六工”之一，鲁班是其祖师爷。木匠种类多，《周礼・考工记》就有了分类。近现代则分为：锯木匠、车木匠、房木匠、犁木匠、方木匠、圆木匠、雕花木匠等。

木匠，统称木工。和其他手艺人相比，我们村子里做木工活的匠人要多一些，老一辈的有李传青（小名老丫头）大哥、孙三（小名）爷爷、李八泽等。后来，又涌现出一拨与我年龄差不多的一代人，像李富开、孙学峰、孙永昌、孙长顺，等等，但是，除了李富开是他父亲李传青口传心授外，其他人都没有经过师，学过艺，完全是靠着头脑灵活，肯下苦功夫钻研，自学成才的。

听人说，在我们村子里的木匠当中，技术最高的莫过于我们生产队的“五保户”李八泽爷爷。据说，李八泽年轻时，木匠活在十里八村颇有名声，盖房子、打家具、做农具，样样精湛。别的木匠吊线，要用墨斗，他只需一只眼闭着，一只眼眯缝着，甭管是木棒、木板或木条，用他的“吊线眼”一看，便知道该锯去或砍去多少才能取直，根本不用打墨线。尤其是他制作的上房用的梯子，全部是木榫子斗成的，连一颗铁钉子都不用，而且结实耐用。

从我记事的时候起，八泽爷爷就有五十多岁了，好像精神受过刺激，一阵清楚，一阵迷糊，一阵发疯。清楚的时候，他会用荆条编筐编篓，有时拿到两洼集上去卖；疯起来时，骂骂咧咧，不知道净骂些什么。他是如何学习掌握了如此高超的木工手艺？又是因为什么原因疯掉的？那时候没有人关心，没有人过问，因而对我和村子里许多人来说，都成了一个不解之谜。

“文革”之前，在上海工作的张金旁大哥带着嫂子和孩子们返回了老家。听人说，他是木工当中的七级工，相当于高级技师，其木工手艺已达到炉火纯青的程度。但是，金旁大哥是个非常低调的人，我们同在一个生产队，而且我们两家沾着老亲，但我从来不知道他有那么高的手艺，他也从来没有在人前显示过。大约是 20 世纪 80 年代中期，我们县工商管理局聘请我去讲了三天课，课间休息时，办公室主任李保树大哥陪我聊天，保树大哥是我们邻村人，也即是我老岳父村人，我们关系一直非常好。他问我说：“你知道咱们（县）城东一带村子，谁的木工手艺最高吗？”我摇摇头说：“这种事情，我一个外行人怎么会知道呢？”他说：“就是你们村里的张金旁啊！那一年我们工商局做办公用具，请了县里好几个有名的木工，做完活后一比较，任谁也比不过张金旁，人家那活做得太地道了，没有一个木匠师傅不服气的。后来我一打听，原来张金旁是上海一家大工厂里木工车间的主任，享受七级木工待遇……”

俗话说“演戏需要行头，做木匠需要家什”。木匠们的工具，包括斧头、刨子、锛、锯子、墨斗、弯尺、凿子等，都是自己花钱置办的。有的木匠，做了好几年木工活以后，也难以把工具制备齐全。所以，木匠们的工具非常金贵，收拾得也很仔细，整齐地放在一个木制的箱子里。有人请干活的时候，背起工具箱就走。

在村子里，木匠是很受人尊重羡慕的行业，因为他们的劳动成果与人们的生产生活密不可分，小到家庭生活中的桌椅板凳，大到农业生产上的犁耧锄耙，哪一样都离不开木匠的辛勤劳作。正因为如此，乡亲们就像尊重教书先生那样尊重木匠。即使是在过去的生产队时期，生产队长也要高看他们一眼，很少让他们下地劳动。因为生产队的集体农具，比如大胶皮轱辘车、板车、耧、犁、耙也有用坏的时候，而要修理这些农具，都离不开木匠。至于每家每户的村民百姓，对木匠也都是以礼相待，家里头有个红白喜事，必请木匠师傅为座上宾。

我曾经仔细观察过木匠们干活时的神态：他们总是习惯性地在腰间围一个皮尺，耳朵上夹一支铅笔或粉笔头，嘴里叼着旱烟袋（也有不吸烟的），一只眼睛闭着，一只眼睛雪亮，雪亮的眼睛斜视着木料，眨眼工夫，便能瞧出哪个地方不平整或粗糙，抄起刨子，“哧”“哧”几声，刨子在木料上飞速划过，刨花轻扬，留下一个光滑的平面。有时，他们会拿出皮尺反复测量，然后用铅笔“哧溜”画一下。打磨修饰好的木料堆满一地，他们从容地挑选出一些开始组装，榫卯对接，伴随着“叮当”的敲打声和“吱嘎”的锯木声，一件作品就轻松地完成了。他们不停地抚摸着打造完成的艺术品，就如同抚摸自己孩子的小脑瓜一样，喜笑颜开……

木匠活是个技术活，俗话说“千日刨子万日锛”，要掌握刨子、锛这些基本工具的要领，且需要苦练些时日呢！就说最简单的拉大锯吧，有人说，“大锯不过一早晨”，好像拉大锯主要是力气活，其实不然。拉大锯的两个人，一拉一送，如果协调配合不好，咬着劲儿，活干不好不说，反而变成了累人的“勾当”。可见，拉大锯也不是单纯的力气问题，其中也有一些技术含量。

木匠活是个细致活。通常在下料之前，木匠们要经过多次计算，多次丈量，绝对不能粗心大意。若是料长出来一点儿没事，短了可就坏了大事了。俗话说“长木匠短铁匠，不长不短是裁缝”，说的就是这个道理。

木匠活还是个很辛苦的活。20世纪五六十年代，村子里还没有用上电，那些电锯、电刨子等机器还没有派上用场。所以，做木工活基本上是靠人工操作。碰到粗一点的木头，木匠们就用粗麻绳把它捆绑在一根竖起的柱子上，拿来大锯，一个站在凳子上，一个半蹲在地下，有节奏地“哧啦、哧啦”地拉锯，细碎的锯末在空中飞扬，就像飘飘洒洒的小雪花。来来回回拉上一阵子大锯，粗木头就被解成了两半，再分别从中间锯开，就分开成了四半、八半。接下来，就是用刨子推平，推刨也是人工操作，那薄薄的刨花散落一地，像木头开出的花朵。经过连续奋战，精心操作，那些圆滚滚的木头，在他们手里就变成各式各样的农具或者家具。

木匠和泥瓦匠之间也多有配合，这主要体现在村民们建房子的时候。除了房屋的门窗需要木匠制作外，砍房梁料的技术活也需要木匠来做。砍房梁料就是将准备的原木经过木匠的加工，做成大梁、檩条、椽子等。

给新房子上大梁时，兴许是木匠们最为得意，最为最风光的时刻了。上梁是个技术性很强的活计，木匠师傅事先把房梁用绳子系好，等他们爬上砌好的墙顶后，吩咐下面的人将绳子头扔给他们。木匠在上面用力拉，下面的人合力往上擎。擎到手够不着时，就用铁叉子木棍子顶着继续往上擎。在房梁的正中，早已贴好了用红纸黑字书写的醒目大字“上梁大吉”“姜太公在此，诸神退位”。房梁放正以后，木匠会将一长串小挂鞭炮系在房梁上点燃，其他人则在地上放起“二踢脚”。随着“噼里啪啦”“叮当叮当”的鞭炮声，人们欢呼着，跳跃着，新房围拢来许多看热闹的男女老少，大人小孩。众人的目光，齐刷刷地投向在房梁上咧嘴大笑的木匠们……

斗转星移，时代发展，美丽乡村建设如火如荼，农村居住正在走向楼房化，木匠活在许多地方似乎离人们的生活越来越远。但是，那些在城市里从事装修行业的，大都是木匠出身。新的行业，为他们提供了更广阔的舞台，他们的收入也今非昔比，如同“芝麻开花——节节高”。

泥瓦匠

泥瓦匠是农村最常见的匠人。他们常年与黄土、沙子、水泥打交道，一把瓦刀走天涯。

在农村，盖房、娶媳妇是人生中的大事，人们拿出积攒了一辈子的积蓄盖新房，把它看作是一件非常重要的事情，俗话说“一辈子不盖房，自在王”。盖房前，主家备齐砖瓦木料，邀请上好的泥瓦匠、木工，择吉日开工建房，建房过程中的每一环节主人都要严格查看，不允许出现任何差错。如果泥瓦匠不经心，把墙垒得偏了，或出现其他的纰漏，推倒重来不说，还砸了自己的名声。有经验的泥瓦匠，凭眼睛余光就能确定偏正，把墙垒得周正，房子盖得结实稳当，这便是无声的广告。

泥瓦匠成年累月专注于建房盖屋，练就了各种娴熟的本领，砌锅台、盘火炕也都不在话下。锅台的高低，灶膛的大小，炕洞的曲直，对他们来说都是成竹在胸，轻车熟路。

新房上梁之后，就快要大功告成了，主人开始宴请亲朋。当然，泥瓦匠、木匠是要坐上首席接受众人敬酒的，他们灵巧的手艺为人们建造了遮风挡雨的家，给农耕时代的乡间打造了一个个历史的烙印。他们是村庄流动的血脉。

铁匠

俗话说：“世上三样苦，撑船、打铁、磨豆腐。”这句俗语之所以传播得久远，妇孺皆知，是有其根源的。因为这些行当均为持续性的重负荷劳动，尤其是浪急拔篙，焰熊抡锤，“水深火热”可谓绝妙写照。

“叮叮当，叮叮当”，火星四溅中，铁块就像泥巴一样柔韧变形。十数个回合下来，一把尚未创口发着蓝蔚蔚色的镰刀便“滋”的一声被抛进一旁盛着水的盆里，升腾起的雾气让铁匠师傅有了一种成就感。

铁匠这个行当由来已久，从人类进入铁器时代开始，打铁的声音就诞生了。

我们村子里没有铁匠，来村子里生炉子打铁的多以枣强、辛集人居多。我们村李玉良叔叔家的大闺女小玲姐姐，当年就是看中了来村里打铁的一个辛集小伙，不顾家人的反对与阻拦，毅然与小铁匠成了婚。

农闲时节，走乡串村的铁匠来了。一辆排子车，拉着全部家当：风箱、炉架、铁砧、长短钳、大小锤、水桶、煤炭、吃饭的锅碗、睡觉的铺盖卷，一车半个家——全乎了。

打铁的一进村，在村子的中央位置找个背风处安顿下来，十天半月走不了，如同村里的荣誉村民。人们纷纷拿来闲置一冬的农具，让铁匠打磨，以备春耕。

每年来我们村子的铁匠，估计是一对父子，一样黑红的脸膛，一样结实的腱子肉，一样沉默寡言。他们搭起炉灶，燃起炭火，拉起风箱，将铁块放在炭火里，等待最佳时机。

打铁既是个力气活，更是个手艺活。“叮叮当当”之间，充满着活力和激情，显露着才华和艺术。那时，我常常很痴迷地看着这对“父子兵”抡大锤敲小锤的样子，那小锤是足智多谋的指挥，大锤则如冲锋陷阵的勇士。小锤轻重急缓，落点不同，大锤的方位、力量、声音就不同。铁料刚一出炉，红得发白，这时需要轻敲快打，“叮当”“叮叮当”，大锤小锤，你一下我一下打在铁料上。稍等片刻，铁料发黑了，铁变硬了，小锤便轻镇在砧子上，大锤则要抡圆了打。这时小、大锤的声音是“叮叮——咚”“叮叮——咚”。当铁件成型的时候，小锤在砧子上轻轻连击，发出“嘚嘚”声，这时小锤大锤又变成了“嘚嘚——当”“嘚嘚——当”的声音。两个人的配合天衣无缝，如同在演奏一曲美妙的音乐。这热火朝天，动人心弦的劳动场面，时常吸引乡亲们驻足观看，不由发出啧啧的赞叹声。

俗话说，“好钢要用在刀刃上”，若要刀具锋利，须在刀口加钢。钢和铁都是死硬分子，要把它们混合在一起，谈何容易。据老铁匠介绍，打制铁锨、镰刀、菜刀等，非常讲究夹钢，这时，最能够检验铁匠师傅观察火候的技术了。炉火轻了，钢刃硬容易崩；炉火重了，钢软容易卷刃。

铁匠们非常看重自己的信誉，记得经常在我们村打铁的老铁匠名叫王葫芦，他打出来的产品上，每一件都打印一个“葫芦”的图案，作为标记。

记得王师傅曾经告诉我，就像木匠、泥瓦匠要供奉鲁班一样，凡是铁匠都要供奉太上老君，太上老君是铁匠的祖师爷，也有说是唐初大将尉迟恭的，因为他出身于铁匠，所以被奉为铁匠祖师爷。在过去，每逢农历二月十五日（另一种说法是农历五月二十日）太上老君诞辰日，铁匠们都要休假一天，聚会祭祀太上老君。我问王师傅：“太上老君是铁匠的祖师爷从何说起？”王师傅告诉我，听师父的师父讲，太上老君有一手打铁的好手艺，他锻打的农具经久耐用，锻打的兵器削铁如泥。而且打铁的方法与众不同，他打铁不用铁砧，竟然把烧红的铁块，放在自己膝盖上锻打。于是，铁匠们便把太上老君奉为祖师爷，并在炼铁炉上供奉太上老君的神像。不仅铁匠拜太上老君为祖师爷，那些铜匠、磨刀匠、蹄铁匠等手艺人，也都拜太上老君为祖师爷。

如今，新的科技制作技术已经取代了古老的传统手工制作，这是历史发展的必然规律。再过若干年，铁匠这门手艺，或许只是人们的一种传说，或者是书本上的一段历史。那熊熊的炉火，燃烧的也许是最后的辉煌。

剃头匠

“剃头哟——”一声拖着长长音调的吆喝声回荡在村子里的大街小

巷。在人们一阵阵踢踢踏踏奔走相告的脚步声中，剃头师傅担着挑子，颤悠颤悠地过来了。

剃头匠是理发行业特殊的称呼，出现于清朝。据说最初的剃头匠叫“待招”，不是手艺人，而是政府官员。

“受之父母，毫发无损”，明朝之前，汉人皆束发为髻，至清始沿袭金制。俞樾《曲园杂纂》云：“剃头辫发，金人已然。”清代统治者为驯化臣民，颁令剃发。初时人心不服，进展缓慢，直至顺治二年方始强制为之。清廷为了推行剃发令，组织了专业的剃发人员，给他们配备了专业工具——剃头挑子：他们走街串巷，挨门逐户地执行清廷旨意，强行为百姓剪剃，时日一久，他们肩上的担子遂名为“剃头挑子”。

剃头挑子一头是长方形小柜，内盛剃头用具及杌凳；一头是圆笼，考究的笼上是有红漆彩绘的，内有炭盆火锅，上置洗头用的宽边铜盆，细心的还置放一面小镜。圆笼一侧竖一根带刀斗的旗杆，据说，当年旗杆上悬有顺治皇帝的圣旨。太平天国翼王石达开一副气势森然的对联，更让剃头挑子鼎盛一时：“磨砺以须，问天下头颅几许；及锋而试，看老夫手段何如。”

随着时光流转，春秋轮回，剃头挑子终于由盛而衰，后来渐渐有了些“跑单帮”“打擦边”的意味，剃头挑子已远不如大理发店的师傅气壮理直，腰杆硬声音粗了。一句“剃头挑子——一头热”，虽是戏谑之语，却穷尽从业者鞍前马后，风雪载途的辛酸。

在我的故乡，有许多关于剃头匠的歇后语，诸如“老和尚剃头——一扫光”“皇帝剃光头——不要王法（发）”“刺猬的脑袋——不是好剃的头”“刚学理发就碰上大胡子——难题（剃）”“切菜刀剃头——太悬乎”，等等。

20 世纪 50 年代，农村几乎没有专门的理发店，人们该理发了，要么等到过大集，集上有出摊的剃头匠；要么等剃头匠进村，上门服务。

过去剃头匠走村串户，经常用一根短扁担挑着一副小挑子。那小挑子，一头是红漆长方凳，是凉的一头。凳腿间搁放三个抽屉：最上边一个是放钱的，钱是从凳面上开的小长方孔里塞进去的，第二、第三个抽屉分别放置围布、刀、剪之类工具。挑子的另一头，是热的，有一个简单的小炉灶，灶膛的木炭总是半明不灭地燃烧着，黑黢黢的铁桶里，微微地飘着热乎气，上面反扣着一个大沿黄铜盆，单等顾客随到随理。我们平时说一个人讲的故事或者写的文章太短，总会用到一句歇后语“剃头的扁担——不长”，那是因为剃头的挑子总是落着地，所以用短一点的扁担，有利于两手把持，也免的走起路来磕碰。

过去在乡村里，大人们都是剃光头，小孩们除脑门前留一个“小篦”（方言，指木梳子）形状，其余部分也都剃了去。所以，那年头管理发叫剃头，剃头的就叫剃头匠。至于那个时候，农村是不是已经有了理发推子，我说不清楚，不过，城市里已经有了。

老家的剃头匠挑着担子进村，并不吆喝。据《互动百科》解释：“走街串巷的流动理发师傅，他们使用一种‘唤头’，它是两根条铁，一头烧结成把儿，另一头微张，全长一尺二寸，左手拿着它，右手用一根五寸的大钉子，从两根条铁的缝隙中间向上挑，发出响亮的‘嗡嗡声，’这就算是剃头的叫卖声（吆喝声）。”由此可见，“百里不同俗”这句话，说得还是有道理的。

剃头匠来到村子以后，常常在村头大树底下、闲散宅基地或是牛棚边，安营扎寨，摆好架势，迎接顾客。然后，从腰间解下旱烟袋，悠闲自在地抽起来。等客人来了以后，剃头匠收拾起烟袋，递过板凳招呼客人坐下，习惯性地甩开围布，慢悠悠地给客人围好。然后，翻开扣在炉灶上的铜盆，舀两瓢热水，伸出手指头试一试温度，便按下剃头人的脑袋撩洗起来。头还没擦干，他手执剃刀，在炉灶边上挂着的、黝黑发亮的荡刀布 上“噌噌”地来几下。再次按住剃头人的脑袋，只听得头顶“嚓嚓”几声响过，一簇簇湿漉漉的头发便应声散落一地。头顶剃光了，开始刮脸、刮胡子，直到把躲藏在耳朵周围的一些散乱头发也刮干净为止。

虽然剃头匠们手艺高超，但面对小男孩时却也无可奈何，因为多数男孩子都“护头”，剃头刀子再快，小脑瓜皮却总是被剃得火辣辣的痛，于是又哭又闹，这时候就需要家长积极配合。否则，剃头挑子都有可能被踢翻……

剃头匠们虽然都很古板，用的总是那一套老掉牙的工具，剃出的总是一个模子出来的“葫芦瓢”（方言，指光头）发型，有时还会给光秃秃的脑袋上留下几道血印子，但憨厚的乡亲们对他们总是给予宽容和理解，甚而念念不忘。

如今，遍地的发廊、美容院，使得剃头的手艺已经远远跟不上新的潮流。剃头匠这一行当可能终有一天会后继无人，但属于童年时剃头匠的故事，宛如一首舒缓、动听的老歌，今天我听见了的温情，明天还会有人去聆听……

箍匠

民间从事制作与修理木桶木筲的匠人，称作箍匠。在洋铁桶（白铁）出现以前，人们在生产生活中用来挑水、盛粮食的工具，主要是木桶、木筲。当然，也可使用陶器，如陶罐等。但罐器容量小，易于破碎，远不及木制容器好用。

我小的时候，村子里的白铁桶还极少见，许多人家依然在使用笨重的木筲。那木筲，多为柏木板制成，外边用铁箍固定，空隙处以桐油调和石灰涂抹。木筲用的时间长了以后，铁箍会锈蚀，木板会磨损，需要及时修补。这些活计，就是箍匠的事。

那时，每到冬季农闲时，便会有箍匠走街串巷做生意。他们一般是挑副担子，一头是备用木板、铁箍及工具，一头是行李卷。都是南方人，他们说话村子里的人们听不太懂。不过，好客的乡亲们对远方来的匠人特别热情，端茶倒水，递烟点烟，为他们提供各种方便。

看上去，箍匠的工艺并不十分复杂。一把锤子，一块铁制冲板。退旧箍时，筲口朝上，以锤子敲击冲板，将旧箍冲击下来。加新箍时，则是将筲反转，筲口朝下，筲底朝天。后来，人们都改用白铁桶了，不再使用木筲了，也就不见了箍匠的踪影。

磨刀匠

“磨剪子嘞——抢菜刀。”这一声悠长的吆喝回旋在耳畔，已使人有恍若隔世之慨。多少行当已渐次隐向记忆深处，多少磨刀人如同我们熟悉而亲近的候鸟一样，那样杳然地迁徙出了我们的生活视野之外。

鸟翅划过天空，不着一痕，而磨刀人弓腰佝背的身姿和那一片“霍霍”的磨刀声，又怎能轻易地从我们耳旁消弭，从心头抹去呢？

在我童年的记忆里，磨刀剪这一行当，从业者似乎是清一声的行头，多腰扎围裙，肩扛四腿长板凳，板凳的两头各放置粗细磨刀石一块，木板凳边挂着小水桶、水刷子、擦刀布，木板凳后还见缝插针地嵌有一小型工具箱。方寸天地，竟被磨刀师傅安排得如此密切紧凑，井然有序，于手艺之外，别见一番匠心。

磨刀剪的一般都是老人，是年少者不肯承传，抑或是老师傅吝于授艺，不得而知。他们串街走巷，一路缓行，一路吆喝，或手提串铃抖动作响，或吹单音小号，声震一方，招徕顾客。

“荒年饿不死手艺人”，秉承着先人的遗训，这些满面沧桑的磨刀人，以一种对职业的尊崇，把这手被常人视为毫末雕虫的技艺，演绎到炉火纯青的境地。也许，他们终其一生，只能赖此养家糊口了。但作为一种自食其力的方式，谁又能鄙视劳动者的伟大呢？

据说，著名战士作家高玉宝退役之后，经常在居民楼前，跨坐于一条长凳上，笑意盈盈地义务为邻居们磨剪子、菜刀。他接过钝口菜刀，噌噌噌，先在一块粗油石上过了几下，又霍霍霍，在一块稍小的细油石上磨开了。一杯茶的工夫，那把钝刀通体锈迹全除，刃口在阳光下闪着冷澈寒光。这一磨就是几十年。如今，他老人家走了，小区里再也看不见他磨刀剪的身影……（未完待续）

故乡，远去的手艺人（三）

杀猪匠

杀猪匠，旧时称杀猪厨子，又名“屠户”。乡村人家，每年春天买的小猪崽，喂养到腊月以后，已长到一百多斤，就该屠宰了。那时候，还没有生猪定点屠宰的规定，只要上缴屠宰税，就没人管了。我们村子每年义务为社员们杀猪，但是，因为没有专门的杀猪匠，便找一些胆子大体力壮的小伙子，临时客串一下这一角色。

杀猪这活计，不仅要胆大心细，还有一定的技术含量在里边。听人说，公社供销社的杀猪匠贾师傅，杀猪之前先给猪挠痒痒，使猪瞌睡不已，在猪困顿之际，贾师傅突然一刀扎进去，让猪在睡梦之中享受了“安乐死”。而另外一个杀猪匠三胖，身材魁梧，力大如牛，杀猪从来都是自己一个人，他利用突然袭击的办法，单手抓住猪耳朵，向上提起，在猪还没闹明白怎么回事时，白刀子进去，红刀子出来，猪血如注，喷涌而出，让猪死了个痛快。而我们村这些“业余选手”，又会有怎样的表现呢？

每逢腊月里集体杀猪，村子里比过年都热闹，大街上盘起四五个锅台，架上硕大的铁锅，男女老少，不用指派，各有活干：小伙子负责逮猪，中年人负责挑水，老人小孩抱柴火，妇女们烧火，一派繁忙景象。其实，在每个人心里边，都有各自的“小九九”：当家人想的是，杀了猪，卖点肉，挣俩钱，好置办年货；妇女们想的是，有了钱，好买布，给一大家子人都做一件新衣服；老爷子想的是，杀了猪，煮点猪下水，好喝上几盅小酒；我们小孩子想的是，跟杀猪的要一个猪尿泡，几个猪蹄脚，猪尿泡冲洗干净，吹起来，用线扎紧，就像个气球，扯着线，飞来飞去，猪蹄脚里灌满冻猪油，安一根灯捻，晚上出门照个亮……

当街上响起一阵噼噼啪啪的鞭炮声，杀猪活动就开始了。杀猪人把尖刀、砍刀、刮刀、捅杆、挂钩、提钩，一件件摆好。没有这些凶残的武器，一头头欢蹦乱跳看似笨拙的肥猪是放不倒的。几个身强力壮的小伙子，有拽猪耳朵的，有拉扯猪腿的，终于把猪拖到丧命台。猪挣扎着，杀猪人慢慢吞吞终于用尖刀刺进了猪脖子的血槽里，一股殷红的液体顺流而下，直射进地上事先预备下的盆里，与盆里的高粱面掺和，泛起一咕嘟泡沫。猪不忍剧痛，四只蹄子乱蹬，声嘶力竭，那叫声由尖及吼，由吼及哼，由哼及嗡，直至气息全无。这时，杀猪人迅疾地在猪的后腿上划开一个小口子，用铁捅条长驱直入猪的胸腔，打开一个吹进气的通道。杀猪人的肺活量通常是很大的，就见他猛吸一口气，鼓起腮帮子往进气口吹起来。一会儿工夫，猪的身体开始膨胀，全身都鼓胀起来，就像个气蛤蟆似的，浑身圆滚滚的，四条腿绷直着。这时铁锅里的水早已沸腾了，人们用瓢舀着水，浇到死猪身上，烫松了坚硬的猪毛。在杀猪人的指挥下，人们像抹灰浆一样，用刮刀在猪撑起的表皮上来来回回地刮着，当猪毛煺净，赤裸的肥猪变得白白净净了。

这时，杀猪人在众人的帮助下，用吊钩把猪悬挂起来，找准猪的体位中线，用锋芒毕露的刀将猪劈开成两片，把猪的内脏掏出来，丁是丁卯是卯，分门别类摆放一旁。然后，像庖丁解牛那样，开始将猪一块一块地进行分割，碰到骨头，就用砍刀“咔嚓咔嚓”猛剁，直到分解完毕，猪头是猪头，血脖是血脖，后座是后座，翻滚着一股热气和肉香。

集体杀猪留给人的印象是场面大，热闹。那时候，乡村几乎没有什么文化生活，所以我们对于暴力、恐怖、刺激的认识，主要就是从腊月的杀猪声中汲取来的。至今想来，那白刀子进红刀子出，鲜红的血液喷涌而出，溅到地上，凝结成黑色的斑块的场景，仍令人心生寒意。

鞋匠

鞋匠，俗称缝鞋匠，多在村子当街或于集市上出摊。

鞋匠的主要工具不外乎脚撑木砧、钉锤切刀、鞋拔鞋楦、锥子缝针。鞋拔子是必备之物，亦称鞋溜子，是穿鞋试脚时所用的一种辅助工具，其“状若犊舌，一般长三寸许，宽一寸余，凹形。上端稍小而有孔，便于握挂，下端扁屈，易于拔抽，倘求鞋之适足而欲其峭紧者，每以鞋拔助”。

鞋楦，使鞋匠这一行当有了一种历史的厚重感。楦者，古称“木爰”，俗云“楦头”。明方以智《谚原木爰》载：“鞋工木胎为木爰头，改作楦，至今呼之。”

在林林总总的手艺人中，能够想起鞋匠，其实记录的是一段与“文革”时期发生的“大串联”有关的故事。

那时，作为懵懂少年的我们，只知道听从上级命令，尽管只有十五六岁，尽管没有远离过父母的视线，便毅然决然地行动起来，组织了一支十人的红卫兵串联小队，当时确定的目标是先步行到韶山，由韶山奔赴井冈山，最后到达上海。为此，我们从思想上、物质上精心做了准备。思想准备，主要是做好吃苦耐劳的准备；物质准备，除了必备的地图、背包带、绳子、绑腿、棉衣、水壶之外，最重要的莫过于鞋子了。那时，我们穿的都是家做的布鞋，也有一小部分同学有解放军穿的那种“解放鞋”，极少有人穿皮鞋，皮鞋当时对于我们来说属于“高档物品”。

为了确保脚上穿的鞋子，能够陪伴我们走下三千多里路程，我决定把自己的布鞋拿去请鞋匠给钉上皮掌。因为已进入了冬季，学校门口那个有气喘病的老鞋匠早就收摊不干了，我只好步行五里路，到县城去修理。

在安平县城老圣姑庙前，我看到有一个鞋匠正低着头忙乎，便朝他走了过去。听见脚步声，鞋匠抬起头，我上下打量他一番，只见他五十岁左右年纪，个头不高，黝黑的脸膛，额头上有几道深邃的抬头纹，两个眼角有细微的鱼尾纹，诠释着曾经的岁月沧桑。他头戴一顶帽盔儿，旧的已辨不出原来的颜色；上身穿一件藏蓝色中式对襟夹袄，上面油脂麻花，两个胳膊肘上都是补丁；下身穿一条黑色捻腰棉裤，臀部和膝盖都有补丁点缀，不知已穿了多少时日。一看，就知道他是一个家庭比较困难的老鞋匠。

老鞋匠见我手里拿着三双崭新的布鞋，便开口问道：“新鞋为啥要修呢？”我说：“钉一下皮掌。”“哦，看样子是要出远门啊！”“对，我们要学习红军两万五千里长征精神，步行串联到韶山。”我情绪激动，居然对一位陌生人不加戒备地道出了心中的秘密。老鞋匠听了，放下手中的锥子，有些吃惊地问道：“怎么，你们要去韶山？听说离咱们这里有两千多里地呢，你们小小年纪，爹娘会同意吗？”我说：“没问题，爹娘都同意啦！”鞋匠不说话了，把手里干了一半的活放下，接过我的鞋，说道：“你们一路上要跋山涉水，我把鞋底儿前后都给你钉上胶皮掌吧！”我说：“行啊，你看着给弄吧，我也不懂怎么好。”

那时候，修鞋匠的工具特别简单：一个马扎，一个放工具的木箱子，一些修鞋用的基本工具，其余就是锥子和剪刀。除了家庭妇女做鞋的那种针锥子外，还有筒锥。筒锥，跟普通锥子不太一样，那把儿宛如小小的辘轳把儿，针径为筒状，针尖儿一侧为斜面，扎透鞋底儿，再把穿着麻绳的钢针扎进筒里，在拔筒锥的同时，把钢针和麻绳也带过来。

估计鞋匠需要用一段时间才能把鞋修好，我便对他说：“你先修着，我到对面百货公司去转一转。”他说“好的，你放心去吧，过一会儿我就弄好了”。

过了大约一个小时，我回到鞋匠身旁，见我的鞋已经修好了，整整齐齐地摆放在地上，或许是怕弄脏了鞋底子，用一块塑料布垫在鞋的下边。我一边从口袋往外掏钱，一边问：“师傅，一共多少钱？”他头也没有抬地说：“不要钱！”“不要钱，那是为什么？”我不解地问道。老鞋匠这才抬起头，脸上露出一丝微笑说：“俺儿子跟你一样，也要步行去韶山。”我说：“那太好了，说不定路上我们还能够遇见呢！”“是啊，所以这修鞋钱俺不要了。”我问他说：“你儿子叫什么名字？在哪个中学念书？”“哎！”老人叹了口气，接着说：“俺这个老儿子打小娇惯坏了，总嫌俺在大街上修鞋给他丢脸，从来不愿当着人的面喊我，不提也罢。”“他也太不像话了，回头我找机会开导开导他。”“算了吧，他还是个孩子，我不跟他一般见识。”“那好吧，谢谢你，我得赶紧回学校了。”当我拿起鞋，准备告辞的时候，老鞋匠突然站起身来，神色凝重地说：“孩子，能听我说几句心里话再走吗？”我说：“没问题，请你老人家说吧！”就见老鞋匠一副慈祥的样子，像对待自己的孩子那样，和颜悦色地说道：“你们这一路上山又高水又险，一定要学会照顾自己，遇到什么事，同学们要多商量，实在过不去了，记着给家里来个信，免得大人惦记啊！”我听了深受感动，连忙说道：“老人家请放心，我一定记住你说的话。”说完，我给老人深深地鞠了一躬，扭过身去，不知不觉中，眼泪悄悄地从眼眶里淌了出来……

让我感到后悔不迭的是，当时由于走得太匆忙，竟然没有问一下修鞋师傅的姓名。所以，一直到现在，每当看到大街上修鞋的老师傅时，我总会深情地望上一眼……

豆腐匠

豆腐，作为一种价廉味鲜的家常蔬菜，每每出现于千家万户的餐桌上，与人们的日常饮食关系十分密切。相传两千年前已有之，王三聘《古今事物考·卷七》云："草木子曰：豆腐始于汉淮南王刘安方士之术也。"豆腐古称"菽乳"，宋、元时亦有"来其""黎祁"之称。后人为豆腐写诗很多，陆游诗云："盘堆连展，洗缶煮黎祁。"（《邻曲》）写的就是宋人庆丰年吃豆腐喝美酒的场景。

豆腐的制作原料很广，黄豆、黑豆、豌豆、绿豆之类皆可，我们老家以黄豆为主。其程序为泡涨、磨碎、过滤、煮熟、点卤。

豆腐匠，就是指会做豆腐的手艺人。

小的时候，我们村子里只有一户人家做豆腐。做豆腐的名叫焦乱，与我家后邻居焦兵是亲哥俩。他们的口音，细听起来与常人不完全一样，哥俩究竟是哪里人氏，何时因何故落户我们村的，不太清楚。按乡亲辈论，我该叫他们叔叔。

焦乱那时四十岁出头的年纪，正处于年富力强的年龄段。可能是他家境不好，操劳过度，人显得很苍老。他小个子，干巴瘦，背微驼，头顶霜，脸发皱，眼混浊，大嘴巴，络腮胡，一看就是一个饱经沧桑之人。

白天，焦乱跟其他社员一样，下地劳动，到了晚上，老两口加班做豆腐，清早起来推着小车，走街串巷去卖。卖豆腐的一般都敲梆子，可焦乱叔不用，他做的豆腐根本不愁卖。甚至有的人家摊上红白喜事，要提前几天预订。

焦乱叔为人老实本分，做出来的豆腐也随他的秉性，有股浓郁地道的豆香味，绵白、香醇，嫩中不老、老中含嫩，炖而香软，炒而不碎，嚼而不噎。

每年头过年的那几天，焦乱叔便会放下自己的买卖不做，忙着给乡亲们义务做豆腐。那时候，不是每家每户过年都做豆腐。家庭条件差的，把从生产队分的豆子都拿到集上粜了；家里人口少的，分的豆子不够做一包豆腐，有时就几家商量，把豆子掺在一起，合着伙做一包豆腐；也有人家觉得过个年吃不了多少豆腐，花钱买一点就行了，嫌自己做豆腐太麻烦。

有一年，生产队分的豆子比较多，爹娘商量后，准备自己单做一包豆腐。头两天，跟焦乱叔商量好了日子，娘把豆子也泡好了。于是，那天傍晚，我提着泡豆子的水桶，娘一手抱着棒子秸，一手拿着盛豆腐的盖帘子，一块儿向焦乱叔家走去。

焦乱叔家住在村子南头，三间低矮的旧砖房，比起别人家的房子，显得很寒酸。除了睡觉的东间屋外，其他两间房子里，放满了做豆腐的家伙，用一句成语来形容，就是“无立锥之地”。

见我们娘俩来了，焦乱叔满脸堆笑说：“来了，先磨豆浆吧！”说完，把我拎去的泡好的一桶豆子，用瓢一瓢一瓢地灌到磨眼里。我和娘负责推磨。头一次干这个活，我很卖力气地推着木杠，像撒着欢的骡驹子。“小子慢点，慢点，不要推那么快，一会你就没劲啦！”焦乱叔松开磨顶上皮囊的口子，一边让水往下滴，一边朝我喊道。

推完了磨，正如焦乱叔所说，累得我气喘吁吁。我一边急促地呼吸，一边静静地观看焦乱叔的表演。只见外间屋里，用两根木棍，摆成一个平整的十字形，用铁环穿着，吊在屋梁上。一匹四四方方的厚纱布，角儿绑在两根木棍的四端，做成一个大兜子。焦乱叔把刚磨好的豆浆倒进布兜子里，熟练地操纵着两根木棍，像舞者一般摇来扭去，乳白色的豆浆由快而慢，像雨滴似的流到下面的大瓮中。最后，留在布兜里的全是豆腐渣子，圆圆的，黄黄的，好大一块。那年月，豆腐渣可是农家的宝，豆腐渣既可当菜，又能当饭，除了吃的时候有点噎嗓子外，它填肚子的效果还是不错的。瓜果茄子吃多少肚子都觉得空，而吃豆腐渣，却有吃饭一样的饱胀的感觉。它那特有的青涩、豆腥味，至今令我回味无穷。

淋好了豆浆，焦乱叔开始把大瓮里的豆浆舀到大铁锅里，开始点火煮了。

那时候，帮人做豆腐是义务的，可烧的柴火要从自己家里带，负责烧火的是焦乱叔的媳妇（后来离异了）。等豆浆烧好了，焦乱叔用瓢淘到另一个大瓮里，沉淀了一会，便准备来点卤了。

俗话说：“卤水点豆腐——一物降一物。”点卤，是做豆腐最重要的技术，一锅豆腐做得好与坏，老与嫩，关键就看点卤的技术怎么样了。只见焦乱叔左手端着盛卤水的瓢，右手拿一个长柄的木勺，一边搅拌着豆浆，一边滴卤水。他搅动的速度看上去很有章法，该快时则快，该慢时则慢，等缸里的豆浆凝固了，成了豆花，能看到黄澄澄的水了。焦乱叔说：“好啦！准备倒豆花。”说完，吩咐我娘和他媳妇分别抓住一块粗纱布两边的角，平放在一张四方台子上，焦乱叔一勺一勺地把豆花舀到纱布上，等豆花全都舀完以后，再把纱布的四个角拎起来，打一个结，做成一个包袱的形状，在上面盖上一只又厚又重的木盖，木盖的上面再压放一块大石头。这时候，就听到纱布里有水往水桶里淌的声音，“滴滴答答”，清脆悦耳。等那黄颜色的水全都淌完了，做豆腐的工序就算全部完成了。

估摸着时间差不多了，焦乱叔搬下石头，打开木盖，解开包袱，我定睛看去，哇！里面躺着一整块淡黄色的豆腐。焦乱叔把豆腐切开，放到娘带去的盖帘子上，足足装了有四大盖帘子哩。我和娘往返了两趟，才把豆腐和豆渣运回家。

现在，人们生活条件好了，自己做豆腐的很少了。想吃豆腐了，到超市或菜市场里买一块，但是，再也吃不出小时候豆腐的那种鲜香味道了。

除了上述之外，还有许多乡村手艺人，如石匠、铸锅匠、厨师、弹棉花……由于笔者较少接触或者没有接触，缺乏感性认识，如同俗话所说“眼见为实，耳听为虚”，我委实没有能力为读者一一道来，只好就此打住。

“生活中所需的一切，曾经就在屋前屋后。那时的日子直接、新鲜，带着手心的温暖”，这是《匠人》中的一句话。如今的乡村，随着科学技术和工业化、机械化的迅猛发展，机械取代了人工，批量生产替代了传统的手工制作，那些靠手艺谋生的手艺人已“英雄无用武之地”，他们当中一部分人已经老去，年轻的都已改行。

我怀着凭吊的心情，凭吊那些已然消失或者濒临消失的老手艺人们！正是因为他们，让辽远的乡村，摇曳着古老的文火，让这个工业化的时代，依然有手工的温暖，有民间的地气袅袅缠绕……

第二辑　亲吻大地

神圣的冬小麦

冬小麦是神圣的，因为只有神圣的植物才能够镶嵌在我们共和国庄严的国徽上。

根据《中华人民共和国国徽法》第二条规定：“中华人民共和国国徽，中间是五星照耀下的天安门，周围是麦穗和齿轮。”

我们的国徽上，那两串金光灿灿籽粒饱满的麦穗，象征着共和国对农业的高度重视。

冬小麦是神圣的，因为它是一种饱经沧桑的农作物。冬小麦经历过雨雪、冰霜，傲视过春花、骄阳。在北方的农作物中，没有一种能够像冬小麦那样，经历了一年四季：秋种，冬眠，春长，夏收。漫长的季节，孕育出饱满的生命。所以，它是一种经冬历夏的农作物，是一部生命的史诗。

冬小麦是神圣的，因为它有着与众不同的品格。单从冬小麦的播种时间，就可以看出它的特立独行。过去农谚说：“白露早，寒露迟，秋分种麦正当时。”现在，播种时间几乎推迟到了寒露乃至霜降。在秋收的一片欢乐中，冬小麦没有去争艳丽的秋色，而是在“一场秋雨一场寒”之后，伴着秋霜下种，经过寒露的浸润，当万物笼罩在一派萧疏的氛围里，一颗颗饱满的小麦种子，在大地母亲的怀抱里孕育，短短的七八天时间，奋力挣脱泥土的包裹，生根发芽，诞生出可爱的麦苗，给黄土地上辛勤劳作的农民带来喜悦、信心和希望。

冬天，是冬小麦最为困难的成长过程，没有舒适的环境，没有暖和的温度，也没有精心的呵护。反倒是一场接一场的风雪严寒飘然而至，考验着它抗严寒化冰雪的坚韧与耐力。在瑟瑟的寒风中，雪花轻盈地从天空飘落，像雨丝般落下来。一阵阵朔风吹来，像撒向天空的细盐，漫天飞舞，把整个大地装扮成了童话般的冰雪世界。它们落在屋顶上、树枝上、马路上。不久，麦田就被大雪完全覆盖了，变成白茫茫的一片。令人惊讶的是，在这样恶劣的环境中，冬小麦不仅没有屈服，反而表现得非常坦然和欣然。一层厚厚而疏松的积雪，像给小麦盖了一床御寒的棉被。雪中所含的氮素，被它吸收利用。雪水温度低，冻死了那些地表层越冬的害虫，也给冬小麦越冬带来很多好处，为来年的丰收奠定了基础。所以有一句农谚叫作：“冬天麦盖三层被，来年枕着馒头睡。”

在春寒料峭、乍暖还寒的初春，返青的麦苗最先将生命的信息传递出来。当一场春雨飘落，几阵春风吹过，这时候你走进麦田里，仿佛能够听到冬小麦拔节的声音：噼啪，噼啪……让蜷缩一冬的人们不由得心潮澎湃、血脉贲张。

冬小麦喜水也怕水，农谚云：“寸麦不怕尺水，尺麦怕寸水。”意思是说，当小麦刚刚开始生长时，幼苗非常小。此时，如果大水漫过小麦幼苗，小麦也不会死亡。当小麦即将成熟时，即使水深只有一寸，小麦也会死亡。因此有经验的农民给它总结了一句话：“前半生喜水喜光，后半生喜光恨水。”

冬小麦是神圣的，因为它是承载我们童年记忆最多的植物。冬天，我们会在积雪的麦田里揪麦苗，回家喂猪羊；春天，我们会结伴去麦田里挖野菜，那里是野菜最爱生长的地方。清明过后，麦地里蒲公英、荠菜、灰灰菜到处可见，只一会儿的工夫，就能采满一筐。之后便是我们追打嬉闹的时间，在广阔而又平坦的麦田上，我们尽情地玩耍，放风筝、翻筋斗、玩老鹰捉小鸡，游戏一套接着一套，欢笑声一阵高过一阵。

夏天，冬小麦成熟前，我们最爱搓生麦粒吃。掐几支半青半黄的麦穗，放在火上烧一烧，放在手掌心里，两手相对，揉来搓去，一股新麦清香的味道，便从手心里慢慢弥散开来。待到麦穗搓好了，张开两手，轻轻一吹，那些麦皮儿就四散开去，把晶莹的麦粒往嘴里一放，嚼起来筋道十足，那时候感觉是最开心、喜悦和幸福的时刻。

芒种节，小麦开始趋于成熟了（各地麦熟季节不同），我们老家有句俗话“芒种三天见麦茬”。小麦开始收割了，学校里放了麦假，我们便跟在割麦子的大人们后面，捡拾遗落在地上的麦穗；当我长大了，当上了民办教师，开始带领着自己的学生，重新捡拾麦穗，捡拾遗落在麦地里曾经的童年……

冬小麦是神圣的，因为它的一生几乎都融汇在流传千百年的农谚里，“小麦正月怕暖，二月怕寒，三月怕霜”“雨水（指节气，下同）无雨天要旱，清明无雨多吃面”“春分麦苗起身”“谷雨麦怀胎”“立夏麦呲芽”“麦到小满日夜黄”“芒种三天见麦茬”。进入阳历6月，干热的西南风一个劲地猛吹，枝头的杏子被吹黄了，田里的小麦麦穗也被吹黄了，休整了一冬的农民也该进入紧张劳累的“三夏”大忙之中了。

俗话说：“蚕老一食，麦熟一晌。”此时，人们不敢有半点儿马虎，特别是生产队长，天天要跑到麦田里去观瞧：头回看，麦秆儿绿着；二回瞧，麦粒还没灌满浆；三次去，麦穗半黄半绿，拽一穗，捋下麦粒，掐一掐，咬一咬，知道到了八九成熟。收麦是赶早不赶晚。俗话说：“九成熟，十成收；十成熟，一成收。”何况麦收时节，天气不等人，经常是“六月天，孩子脸，说变就变”，眼看到手的粮食，谁也不想因天气原因给毁了，于是就得“白加黑”“黑加白”连轴转地紧忙活。

那时，麦收是全村的大事儿。挂在老槐树上的钟声响起，浩浩荡荡的收割队伍下地了。

生产队长把男子汉们带到麦田地头，按照每人四行的标准，把人一字排开，一声令下：“开镰！”就听得唰唰的一片响声，惊飞了伏在麦垄里的鹌鹑，吓走了在麦穗上啄食的麻雀。

1968年，我初中毕业到生产队参加劳动，正好赶上割麦子。虽然刚出校门，很少干庄稼活，但也不甘落于人后，凭着一股子“傻小子睡凉炕——全凭火力壮”的精气神，干活不惜力气。头两天割麦子，只是感觉手心发胀，过不了几天，右手掌里就会蹿出一片血泡，用针尖挑破，把血挤干，然后用一块布条包扎起来，继续割麦子。很快腰部也受不了了，酸疼得如同断了筋骨，站立时直不身来。再加上天气炎热，干燥的麦田尘土飞扬，嗓子眼里如同塞进了棉花，干咳起来像冒了烟似的。就这样，仍然咬牙坚持着。

割麦子这活计是很讲究技巧的，一般是躬下身，左手反过来，手掌朝外迎着麦子拢着握起，右手镰刀贴地面稍高出几厘米往后割，一次不能揽得太多，那样左手握不住，要均匀地在左手边握成一个“扇子面”。麦茬不能留得太高，然后将割下来的麦子，捋一把，顺着麦穗扭几扭，绾成一个“老婆纂”，再从中间交错翻开，当作捆绳（方言叫要子），铺在地上，把手中握着的麦子放到上面，拉起捆绳交替扭转两下，将麦穗头往里塞进去，一个小麦个子就捆扎好了。割麦子通常是两个人“搭帮”，一个在前面只管割麦子打捆绳，叫“领要人”。后面跟着的人连割麦带捆扎麦个子，叫作“拾要人”。两个人配合默契了，形成一定的节奏和韵律，割起来速度也就加快了。

割麦子时，要是“拾要人”落下得太多了，前面的“领要人”就会多割两行，这样，有“领要人”帮忙，“拾要人”也就有了信心。等割到长长的地头，大家这才直起腰身，抹抹汗，捶捶腰，歇息一会，喘口气，抽袋烟，再埋头继续干。

割麦子这活，天气再热也要穿长袖衣裳，不然，尖尖的麦芒会扎得手腕、胳膊生疼，脚上穿着母亲在油灯底下一针一线纳的千层底布鞋，倒是不再担心麦茬刺破脚丫子。

经过社员们齐心协力，麦子割完了，捆扎好了，然后把麦子攒在一起，再将散落的、没有割干净的麦穗，一一捡拾起来，生产队的马车、牛车就等在地头上，一趟趟地从田野运送到打麦场上。

麦收时节，每一个生产队都有一块平整压实的麦场。麦子泛黄还未开镰的时候，是打麦场最繁忙的时候。先是把场地用水浇灌透了，这一步叫作“泼场”；然后撒上麦秸秆，用耙子把场地荡平，再用碌碡轧平、轧实，这一步叫作“杠场”。经过这两个步骤，家乡人俗称的“场”便做好了，单等着麦子割下来进场了。

麦子拉进场，首先用铡刀把麦捆子铡成两半，把麦穗头在打麦场上摊开，将麦秸堆放到场边，这一步叫“摊场”，等到麦穗麦秆晒干了，然后用碌碡碾压。有条件的是用毛驴或者小拖拉机拉着碌碡，转着圈一遍遍地碾压；轧了几遍之后，感觉麦粒脱落出来得差不多了，再用木杈翻几遍，将麦子再翻过来，把长的、多余的麦秸挑出去，然后再继续碾压。

一场麦子一般要碾二次，第二次碾过以后就可以起场了。起场也是一个全员参与的活动，大人们用木杈把麦秸归拢后，用拣杈把麦秸运到指定的地方，堆成麦草垛。妇女们拿推板把麦粒往一块推，攒成麦堆。麦堆攒起来以后，这一场就算大功告成了。这个时候，人们才可以坐下来喘一口气，聊一聊当年的收成。

接下来就是扬场了，扬场可是一个技术活，原来在生产队的时候，各生产队都有这方面的把式专门从事这项工作。我们生产队主要有我父亲、张素霞的爷爷、壮街叔叔、玉镯叔叔等几名主力干将。扬场是要借助风力的，有经验的扬场手不管风大还是风小，都能够把麦子扬得干干净净。扬场一般使用侧逆风，风大的时候，扬场手需要叉开腿，压低腰，扬出低而短小的一个弧度。微风的情况下，扬场手就要舒展腰身，两腿稍稍回收自然弯曲，高高地扬出一道漂亮而深远的弧线来，散开成一道扇子面。风吹掉了麦糠瘪粒之后，颗粒饱满的麦粒就渐渐地撒落成隆起的新粮堆。

扬场通常需要两个人配合，当扬场手扬起五六木锨之后，他的助手（俗称“打落的”）通常是戴着草帽的老人或妇女来担任，他们脱去鞋子，光着脚丫，操起宽大、长苗的大扫帚，在麦粒上轻轻掠过，把那些分量略重不易和麦粒分开的“麦余子”（指麦糠、草棍儿或淤泥块儿等）归拢在一边。就这样，一个扬，一个掠，配合得相当默契，不一会儿工夫，麦粒就在场中堆成小座山头。

扬场的过程，是我小时候看到过的最潇洒的劳动表演，听到过的最美妙的劳动交响乐。木锨与地面的摩擦声，麦子落在地上的沙沙声，用扫帚掠去麦糠的唰唰声，间或传来的人们的说笑声，此起彼伏，热闹非凡……

冬小麦是神圣的，因为它是一种最懂得感恩的农作物，“馈我一粒种子，便有万粒归仓；贻我一场春雨，便能忘我生长”。同时它又是最富于奉献精神的农作物，“千磨万击还坚韧”“留得清白在人间”。

冬小麦是神圣的，它的一生，是多姿多彩的一生，是极富传奇的一生，它经历了秋风的抚慰，霜冻的扼杀，寒冬的煎熬，暴雨的血洗，夏阳的炙烤，也经历了镰刀的宰割，碌碡的碾压，石磨的粉碎。正如现代京剧《沙家浜》里“要学那泰山顶上一青松”所歌颂的青松那样：“逢灾受难，经磨历劫，伤痕累累，瘢迹重重……”这些苦难的历程，不仅没有摧毁冬小麦的坚强意志，反而成就了它外刚内柔的秉性，温和善良的品德，义无反顾的献身精神。

冬小麦把全身的精髓，无私地奉献给社会，作为稀缺的“细粮”和“面中之王”，它用千变万化的做法、吃法调剂着、丰富着人们的“盘中餐”，养育了一代又一代人。

我时常想，冬小麦的精神品格，多么像天底下所有的母亲，把子女抚养成人后，让他们奔向四方，追求各自的幸福和理想，自己则毫无怨言地坚守在黄土地上，让生命得以传承和延续……

我爱你，神圣的冬小麦，就像爱自己平凡而伟大的母亲！

玉米不了情

玉米，据《百度百科》解释：“玉米是禾本科的一年生草本植物 。又名苞谷、苞米棒子、玉蜀黍、珍珠米等。原产于中美洲和南美洲，它是世界重要的粮食作物”。玉米在我们老家，叫作“棒子”。

我从小喜欢玉米，因为那时玉米在我们老家属于稀罕物种，它种植面积很小，原因是我老家处于滹沱河下游泄洪区，过去滹沱河经常闹水灾，在我的记忆里，就遇到过 1956 年、1963 年两次特大洪水。洪水如猛兽，所到之处房倒屋塌，地里的庄稼除了本地的大高粱外，其他农作物悉数绝收。加上当时的玉米还不是杂交良种，产量低，不耐涝，因此生产队主要以种植高粱、小麦为主，玉米只是一种补充。

“物以稀为贵”，那时候的玉米，只够用来做早晚餐的玉米面红薯粥，至于玉米面贴饼子、蒸窝头，只能是一种奢望。1963 年，我上中学时住校带干粮，带的是一摞秫面（高粱面）饼，而同学们带的大都是玉米面窝头或者玉米面贴饼子，看着叫人眼馋。

小时候，老家种植的玉米有两种，一种是春天在闲了一冬的地里种植的“支玉米”（方言，指春玉米），因其结的籽粒是乳白色的，很像马的牙齿，乡亲们都叫它“白马牙”。这种玉米，一年只种一季，所以更为稀缺。一般将其磨成玉米面，与白面掺合在一起，农忙时用来蒸馒头。这种馒头，表面是白色的，看起来与“净面”（纯白面）馒头没有区别，其实不过是用来满足一下虚荣心罢了，因为吃起来口感便会说明一切。因为春玉米一年只收获一季，而且产量不高，没过几年便被淘汰了，现在的年轻人估计没有见过这种玉米。另一种玉米叫“晚玉米”。它是在麦收之前在麦田里用穴播的方法种植的。那时的晚玉米都是本地的品种，看起来秸秆粗壮，高大挺直，叶片宽厚，每一株只结一两个玉米棒子，也有结三四个的，但有的灌不满籽粒。

那年月，农村的学校一般根据农事季节放麦秋假，秋假放得早，时间长，老师也不怎么留作业，所以秋假是最开心的日子。约上几个小伙伴，到庄稼地里去砍草。尽管“秋老虎”肆虐，天气闷热，也要钻进玉米“青纱帐”里去。进玉米地砍草，是要穿上长袖褂子的，不然胳膊上会被玉米叶子划出一道道血印子，被汗水一浸，又疼又蛰。其实进玉米地砍草，除了能找到成片的草之外，运气好的话，还能找到小野瓜。这些个头不大的野瓜是从哪里来的呢？估计来自农家肥里的瓜子，这些瓜子遇到合适的气候环境，就会钻出来，玉米秸秆和叶子为它们遮挡了阳光，它们又从土壤里汲取了营养，经过撒蔓，开花，结出小瓜，但那瓜总也长不大，成熟后有一股香甜味道。当然，我们进玉米地的目的绝对不只这些，而是“醉翁之意不在酒——另有所图”，这个所图之一是“撅甜棒”，即扳断玉米秸秆，像吃甘蔗一样，吸吮秸秆里甜丝丝的水。另外是从玉米秸秆上将接近成熟的青玉米棒子掰下来，藏到荆条筐底，用草盖严实，回到家煮着吃，有时会躲到无人光顾的坟地里，用火烧熟了吃。

有句歇后语说，小偷小摸的行为“就像饺子皮太薄——难免要露馅”。

有一次，我们到邻村南两洼地里砍草，顺便一人掰了一穗青玉米，刚出地头，就被“看青”的人发现了。那“看青”的人我认识，名字叫“拐来”，他三十多岁，长得个子不高，黑黝黝的脸庞，一双算盘珠大的眼睛，他的一条腿是瘸的，说话带有一点外地口音，走起路来一瘸一拐的。对于他的来历，我至今都没有搞清楚。

看到拐来直奔我们而来，我们吓得三魂丢了两个，夺路而逃。那拐来挺机灵的，知道全逮住我们不太可能，就像逮蛤蟆一样，瞄着我一个人追，没有想到他腿脚虽然不得劲，跑起来却快得很，我背着筐碍事，跑不快，不大一会就被他逮着了。当时我肠子都悔青了，一个劲儿地抱怨自己："为什么不把筐给扔了，空着手跑呢？那样他就不会追上我啦！"拐来黑虎着脸看着我，半天不说话，把我都给看毛了。我连忙说："拐来叔叔，对不起，我做错了，以后再也不敢啦！""嘿嘿，你个臭小子还认识我，你家大人叫什么？非得给你学舌不可，让你老子打你一顿，看你还敢不敢再犯了！"我把父亲的名字告诉了他，并哀求道："好叔叔，念在我是初犯，你就不要跟大人说了，求求你啦！"听了这番话，拐来叔叔脸上有了笑模样，他用大手摸了摸我的头，说："孩子，你们正在上学读书，能不知道咱农民种地不容易吗？以后千万不要发匪了。"接着他又说道："你爹是扛过枪打过日本鬼子的，你姑父王国造是俺村的大队长，你这样做对得起谁呢？"

听了他的话，我深深为自己的行为而感到羞愧，同时，也第一次听说我还有另外一个姑父，而且他的大儿子王大树，是我的完小同班同学。在此之前，我们相互之间都不知道有这样一层亲戚关系。

见我还站在原地发愣，拐来叔叔说："小子快回家吧，棒子白送你了。你甭担心，我不会跟你爹学舌的。"

告别了拐来叔叔，我在另一条小道上碰见了伙伴们，他们说："忘了告诉你，拐来追你时，你拐着弯跑，他就追不上你了。拐子跑直道行，一拐弯就没戏了。"我听了觉得很扫兴，心想："追上就追上呗，拐来叔叔还给我上了一课呢，这也算是因祸得福吧。"

回到家里，我把这件事如实告诉了父母，父母见我认识到了错误，也没有说什么。不过，从他们那里我才知道，原来我的大姑姑嫁给了王国造，不过她早已经去世了，所以就没跟我提起过此事。

1968年，我初中毕业回到村子里。那时候，杂交玉米已成为新宠，因为它“皮实”，不择地，贫瘠都可，水旱都行。不择食，不管是农家肥还是化肥，只要施法得当，就能稳产。可以重茬，一块地，能连种十多年，照样长势喜人，收获颇丰。当然，这种玉米最大的优点是高产。因此，玉米成了生产队的“当家花旦”，而种了几十年的红高粱，逐渐被淘汰了。

我回村后，第一次到生产队参加劳动，就赶上了种玉米。在即将成熟的小麦地里，每四个人为一组，有刨坑的、按（放）玉米子的、撒肥的、培土的。因为我以前没干过庄稼活，队长就安排我撒肥。因为在四道工序中，撒肥这个环节最无关紧要了。

到了深秋时节，地里的玉米完全成熟了。站在田间地头的高坡上望去，大片林立的玉米，经过一个生长期的发苗成长、抽穗拔节，已经到了收获的季节：粗壮的玉米秆瘦削了下来，青绿肥厚的玉米叶耷拉了下来，变得焦干枯黄。玉米地也不再那么密不透风而变得稀稀落落。

成熟后的玉米就像怀抱着孩子的妇女，那一绺一绺的玉米须，犹如她们怀中初生宝宝的黄头发。玉米宝宝在绿中带黄紧裹的襁褓里露出头来，翘首张望，等待着人们的收获。

收割玉米是比较累的农活之一，通常是男壮劳力用小板镐，将玉米秸秆贴着地皮刨下来，顺着垄放倒，妇女和老人将玉米棒子从秸秆上掰下来，放成一堆一堆的，最后按照各家各户的人口和出工数，进行分配。

分到手的玉米棒子，人们把它装进口袋或者装筐、装兆子筐（方言，指用荆条编的盛物的器具，比筐要大），用推车、拉车运回家里。吃过晚饭，全家人齐动手，连夜将玉米全部剥去外皮，以免天热将玉米穗给捂坏了，第二天用筐头把裸露的玉米系到房顶上，堆放在房顶后坡晾晒着（各地晾晒方法不一样）。到了冬天，农闲了，下雪了，一家人围坐在热乎乎的炕头上，开始手工剥玉米粒，因为那时候还没有玉米脱粒机。剥玉米时，先用纳鞋底子的针锥子捅去两行玉米粒，剥干净之后，用空芯玉米轴去捻转另一个玉米穗，如此反复，直到手发痛发麻了，才稍事休息。

有人说，“种玉米是农活里边比较累人的”，这话不无道理，种植累，管理累，收获累，脱粒累，但玉米毕竟是那时农民手里的宝贝，再苦再累，能够填饱肚子，心里也是甜蜜的。

玉米种得多了，自然而然成了每家每户的主食。那年月，顿顿玉米饼子（或窝头）熬白菜汤，月月玉米饼子（或窝头）熬白菜汤。但是，吃起来还是觉得很香的。现在的人隔三岔五下馆子，什么天上飞的，地上跑的，水里游的，海陆空几乎“通吃”。不过，相对于年轻时吃的玉米饼子或窝头，觉不出有多么好吃，反而觉得少了一点香甜的味道。

1980 年，农村实行了土地承包责任制，玉米成为农民当家的主食，这就更考验家庭主妇的本事了。总不能每天除了玉米饼子（或窝头），就是玉米饼子（或窝头），那样就会倒胃口。在这方面，农家妇女们八仙过海——各显神通。黄澄澄的玉米面，在她们的手里总能做出许多花样来。什么锅贴玉米饼子馏山药、蒸玉米面发糕、烙玉米面饼等。最拿手的当属玉米菜团子，将发好的玉米面包上白菜馅、韭菜馅或者萝卜条，奢侈时打上一两个鸡蛋，吃起来香甜可口。另外，还可以轧成玉米面条，乡亲们称为“黄金面”，这不单单是从颜色上区分了它，更重要的是给贫穷的人们留一个发财的念想。

现在，玉米仍然是乡村的主要农作物，但是种玉米有了播种机，收玉米有了收割机，脱粒有了脱粒机，农民已从繁重的体力劳动中解放出来。

大约从 20 世纪 80 年代末期，玉米逐渐从乡亲们的餐桌上消失了。玉米已沦为牲畜饲料和工业、制药业的原料。乡亲们偶尔吃一顿玉米面贴饼子或蒸窝头，烙几张玉米面饼，那不过是为了换一换口味。

几十年过去了，我和老伴仍然没有忘记玉米的香甜，对玉米还情有独钟，隔一段时间，总要吃一次玉米面饼，或喝一顿玉米面红薯粥。这倒不是忆苦思甜，而是一种难以割舍的情怀。

“一树不太高，长叶无枝条。开花开在梢，结果结在腰。”这个谜语的谜底是玉米，也蕴含着我这一生对玉米的不了情。

家乡的红高粱

我的家乡地处河北平原中南部，是红高粱的重要产地，在“长夜难明赤县天”的漫漫岁月里，红高粱曾被家乡人民视为宝贵的物质财富，享有“精神食粮”之称。

抗日战争时期，家乡各村各户的高粱地你挨着我，我挨着你，成片成片绿油油的高粱，恰似一望无际的“青纱帐”，成为敌后武工队与敌人在平川周旋，克敌制胜的“风水宝地”。

新中国成立后，红高粱作为家乡的特色农作物，耐盐碱，抗旱涝，以顽强的生命力生长在家乡贫瘠的田野，填补着乡亲们辘辘的饥肠。特别是20世纪五六十年代，红高粱曾经是家乡人民的主粮，救命粮。

红高粱虽好，但它毕竟属于“粗粮”，在吃法上较为单一，就是磨成面，烙成又薄又圆的秫面饼，抹上黄豆酱，裹着大葱吃，最好的吃法是用秫面饼裹上油煎的“小白条鱼”，它至今仍是家乡的一道特色小吃。后来，精明的乡亲们学会了“粗粮细做”，将高粱面压成饸饹，蒸成秫面大饺子，又好看又好吃。但是，这两种做法都少不了一样东西，就是“榆皮面”（榆树皮磨成的面），因为高粱面本身没有劲儿，和面时必须掺一点这东西。至于东北人经常吃的喷香的“高粱米饭”，因我们家乡缺少燃煤和劈柴烧，吃“高粱米饭”仅是一种奢望……

红高粱还是少年儿童的最爱，在那密不透风的高粱地里，曾经留下过我们许多秘密与欢笑。不知从何时起，家乡的红高粱仿佛一夜之间从田野上消失了，在被玉米统治的大地上，我一直在努力寻找它们的身影，却终无所获。

有时我禁不住问自己，为什么非要执拗地去找寻红高粱呢？“物竞天择”“优胜劣汰”这是自然规律。如今，人们在各个方面与高粱几乎没有什么交集了：餐桌上，已罕见高粱米面制作的各种食物；注重健康，戒烟限酒，人们对用高粱酿制的纯粮酒已缺乏兴趣；居住在钢筋水泥浇筑的楼房里，更不需要像平顶房那样用高粱秸打成的秫秸箔；就连扫地用的笤帚、刷锅用的炊帚，也早已换成了塑料材质的新型替代物。高粱的果实和它浑身的“可用之材”，已经渐渐远离了人们的视野和生活。可我为什么还要对高粱念念不忘呢？个中原委，一时很难说清楚。只是盼望着与缘分的高粱还有机会相遇，权当是对过往的事物的一种思念。毕竟，几十年的时光流逝，已改变了太多的生活细节，遗落了许多的生活册页，这里面又何止是一片红高粱那么简单……

童年里，红高粱留给我的印象大多是美好的，那甜滋滋的青秫秸棒子，那高粱抽穗扬花时的秀美，那高粱熟了红满天的壮观，那用韧性十足的高粱秆编织的小巧精致的鸟笼子，那用高粱秆皮做成的玲珑可爱的蝈蝈笼子……都成为记忆里一道道亮丽的风景。

细细想来，在我脑海中印象最美好最深刻的，是到高粱地里打乌米。当高粱长到一人多高时，头顶会生出一个箭头一样的苞，苞里孕育着高粱穗，同时也孕育着少量的乌米。所谓乌米，就是高粱由于真菌的作用，穗子发生的变异。刚一开始，乌米在高粱苞里有香烟那么长，有食指那么粗细，白白嫩嫩的，像极了一根“火腿肠”。慢慢地，乌米就变成了乌黑的颜色。在我们老家，把嫩的乌米叫作“黑疸”，老的乌米，叫作“老毛乌”。乌米，除了高粱有以外，玉米也有，但其外形很难看，像个毒瘤，没有人愿意吃。黍子也有乌米，果实很小，味道也好，但不扛口，且在密密实实的黍子地里寻找乌米，特别费力气，因此也不受欢迎。

高粱乌米嫩的时候，可以生吃，也可以炒菜，味道很棒，有点米香混合着青草的味道。如果长得老了，开苞后，乌米头就会散落开来，像黑黑的胡子，味道就不那么爽口了，吃起来不仅难以下咽，还会弄得嘴巴里外黑乎乎的。尽管如此，我们还是乐此不疲。识别乌米，需要一定的技巧，否则，看着像乌米，掰开高粱苞一看，不是，那就坏菜了，因为一旦高粱苞被打开，就成了“瞎穗”，再也不会结籽粒了。所以，生产队在高粱孕穗期间，每一块地都要安排人负责“看青”，防止小孩子为找乌米而损害高粱的正常生长。

“老虎也有打盹的时候”，趁着“看青人”不注意，我和小伙伴悄悄地潜入“青纱帐”，好似鱼儿钻进水里，犹如鸟儿飞进树林，瞬间变得无影无踪。进了“青纱帐”，就不再担心被“看青人”抓住。如果被抓住，他们会训斥说：“小崽子，认识什么是乌米吗？尽来祸害高粱。”确实，有些孩子不认识乌米，到地里瞅着每一棵高粱穗都像，便掰开来看，结果毁坏了不少高粱，农民最心疼的就是好好的高粱被祸害了。

我刚开始打乌米时，一般都是找那些老的，开了苞，露出黑粉子的，因为这个太容易了，连傻小子也办得到。后来，通过实践，我识别乌米的技术越来越高超，很少有看走眼的时候。那孕穗的高粱苞肚子大的，长得有点歪的，一摸挺硬实的，头上发紧的，准保是乌米。但是，为了找乌米，也还是要付出一番辛苦的。要一直顺着垄沟朝前走，走一次能搜寻五六条垄，眼睛瞪得大大的，一眨不眨地盯着，顾不得高粱地里又闷又热，几乎喘不上气来；顾不得如刀子般的高粱叶子，划破胳膊和脖子。心里不停地念叨着寻乌米的诀窍：“顺沟走，抬头瞅，见着大肚就下手。”

在雨水大的年景，我们会在高粱地里捉青蛙，青蛙听见动静，四散逃窜，这时候你要紧盯着一只去追，追着追着，那青蛙累得喘不过气来，肚子鼓得滚圆滚圆的，像一只小皮球，老老实实地任你捕捉。有的时候，我们会在高粱地深处，寻找野瓜秧，在长长的瓜秧蔓子上，有时会结着几只小青瓜。虽然那小瓜吃起来不甜不脆，但那偶然的发现，依然会给我们带来意外的惊喜……

前年8月初，我受邀回县里参加一个会议。散会以后，我的几位学生请吃饭。当听说我多年来一直有一个未了的心愿，就是想看一看家乡的红高粱，一位学生说："这事好办，虽然多数地方都不种高粱了，但我们村有一家农户种了十几亩，赶明儿我开车带您去瞧一瞧。"

第二天，我们来到了滹沱河北边的一个村庄。一下车，我一眼便看到了期盼已久的大片高粱地。虽然没有过去红高粱的天下那种气势，但总算是一饱眼福，过了一把瘾。过去，家乡的高粱秸秆高大粗壮，株距行距间比较宽，可以在里边随意走动。如今的高粱属于密集种植，秸秆细且矮，伸手几乎可达顶部。因还未到高粱抽穗扬花的季节，高粱秸秆青涩翠绿，尚属于青春期。我们很随意地在地头转了转，知道自己的家乡还有红高粱存在与生长，心里获得了一丝安慰。

看到家乡的红高粱，萦绕在我心头多年的谜底也迎刃而解：红高粱虽然不再被广泛种植，这在很大程度上标志着人民生活水平的提高。而我们这一代吃着红高粱长大的人，是不会忘记它的。这不仅仅是因为我们看惯了红高粱秀美壮观的景色，也不仅仅是因为在粮食匮乏之时，它曾经作为主食为我们提供了生命的养分。而最让我不能忘怀的，是红高粱身上所体现出的气度和风格。它是那样坚韧、顽强，不挑剔，不畏惧，根植于厚土，秸秆挺拔直立，它结出丰硕的果实，却低垂着头感恩大地母亲的哺育。

从红高粱身上，我分明看到家乡人民的朴实宽厚，本性率真和不事张扬的品格。

谷子里的情事

自 8 月以来，我接连写了几篇关于农作物的小文。按理来说，作为一名地道的北方人，撰写这方面的文章，应当以小麦、谷子为起首，但从感情的角度来讲，越是熟悉的物事，往往越是觉得最不容易写，故而一拖再拖。直到近日闲暇，才打起精神来先写了这篇《谷子里的情事》，再写《神圣的冬小麦》，并以其作为此组文章的压轴之作。

在众多的农作物中，谷子的颗粒是最小的，但却无法让人小看或轻瞧，更无法抹灭人们对它冠之以“米”的庄重态度——“米”是生活在黄河流域的人们最先给予谷子的一顶桂冠。另外的几种米，像大米、玉米，则是人们在饮食范围渐渐地扩大之后，从形态、大小、颜色上作出的区分，并分别冠以一顶顶“米”的桂冠。但我知道，千百年来，谷子一直是遥遥地走在这些“米”的前面的。

谷子，古称稷或粟，单从字面来看，这两个汉字就相当了得。先说“稷”，“社稷”这个词，原本是土地神和谷物之神。北京一处园林公园里，筑造了一个社稷坛，坛上供奉着五种颜色的土壤，也叫“五色土”，五色土生五谷，国有领土就意味着国家。所谓“江山社稷”，乃是国家的象征。

再看“粟”字，意思就是粮食粒，从“伯夷、叔齐不食周粟，饿死首阳山”的典故来看，谷子在春秋早期，就已经大面积种植了。

多少年来，谷子在各种粮食和粮食作物中，一直作为引领，统称“五谷”。谷子去壳，称作小米。从我国出土实物中发现，新石器时代遗址，如西安半坡村、河北磁山、河南裴李岗等出土的粟粒，表明谷子的大本营在黄河中上游及以北区域，距今已有六七千年。俗话说“陈谷子，烂芝麻”，这也说明谷子禁得起存放，天下粮仓储藏它最多。

种谷子的都知道这么一句话：“谷子、黍子，三年换个主子。”这句话说的是谷子种植要注意轮作倒茬，谷子的种植不宜连作重茬。有句农谚对此形容道：“重茬谷，坐着哭。”除此之外，谷子从不计较地力的富庶或是贫瘠，正如同“贫养儿，富养女”，好的地块尽可以留给冬小麦去种植。

“谷雨前后，种瓜点豆”——民谚以谷子带节令，谷雨即含有“雨利百谷”之意。四月下旬的乡村，天气转暖，梨花、杏花盛开，杨柳吐翠，牛犊儿哞哞叫，羊儿吃青草。在这一派生机盎然中，人们开始备肥料，平整土地，准备种谷子了。播种谷子，多采用耧播。一般三人一组，一个人在头前牵着拉耧的牲口，照直往前走；摇耧的把式稳稳当当地摇着耧，将谷种均匀地播撒入土里；后边紧跟着拉砘子的小伙子，顺着耧沟蹾轧严实。

耧播谷子是个细致活，它不像耧播麦子那样，耧铧播过的地方还可以重复。谷子如果耧播重了，出来的谷苗会过于稠密而无法间苗。耧播谷子，也不像其他农作物那样需要耙平土地，但是需要行行分明。耧沟要蹾轧得严严实实，如果蹾轧得不严实，出来的苗儿会被风死。所以，俗话说得好“种谷子是种心”，种得是寒暑的交替。一个环节的疏忽，便会毁掉一年的心血。年复一年，农民们把谷种播进田野，把自己的汗水和心血渗入泥土，谷子在人间一年又一年地生长着，成为亘古的不老的传说。

一场春雨过后，谷子出苗了。待到小苗长到两三寸高，就要开始间苗了。农谚说“谷间寸，顶上粪”，意思是说谷子要及时间苗，不能等到谷苗长得太高了才去间，否则地力就会被孬苗所吞噬。

间苗俗称锄小苗儿，是最体现农民劳碌的一项农活。“锄禾日当午，汗滴禾下土”，就是最真实的写照。小苗儿留得既不能稀疏，也不能稠密。苗儿太稀疏了会影响产量，太稠了谷穗长得小且不均匀，一般株距在十厘米左右为宜。锄小苗以晴天为好，这样锄掉的小苗才不会复活。蹲在蒸笼一样的谷子地里间苗，头上顶着如火的骄阳，双脚还不能踩踏小苗。右手拿着小薅锄，左手配合着将多余的小苗和杂草拔掉，还得用薅锄将留下的小苗扶直。俗话说“谁拿锄谁定苗”，留苗靠的是眼力，要尽可能将强壮的留下，拔掉弱小的。间苗时，好把式锄得快，苗还留得均匀，而腿上手上没功夫的人不一会儿就两腿酸麻，头昏眼花，坚持不住了。有的人就干脆双膝跪地，爬着干活。后来，不知是哪位聪明人发明了一种“T”字形的小拄拐，一手拿薅锄，一手拄拐，这样干活，节省了不少体力。

没种过地的人不知道谷子会不会开花，就连种谷人也很少有人看到过谷子开花。其实谷子也是开花的，只不过它从来不在白天开花，开花的时间都是在后半夜。准确地说，是开在凌晨两点钟左右，天将黎明时，谷子花就开败了。

看谷子开花，是我亲历过的事情。那时在生产队当护青员，负责在夜里看守尚未成熟的庄稼，免遭人畜破坏，就住在地里临时搭建的窝棚里。半夜起来巡视，走到谷子地旁，很幸运地看到谷子开花的全过程。

“六月六，看谷秀”，农事里这句话，写进了戏词（评剧《花为媒》），节候为公历七月。此时已近大暑，入初伏。气温高，光照足，雨水充沛，秋庄稼长势正旺，春茬谷子、黍子等作物已开始抽穗。

事实上，关于谷子的一生，有许许多多的农谚。譬如“麦种深，谷种浅，荞麦芝麻盖半脸”“谷子生得乖，无水不怀胎”“谷秀三场雨，遍地都是米”“谷子怕急雨，麦子怕春旱”“麦是火里生金，谷是泥里秀穗”“追肥追得当，谷子堆满仓”“好麦不见叶，好谷不见穗”“旱锄谷子，湿锄芝麻”“谷子上场，核桃满瓤”“谷子上囤，核桃挨棍”。这些祖祖辈辈流传下来的农谚，说明农民对谷子的生长、管理、长势或丰收与否，积累了丰富的经验，对谷子的丰产丰收寄予了无限的憧憬。

若是时光穿越到30年前，看看那时的农村田野，谷子秀穗，似乎报告着“丰收的喜讯到处传”。20世纪60年代的电影《汾水长流》里有一首优美的插曲《芬河流水哗啦啦》，歌词中就有：“黄澄澄的谷穗，好像是狼尾巴。”听着那悠扬的歌曲，眼前似乎看到了那一片金黄色的谷子地，齐腰高茁壮的谷秆上，垂首而立的谷子，铺天盖地，掩盖了绿叶……

我在生产队里收割过谷子、掐过谷穗，觉得歌词里把谷穗比喻成狼尾巴，有点形似而神不似。谷穗一般有一尺来长，穗子上镶嵌着肉丸子大小的小球，小球排列整齐，一般有五六行，每个穗子结实数百至上千粒，卵圆形籽实，多为黄色。

“处暑找黍，白露割谷”“谷子上场，核桃满瓤”，农谚里这句话，说明了这个节令的特点，正是谷穗由浅绿色逐渐转变为金黄色。在这个时节，还不能急于去收割谷子，我们老家有句俗语，叫作“麦割伤镰吃白面，谷割伤镰一包糠”。这时候，一定要沉得住气，给谷子足够的光照时间，因为光照越充足，谷穗越瓷实，越能提高产量。

“秋分谷子割不得，寒露谷子养不得”，这句农谚说明，秋分到了，秋风儿凉了，谷穗儿黄了。秋分过后，谷叶打蔫了，谷秆风干了，谷穗变得更加金黄。放眼望去，半人多高的谷秆上垂着黄澄澄的谷穗，用手掂一掂，沉甸甸的。记得一位哲人说过：“越是成熟的庄稼，它的头就躬得越低。”我琢磨着这位哲人说的庄稼，其中必然包括谷子。

谷子是连同秸秆一起收割的，割下来的谷子，一捆捆地装上马车，车把式挥动着鞭儿，马蹄声声，风风光光，平安地护送谷子进到场院。谷子进了场，并不急于掐穗，不立即脱粒，而是先将它们垛成一个个高高的谷垛。因为接下来还有许多农活在急等人们去干：玉米要掰，高粱要砍，豆子要收……

找准了空闲，男女老少劳动力齐奔场院，一起掐谷子。我们老家一带掐谷子的工具有两种。一种叫作“罩镰”，形状比较独特，巴掌大的一个铁片，一头开刃，一头留两个孔洞，在孔洞里穿上麻绳，包裹上几层布，上边留一个能够安放拇指的带子。掐谷人将一只手的拇指伸进去，其余四个指头搭在“罩镰”上，另一只手握着一把谷子，将“罩镰”放在谷穗秆上用力掐。由于谷穗秆儿已经干透了，一经“罩镰”刃接触，便纷纷地落下来。另一种掐谷子的工具，老家人叫它“捎镰”（音）。一尺多长，木头把儿，刀形带弯儿，有点像弯月。刀刃也不太锋利。人抱着谷个儿，谷穗冲下，“捎镰”朝外一抡，谷穗就一个个被削了下去。

掐谷穗这活干脆利落，于是，谷场上专有给掐谷穗的抱谷个儿的人，一趟趟地往返搬运，需要点有力气的人才能够干得来。

掐好的谷穗，堆到打谷场的中间。不一会儿谷穗就堆成了一个个小山包，然后用木叉子将谷穗均匀地摊撒在谷场上，形成了一个大大的圆圈。车把式套上牲口，拉着碌碡，开始一圈一圈地绕场转着碾压。打场的把式们不停地用木叉子翻着谷穗，谷粒就慢慢脱净了。人们将谷穰用木耙子搂到场边，打谷场上就剩下谷粒了，然后将谷粒用木锨推成几大堆，等有风时就可以“扬场”了。扬场的把式用木锨轮番把谷粒抛向高空，借助风力，将谷子和秕谷莠糠分开。最后，就是晒干入仓了。秋收完结后，用石碾子脱去谷壳，在我们老家叫“碾谷子”，然后用簸箕把谷糠簸干净，谷子便成为黄澄澄的新鲜小米了。

谷子浑身都是宝，小米营养好，煮粥有一层油儿，润肠。蒸小米干饭，“顶时候”，抗饿。在我们老家一带，女人坐月子，要喝小米粥；有人生病了，要喝小米粥；小孩和牙口不好的老人，要喝小米粥；有胃病的人，更是成年累月地喝小米粥。小米养胃更养人，吃小米的家乡人对小米的感情仿佛有身体、精神和心灵上都无法撼动的信赖与迷恋。

过去，小米曾是北方农民的本命食，农家人由生至死，小米儿全程陪护：“月娃娃”时，喂小米汤；生病了，喝碗热乎乎的小米粥；以它活命；人没了，吃“倒头饭”，灵前一碗小米饭。老辈人“食谷而生”结下的感情该有多么深重！记得我小时候，村子里死了人，丧家院子里会支锅垒灶，蒸小米干饭，熬菜汤，作为丧事用餐。那小米干饭又稠黏，盛到碗里，插上筷子也不倒。20 世纪七八十年代，丧事用餐已改成了白卷子（馒头）和大锅菜。

回首近代历史，共产党领导的八路军就是喝着小米饭、野菜汤，拿着步枪梭镖，赶走了吃着大米白面、装备着飞机大炮的日本人。在解放战争中，人民解放军也是靠着“小米加步枪”，打败了蒋介石的八百万军队……有很多年轻人可能不知道，在新中国成立之初，中央的财政预算和支出都是以多少斤小米为单位的，人员的工资也是以多少斤小米的价格发放，当时的民间借贷也都是换算成多少斤小米。可见小米对于中国革命和建设的意义有多么巨大！

除了供人食用，谷子秸秆可以“打苫子”。过去，没有塑料布的时代，谷苫子是覆盖粮食和杂物的遮挡物。除了打苫子，谷子秸秆还是喂养大牲畜的好饲料，“寸草铡三刀，无料也上膘”，指的就是谷草。再掺了麸子，豆料，牲口吃得更来劲儿。谷糠也是好东西，是喂猪的好饲料。稀汤寡水，只要撒上一把谷糠，猪嘴巴就会伸进食槽，“呱嗒呱嗒”地吃得欢实……

这样看来，谷子的确是上天赐予人类最好的礼物。

“春种一粒粟，秋收万颗子。”从一颗谷子变成千万颗谷子，从一粒金黄变身千万粒金黄，谷子所完成的是实现梦想的道路，这条道路自然不会平坦。但是，谷子实现梦想的道路，不也恰似我们中华民族实现民族伟大复兴的中国梦的道路吗？

红薯的记忆

倘若将某一种杂粮作为主粮，顿顿吃，天天吃，月月吃，连着吃若干年，那或许会吃得腻烦，从此再也不想吃它了。现实生活中，就有许多类似的实例。然而20世纪50年代、60年代出生的人，吃了十几年，二十几年红薯，靠着它维系生命的那一代人，至今提起红薯，依然会唤起对红薯的一些深刻记忆。正如《舌尖上的中国》里的一句台词："历史对于旁观者是一段故事，对于亲历者是切身的喜悦和感伤。"

红薯，学名番薯，又称甘薯、山芋、地瓜、山药、甜薯、红薯、红苕等，是在我国种植极为广泛的一种农作物。查阅资料得知，番薯引入中国源于1593年。明朝时，多年在菲律宾做生意的福建长乐人陈振龙同其子陈经纶，见当地种植一种叫甘薯的块根作物，块根"大如拳，皮色朱红，心脆多汁，生熟皆可食，产量又高，广种耐瘠"。想到家乡福建山多田少，土地贫瘠，粮食不足，陈振龙决心把甘薯引进中国。1593年，菲律宾尚处在西班牙殖民统治之下，视甘薯为奇货，"禁不令出境"。陈振龙经过精心谋划，"取薯藤绞入汲水绳中"，并在绳面涂抹污泥，于1593年初夏，巧妙躲过殖民者关卡的检查，"始得渡海"。航行七天，于农历五月下旬回到福建厦门。甘薯因来自域外，福建人因之称为“番薯”。

在我的印象中，打记事起，就开始吃红薯了。从晚秋红薯下来，一直吃到来年的春天，几乎顿顿吃，天天吃。早晚红薯玉米面粥，中午熬白菜蒸红薯，或者白菜汤就红薯窝头。记得当时流传着一句顺口溜：“红薯粥，红薯馍，离了红薯不能活。”红薯本属于杂粮，但是在那缺粮少食的年代里，它却成为了主粮。这主要是因为红薯的产量比较高。在当时的生产条件下，小麦、高粱、玉米等农作物产量很低，每亩最多也就产一二百斤。相反，对土壤、水肥没有特别要求，田间管理也简单的红薯，亩产却能达到上千斤，红薯想不成为那个时代的标志都难。

在北方的农作物中，只有红薯每年可以种两季。在冬去春将来的时候，生产队在背风向阳处，盘一个火炕，上面铺上沙子、牛粪，把红薯块整整齐齐地排列在火炕上，均匀地喷上水，然后在灶膛里烧火，保持适当的温度和湿度。这样，过不了多久，秧苗就冒出来了。当秧苗长到五六寸高的时候，就可以移栽到大田里整好的田埂了。隔不远挖一个小坑，把秧苗弯成一个扁担钩形状放到坑里，然后浇上一瓢水，等水渗了盖上土，秧苗就活了下来。

春天种的红薯，在我们老家被称作“老秧”。它的果实不是一嘟噜一串的，而是每一棵只结一两个或者两三个，但是每一个体量都很大，而且水分低，淀粉含量很高，吃起来特别面，有时候噎嗓子。老秧在我们老家，人们一般都舍不得吃，而是用它来制作又长又宽的红薯粉条，留待过年熬肉菜时吃。因为春天种红薯太费事，后来我们村子就不再育秧栽种了，只种一季夏红薯。夏红薯所需的秧苗，可以到县城大集上去买，有的村子有专门育秧的。

夏天种的红薯，我们老家叫它“麦茬”，这种红薯也许更有魅力。麦子收完了，整好地，犁上埂，就可以种了。不需育苗，只要从春红薯秧上剪下一段，栽上就行了。这或许可算得上我国最早实施的“克隆”技术吧！

红薯就像农村里的孩子一样，很皮实，容易生长。从夏天把秧苗栽到地里，就不需要再施肥。

过不了多久，红薯秧就会四处蔓延，巴掌形的叶子把地表覆盖得严严实实，阳光都透不进去。在郁郁葱葱的藤蔓上，还会开出五颜六色的小花。这时，红薯蔓子会生出须根扎到土里。由于蔓子长得太长会消耗养分，影响到果实的生长，就需要限制薯蔓疯长，把扎了根的蔓子提起放到垄沟里，这个程序我们老家叫作“翻蔓儿”。从红薯撒蔓到成熟，需要人工“翻蔓儿”两三次。

霜降过后，红薯秧遭霜一打，藤蔓就会由碧绿色变成紫红色，慢慢地打蔫变成浅黑色了。红薯梗也开始变得光溜溜，硕大的红薯块会把田埂撑裂开一道道口子。这时候，预示着收获红薯的季节到来了。用“沙场秋点兵”来形容那时农村收红薯的场面是再合适不过了。生产队的男女老少齐出动，有的手拿镰刀，有的肩扛大镐，有手提竹篮肩背荆条筐的，有扛着秤杆的，颇有股子千军万马齐上阵的气势。妇女们负责将红薯藤砍掉，只留一个茬把儿；壮劳力们挥动大镐，将红薯从深土里刨挖出来；小孩子们负责将刨出的红薯扯茎去泥；老人们的任务是将红薯装篮装筐，堆成一堆一堆的。大家分工合作，展开了一场收红薯大会战。

夏红薯长得一嘟噜一串的，有大块也有小块的，有粗壮的也有细溜的，热热闹闹好像一家人。夏红薯水分比较大，表皮因品种不同而呈现出不同的颜色，有红色的，有土黄色的等。薯瓤有白色的、土黄色的，也有紫红色的等。我们生产队最初选种的红薯外皮是粉红色的，瓤是白色的，但心是紫色的，我们叫它“心里美”，这种红薯生着吃熟着吃都很甜。但由于这个品种产量较低，便换成了黄皮黄瓤的“石门黄”。石门黄据说来自石家庄一代，因为石家庄过去曾叫石门。这个红薯品种虽然产量高，但不太好吃，也不好存放。最后选定了一个红皮白瓤，好吃好放且高产的品种，名字叫作“大红袍”。

那年月，红薯刨出来，生产队都是直接在地里分配。分红薯是每年最热闹、最开心的时候。看着一堆堆像小山一样的红薯，每个人心里都乐开了花。队长、会计是分配的主角。他们会找几个年轻力壮的小伙子当帮手，用一杆小拳头般粗细的杆秤和能装一百多斤的大筐，按照各户人口多少和工分高低，提前就把“秋后账”给算好了，然后按抓阄的顺序来过称分配。分到红薯的人家有用平板架子车拉的，有用土车推的，也有用罩子筐抬的。有时分配的时间晚了，会点上马灯接着分，黑灯瞎火，也要把这保命的口粮运回家。

红薯弄回家之后，要按照红薯的大小块，有没有镐伤，擦没擦破皮等，进行分拣。一般会把那些块头大、完好无损的储存到地窖中；那些小块的蒸熟了晒成薯干；伤了镐或破损了的会擦成片晒成薯片。擦红薯片，要用“擦床子”接着筛面的大笸箩，一块一块地擦，干这种活累人不说，还容易伤到手。我们家一般都是爹一个人担承，我和娘在旁边打下手。那时候，干农活都不戴手套。每天干完活，手上沾的都是氧化变黑的红薯汁液，要用热水打上肥皂，洗上好几遍，才能把它清洗掉。

红薯丰收了，如何储藏过冬？地窖绝对是农民的一项发明，每一户人家都会在自家院子里的向阳处挖一个地窖，用来存放红薯。地窖的形状不一，有长方形的，大约三米长、一米宽、两米深，用棍子支好，再铺上玉米秸秆，最上面用泥土封好；也有像挖井一样，垂直着往下挖，挖到三米来深时，再往周遭掏挖。不管哪种形状的地窖，最底下都要先铺一层沙子，在每一层码起的红薯上面也要撒上一层沙子，红薯的最上层沙子盖得最厚实。出于保温、防止污水流入和安全考虑，地窖通常都会预留一个口，用木板或石板压得严严实实。为了方便取红薯的人上下进出，多数人家会在红薯窖壁上挖几个脚窝蹬，也有的人家放一把小木梯。取红薯时，要先把窖口打开通风，然后由两个人配合作业。通常由小孩子下到红薯窖中，把红薯装到竹篮子或荆条筐里，大人在上面用绳子系上来。

刚收获的红薯水分太大，吃起来不太甜，需要在地窖里放一段时间，我们老家称为“让红薯发发汗”，发过汗的红薯会变得又甜又好吃。到了清明节，谁家的地窖中存的红薯多，是一件很有面子的事。家里来了亲戚，有时还会把它作为礼物相送。红薯的食用方法很多，可以蒸着吃，煮着吃，烤着吃，熬红薯玉米粥，切片晒干还可以磨成面蒸窝头，轧饸饹，还有醋熘红薯丝……就这样，在整个冬春两季，人们一日三餐，多用红薯充饥。家家户户一个样，一天天重复着相同的日子。

灶火膛里煨红薯，是一种最简单的吃法了。童年的乡下，各家各户都用砖砌的灶台做饭，而燃料则以玉米秸秆、高粱茬、芝麻秸秆等为主。农户人家过日子讲究精打细算，当饭做熟之后，灶膛里的灰烬还很热乎，于是细心的母亲便挑几个红薯，放进灶火膛里埋着。从灰烬里扒出来的红薯，似焦非焦，味道好极了，放到嘴里咬一口，软酥酥、甜滋滋的。剥过红薯皮的手上，沾满了黑乎乎的灰烬，稍不注意，就会弄到脸上、鼻子上，对着镜子照一照，好似戏台上的“三花脸”……

不知从哪一年起，家乡的田野里已很少见到红薯的踪迹了，只留下一年一季的小麦和玉米。但是，在城市的超市里，仍可以方便地买到红薯。有时街巷深处，会看到农民开着三马车进城卖红薯。每到冬季，烤红薯的小贩生意便红火起来。诗人佚名曾作过一首关于红薯的打油诗：“旧年果腹不愿谈，今日倒成席上餐。人情颠倒他不颠，自有真情在心间。羞为王侯桌上宴，乐充粗粮济民难。若是身价早些贵，今生不怨埋沙碱。”

我总觉得，不论时代如何变迁，不管人们如何把昔日赖以果腹的杂粮，当成保健食品，作为餐桌上的新贵，然而红薯甘于平淡，甘于寂寞的性格和不事张扬的本质，就如同种红薯的农民一样，依然淳朴善良，平平淡淡，“不以物喜，不以己悲”。时代的变化，变化的只是人心；而社会的进步，是人与自然的和谐共处，是人们返璞归真的心态。

花生情结

我从小爱吃花生，比起常人来，有一种强烈的花生情结，这情结缘于儿时特别的记忆。

三年困难时期，我正跟随姐姐姐夫一家，在湖北一座小城读书，母亲在那里帮着姐姐带孩子。正逢饥饿年月，平时都是吃大米干饭的南方人，也不得不改吃稀饭了。因为粮食减少了定量，大人孩子都吃不饱。记得那一年，父亲从老家来看我们，随身背了一个编织袋，打开编织袋，有十多块像盖帘子一般大小的花生饼。那花生饼圆圆的，上边还粘着一些半拉或者整个的花生米。

花生饼，在我们老家叫作“麻渗”，是以脱壳花生米为原料，经压榨或浸提取油后的副产物。由于那时农村榨油大都是人工操作，那花生虽然被榨去了大部分油脂，营养也有所缺失，可还是剩下一些油脂和纤维素。这花生饼是父亲托人从油坊里买的，以填补我们辘辘的饥肠。花生饼很硬，父亲用斧头把它剁成几半，再用菜刀砍成一小块一小块的。父亲随手递给我一块，放到嘴里，用牙一咬梆硬，嚼着有一股香喷喷的味道，只是那饼里掺着细麻，吃的时候要把它吐出来。有时候，我会带一两块花生饼到学校，让班里同学尝一尝。城市的孩子都没有见过这东西，觉得稀罕，吃过之后，都说简直太好吃了。是啊，那时候，能够吃上花生饼，觉得便是世间最好吃的食物了……

花生是故乡的情结。我的故乡是花生的主产地之一，它地处河北平原中南部，滹沱河、潴龙河穿越县域流过，两岸的沙质土壤，特别适宜种花生。20 世纪五六十年代，生产队向国家缴纳公粮，除了要交小麦、玉米、高粱等粮食作物，还须缴纳一定数量的经济作物和油料作物，如大豆、花生、芝麻等。因此，每年生产队都要种植一部分花生。

花生，又名落花生、长生果、唐人豆、泥豆、地豆等。我们临县饶阳叫它长果，在我们老家一带则叫“扔果”（音）。

我觉得，在花生的各种称谓中，以落花生和长生果最为恰当；落花生，落花生，落花果就生；花生长于滋养补益，有助于延年益寿，所以叫长生果也名副其实。

据说花生原产于美洲，后来在亚洲、非洲、欧洲广泛种植。也许花生就把长久而浓郁的乡情，深深藏在这芳香的味道中。有一首诗赞曰：“青纱罗缦素溜衣，抱土怀沙犹自持。不是粉身拼一死，何来香气佐餐时？”

“谷雨前后，种瓜点豆。”这时候，生产队就会把早已选好的颗粒饱满的花生种子，搅拌上农药，以防止地下的蝼蛄祸害。

花生“喜生茬，怕重茬”，播种花生的土地，不仅需要生茬地，而且土地要经过深翻。深翻过的土地松软、温柔，可以促进花生根系发育，增强土壤抗旱、耐涝能力，进而促进花生多结果。这正应了老家的那句俗语：“生茬玉米像牛角，生茬花生不用剥（音 bao）。”

播种花生时，一般两个人为一组，男人在前边挖坑，女人在坑里放种并覆土。覆土看似简单，实际很有讲究。土覆盖得少了，种子不得不忍受干涸，成活率降低；土覆盖得多了，种子又很难冒出头，甚至有憋死在土里的可能。花生播种前，如果刚好下过雨，播种花生是不需要浇水的，但是如果遇到春旱土壤失墒，挖坑和放种之间，就得再加一个人和一道工序——浇水。一般会由年轻力壮的小伙子，从或近或远的垄沟里挑水过来，用水瓢将水浇进挖好的坑里。

播种后不久，花生苗儿就会竞相钻出地面，开始慢慢地伸展茎秆，摇曳翠绿的叶片。到了暑热的七月，花生的花就开始孕育了。浓绿的花生株上，露出点点鲜黄的小花苞。清晨，花苞经露水打湿，清亮亮的；中午，花苞经阳光照射，亮闪闪的。慢慢地小花苞开始绽开了，一朵两朵三朵，娇小而醒目地点缀在万绿丛中。几天以后，就到了盛花期。

花生的花，黄色，像蝴蝶一般，而花生却不以花著称，花朵落到地下，就会结出一颗颗丰满的果实。这不禁令我们想起自己的父母，当父母把我们抚育成人，自己也就老了。如花落地，生出果实，世世代代，生生不息。

花生是果中的美味，亦是谦谦君子。它把果实深埋在土里，不像核桃、板栗、柿子那样高高地挂在树梢，向过往的人们炫耀……

刨花生，是秋天里的一件令大人孩子盼望已久的盛事。选一个晴好的天气，大人们扛着铁镐来到地里，满地的花生早已急不可待了，它们叶子上的黑色斑点显示出成熟的气息，似乎在催促人们赶快带它们回家。男人们将花生一棵一棵刨出来，女人们抖落掉泥土，将花生收敛成堆，然后生产队的车把式们赶着马车，把花生统一拉到生产队仓库，由等候在那里的人们把花生整齐地摆放到仓库和牲口棚的房檐上。等房檐上的花生晾得干透了，全体社员一齐出动，摔掉花生秧上的花生。生产队留足种子和预交国家的部分，最后按每户的人口与工分数进行分配。

花生与人们的生活有着千丝万缕的联系，平时吃的油是花生榨出来的油，这种油在我们老家被称作“果子油”。逢年过节的时候，家家户户都会用花生油炸各种各样的丸子，婚丧嫁娶，也是桌上少不了的食物。家里来客人时，更是必不可少的一盘下酒的好菜。过年的时候，家家户户都会炒一铁锅花生，炒花生时配上当地的白沙土，等炒熟之后，再用铁筛子把沙土筛去。这样炒出来的花生，味道特别香，现在用机器炒出来的花生味道，是无法与之媲美的。

花生是少年儿童的情结。在物资匮乏的年代，花生是他们最爱吃最珍贵的食物。花生要细细地咀嚼，才能够品味其特有的风味，越嚼越香，回味无穷，唇齿留香。回味起来，那是何等神清气爽，那是童年的味道，是沙土地的味道，更是家乡的味道。

花生尤其是生花生，是老年人的情结。它被老人们称为长寿果，据说常吃可以延年益寿，真是“粉身碎骨浑不俱，芳香一点遗万家”。

我本家一位大娘平时胃口不太好，饭后经常烧心，她出来串门子，衣服口袋里总少不了生花生和红枣这两样东西，一烧心就吃几粒花生和一颗枣子。我们摸准了这个实底儿，见了大娘就围上去。大娘喜欢让小孩子们猜谜语，谜底一般都是我们日常生活的物品什么的，猜中了就奖励一颗枣子或几粒花生米。猜不中就用拇指和中指放在你头顶，一松手，借着弹力，“啪”地来个咯嘣响。就这样，我们也乐意让大娘给出谜语。这一天，大娘出门碰上我们三个小伙伴，乐颠颠地说：“小子们，来猜谜语吧！”“好着哩！”我们一边答应着，屁颠屁颠地围了上去。大娘清了清嗓子，说了声：“开始了啊！”接着说出了第一道谜语：“青藤藤，开黄花，地上开花不结果，地下结果不开花。是个啥？”我立马接茬回答：“花生呗！”大娘一高兴，奖励给我一颗大红枣。大娘接着又说第二个谜语：“麻布衣裳白夹里，大红衬衫裹身体。白白胖胖一身油，建设国家出力气。”我稍加思索，回答道：“还是花生！”大娘说：“你小子平时不言不语的，没想到小脑袋挺机灵。”说着，从口袋里摸出 10 粒花生奖给了我。过了一会，大娘又说道：“往下要增加难度了啊！你们想好了再猜。”于是，她振振有词地说道：“小时胖乎乎，老来皮肉皱。吃了它的肉，吐出红骨头。打一物。”大娘刚说完，我的一个伙伴说：“这有啥难的，你还是说的花生。”大娘嘿嘿一笑说：“这回让我给逮着了，来，过来，让我好好地奖励奖励你。”等那个小伙伴走近前，大娘摁住他的小脑瓜，“啪”的一声，弹了他一个咯嘣脆。弹完了，大娘问另一个小伙伴：“你猜着是什么了吗？”那小伙伴头摇得像拨浪鼓，连声说：“大娘，这个也太难啦，猜不着。”大娘瞅了我一眼，问道：“进章，你知道是什么吗？猜一下，猜不对不要紧，这回免罚。”我说：“大娘，免罚可以，但是要猜对了你还得照常奖励呀！”大娘说：“猜对了当然要奖励，不过，奖品要先欠着，我还要去串几家门，不然我烧起心来，花生和枣就不够用了。”我说：“那好吧！不过你下次可得记着奖双份。”“好小子，双份就双份。”大娘说。我想也没想便回答道：“大娘，你说的谜底是枣。”大娘一听，吃惊地说道：“你这孩子该不是文曲星下界吧？这么难的谜，我让大人不知道猜了多少回，至今还没有人能猜得出来。以后大娘再出谜语时，只许你听，不许你猜了啊！”我笑着说：“大娘，你这样做就不公平了，这样吧，以后我猜对了不奖励，猜错了也不处罚行吗？”“好吧，咱一言为定！”大娘说完，迈开小脚，一阵风似的走了……

花生也是咱中国人的情结。在我国各地，花生都被视为吉祥珍品。在我们老家有个风俗，人们爱把花生和枣子一起，撒在新婚夫妇床上，意味着“花生”，就是男孩女孩插着花生，儿女双全。据说在南方地区，除了花生枣子还要加上桂圆，寓意“早生贵子”，幸福吉祥。

“麻屋子，红帐子，里面卧着个白胖子。”每当我想起这个熟悉的谜语，便思念起家乡的田野上，绿莹莹的叶片之间缀满金黄色的小花儿，不显山、不露水，低调生长在大地母亲怀抱的落花生。

芝麻花开入梦来

写这篇小文，其实带有一点偶然性。那一天，我在《绝对文学》平台第 310 期上，看到文友宋瑞粉写的一篇散文《情系芝麻叶》。文中介绍了芝麻叶的几种吃法，尤其是对做芝麻叶面条，感到很新奇，因为在我们老家从来都不吃芝麻叶的。后来，和文友王海荣在微信中聊天，才知道这些都是她介绍给宋瑞粉的。她还热情地说，你告诉我通信地址，我给你邮寄些干芝麻叶去。由此，萌生了写一篇关于芝麻的文章，以寄托对家乡和芝麻的思念之情。

记得小时候，我们老家种植芝麻面积不大，它和花生、大豆一样，作为经济作物，一部分作为公粮缴纳给国家；一部分分配给社员，用来换香油或是直接食用。正是由于芝麻的稀缺，才显现出了它的金贵，乡亲们对它喜爱有加，精心呵护，用它将日子调理得有滋有味。

在所有农作物中，芝麻是最喜欢高温的一种。每年五六月，烈日炎炎，空气中弥散着一股热浪，生产队的社员们顶着烈日，冒着炎热，为播种芝麻而做着准备。经过对土地精耕，打耪，然后开始点播或者条播芝麻种子。

平时总有人爱说“丢了西瓜捡芝麻”，我觉得，这是对芝麻的不公允，对芝麻的小觑。别看芝麻种子很小，小到微不足道，但是芝麻的生命力非常旺盛，从破土抽芽到长出片片绿叶，它以不屈不挠的精神和毅力，显示了自己的顽强和执着。这正是：“休看播种颗颗小，喜看开花节节高。”

在我们老家，虽然没有吃芝麻叶的习俗，但是烟民们却有把嫩芝麻叶晒干，然后与烟叶掺和，当烟叶抽的习惯。因为我们老家不种植烟草，只有几十里外的西北边一带有种烟草的，而且听说他们施用的肥料竟是芝麻酱，这样种出来的烟草有劲，好抽，但价格也很贵。为了省点烟钱，听村里巴甲爷爷说，当年他和我父亲烟瘾挺大，他们曾试着将晒干的大麻叶、茄子叶等掺进烟叶里一起抽，但口感都比不过嫩芝麻叶掺和过的旱烟，虽说味道和纯粹的烟叶没有可比性，不过聊胜于无啊。芝麻叶无意中充当了烟叶的功能，它陪伴着苦难的父辈渡过了困难时期，见证和记录了一段昔日的辛酸往事。

在管理方面，芝麻与其他农作物有点不同，那就是要适时“打尖”。为什么要给芝麻打尖呢？是因为芝麻在生长的后期，随着气温的不断降低，其生长也会受到一定影响，其主要表现就是在芝麻的茎秆顶端会出现黄梢尖。如果不摘除的话，就会增加营养的消耗，并且对于芝麻的开花、结果有很严重的影响。而通过打尖，就可以减少一些不必要的营养消耗，使其营养成分集中供给有效的花蕾和果实，从而达到增产的目的。

给芝麻打尖要根据天气和气温的变化，刚刚立秋之后，气温高，日照足，芝麻长势旺盛，可以晚几天再打。打尖的时候，只需摘去芝麻的顶心就可以。如果气温低长势差，那就需要稍微重一些，除了要摘去芝麻的顶心以外，其他长出来的分枝和一些幼芽，也要一并摘去，且最好是提前几天就打尖。这样可以保证芝麻主茎的养分，同时也为开花结果储备足够的营养。

进入七、八月，芝麻便到了开花的季节。

俗话说“芝麻开花节节高”，这是对芝麻花期的真实写照，也是人们对美好生活的恰当比喻。芝麻花，不怕酷暑炎热，顶着烈日，花开在盛夏。在稠密的绿叶子间，芝麻花顺着秸秆从下往上次第开放。芝麻花，有淡紫色的，也有纯白色的。穗状花絮，花径直立，大如喇叭，小如铃铛。摘一朵，用舌尖舔一舔，一股甜滋滋的味道由心而生。随着时间推移，花开花落，结满蒴果，上演了一幕由弱小到茁壮，从娇艳到灿烂的生命精彩。

进入九月底十月初，就到了芝麻收获的季节。收割芝麻很有讲究，由于芝麻成熟的时间不一样，收割时必须选择在其下部的芝麻蒴果发黄，尚未炸开的时候进行，而且适宜在早晚的时候收割。然后，将收割的芝麻用谷草捆绑成捆，运到生产队仓库外，将成捆的芝麻根部分开，顶部相依，搭成一个个“人”字形，便于通风晾晒。数日后，芝麻蒴果全部开裂，去掉捆绑之物，在地上铺上草席或大块油布，将芝麻棵倒置拍打，顿时，芝麻粒沙沙作响，纷纷落下，仿佛是一场绵绵秋雨拍打在瓜秧上。

芝麻虽小，浑身是宝。花可酿蜜，芝麻油不仅香飘四溢，既可食用，也可药用。在农村缺医少药的年代，小孩子嘴上出现干裂或口疮，涂抹上香油，几日便可痊愈。用芝麻做原料，可以制作成芝麻糖、芝麻糕、芝麻火烧等食品。用芝麻秆烧火做饭，不冒烟，灶火旺，我们家每年大年初一煮饺子，母亲都喜欢烧芝麻秸秆。

我记忆最深的是吃芝麻盐。那时家里还很穷，青黄不接的时候，有秫面饼、红薯窝头吃已经很满足了，更别提有蔬菜吃了。吃秫面饼多是在上面抹点黄豆酱，裹着大葱吃。没有蔬菜的时候，母亲就会捏一把芝麻炒熟，用擀面杖将芝麻碾碎，放点食盐，让我裹着秫面饼或者就着红薯窝头吃。生活虽然艰辛，但家庭的温暖和芝麻的幽香，冲淡了岁月的苦难。

1978 年，我考上了大学，离开了故乡。虽然也断不了回老家，但总赶不上芝麻开花的时节，所以，我已经有 40 多年没有见过芝麻开花时的情形了。但愿这篇小文能陪伴着我入梦，与心中唯美的芝麻花在梦中相会！

第三辑　花木逢春

柳笛声声

去年清明节前，我和老伴一起拼车回故乡。从汽车的玻璃窗望出去，公路两旁，一株株柳树就像一个个待嫁的新娘，头上垂挂着一串串碧绿的珍珠。柔软如丝的柳枝，在春风的吹拂下，犹如一条条飘动的绿丝带。那新抽出的枝条上，长出了像小草一样的新芽，或翠绿，或鹅黄，随风款款摆动，像幕帘，像瀑布，像花瓣儿，朦朦胧胧，袅袅婷婷，别有一番风韵。

看着婆娑起舞的柳条，不由地想起童年时故乡的柳笛声……

从我开始记事的时候，我们村通往饶阳牛村、官佐的两条乡间道路两旁，都栽种着一搂粗的大柳树，尤其是通官佐的道路两旁的柳树长势旺盛，很有规则地排列成两行。可能在栽树的时候，就丈量好了距离，而且没有缺少或毁损的迹象。路两旁柳树的树冠亲密地搭在一起，就像一条长长的隧道，一眼望不到头。而通往牛村那条道路上的柳树，则稀稀落落，不知是栽种后有的树苗没有成活，抑或是树长大以后被人为地毁坏了。不过，从当时我们村良好的村风来看，前一种原因的可能性最大。因为我们村当年曾是有名的“河北省农业战线八面红旗”之一，那时候民风淳朴、安适闲逸、文化底蕴丰厚。

20世纪五六十年代，乡下的孩子，即使在物质贫乏的年代，也能找到不少的乐趣。在“春风杨柳万千条”的日子里，我常跟随在大哥哥们后边，一起到官佐道上的柳树趟子去玩。大家一路上唱着、喊着、叫着，追逐于田间地头，嬉闹于大柳树下。

要做柳笛了，需要上树去折柳枝。我因为是独生子，自小爹娘管教得严，自己又本分听话。所以至今我都不会游泳，更不会爬树。这时候，只见大哥哥们三下五除二，脱下鞋子，如猴子一样敏捷地爬到大柳树上，折下几枝粗细合适、没有分叉的柳条，丢给树下翘首等待的我们。我们几个地上的孩子都争着去抢柳条，那种热闹的场面活像一群小鸡雏在争食。树上的大哥哥们也高兴起来，敞开嗓门儿，大声地唱起来：“小柳芽儿呀，金黄黄呀，盛在碗里，就是粮呀……”唱完，“哧溜”一下从树上滑下，饶有兴趣地赶制各种各样的柳笛。

做柳笛是一件看起来容易，做起来难的事情。恰如俗话所说：“难者不会，会者不难。”做柳笛是一项技术活儿，需要掌握要领：揉搓得轻了，柳皮和柳骨不会分离；揉搓得重了，柳皮会被搓破而报废。一开始我们小一发的孩子不太会做，都得找年龄大一发的哥哥们教，这时有的哥哥会“倚老卖老”，拿捏着不肯教。你得赔着小心，说着好话，有时候还得从衣服兜里掏出几颗糖果、花生之类的东西作为“拜师礼”。等央求得差不多了，他们才会露出几分得意扬扬的神色，有一搭没一搭地教你几招。你还得用心去领会，反复做实验，煞费一番功夫，才能练到得心应手。

根据我的体会，做柳笛用的柳枝不能太粗，太粗了做出的柳笛声音太沉重，吹出来像牛哞；太细了也不行，细了气流不畅，吹出来声音时断时续，像小公鸡打鸣似的。最好是筷子头粗细的柳条，做出来的柳笛吹起来婉转动听。柳枝还要嫩，老的难脱皮。枝条要平滑，带分叉的也不行。

选好了合适的柳枝，大家开始做柳笛了。一个个从口袋里掏出一把削铅笔的小刀，将嫩柳枝用小刀截成数厘米长的小段，把两端截齐。然后用两手分别捏住枝条两头，向相反的方向轻轻地拧动，慢慢地揉捏。当柳皮和柳骨快要分离时，柳皮就会在柳骨上滑动。等把柳皮完全拧松动了，用嘴叼住柳骨的大头，两手握住柳皮，缓缓地抽出光滑的白色柳骨，手里便留下柳皮筒。再将柳皮筒的小头捏扁呈鸭嘴状，用小刀刮去表层的青皮，青皮削得要均匀，防止出现豁子嘴。当青皮完全削掉，露出鹅黄的“肌肤”时，把它含在嘴里咂摸几下，浅浅地衔在嘴里，鼓起腮帮子吹。“嘟嘟嘟……”“哇哇哇……”地试，若是响了，一支野性十足的柳笛就算做成功了。

在我们这些做柳笛的人当中，要数文泽哥的技术最高。他能将粗长的柳笛，按照一定的比例，有规则地挖出几个圆孔，就如同一支竹笛一般。吹时用几个手指头按着孔，不停地交替捂着、放开，便会发出虽然简单但却错落有致的响声，可以称得上是上等的杰作了。

等到每个人手里至少有一支柳笛的时候，我们便一个个仰起脖子，撮起小嘴巴，鼓起腮帮子，一起兴高采烈地吹起来。于是，柳笛的各种混杂声音交织在一起，以原生态的方式回荡在田野，飘飞于村落。

那年月，柳笛不仅是孩子们的最爱，连大人也都喜欢做着吹。在劳动间隙，他们用镰刀从树上削下柳枝，然后十分娴熟地做成柳笛，放在嘴里吹。甭说，毕竟他们是过来人，个个是顶尖高手。那柳笛发出的声音，有的如海螺号滴滴吹，有的如牛角号哞哞叫，有的如军号嘹亮，有的如集合哨尖厉，恰如一个无人指挥的交响乐或八音盒节目。听得我们如醉如痴，似梦似幻。

小小的柳笛，给那个时代的人们带来了无尽的乐趣。曾经听过由峭石作词，程琳演唱的歌曲《柳笛》。至今那动听的歌声仍在耳边萦绕：“柳枝长啊柳枝密，春风晾得柳树绿。不知你忘记没忘记，你曾为我做柳笛……”

可惜的是，20 世纪 70 年代初，村子里办电，买变压器、电杆、电线。村集体没有钱，村干部便商议着，把大柳树全都卖掉了……

40 多年来，村干部换了一茬又一茬，行道树（改为杨树）种了一次又一次，但都没有很好地活下来。道路两旁，孤孤零零地站立着几棵白杨树。大柳树没了，即使新柳依依，现在的孩子们也不会再去做柳笛了。

一代人有一代人的喜好，一代人有一代人的活法，一代人更比一代人幸福，这是历史发展的必然，也是我们所希望看到的结果。我心中唯一感到的缺憾是，在故乡，再也听不到童年悠扬的柳笛声了……

又到槐花飘香时

五月的风，摇曳着枝头的芳菲，送来了槐花的芳香，不时地弥散在空气中。随风而来，随风而散，站在风中久久地回味，一如过往的感人心曲，沁人心脾。

年少时，我生活在农村。那个年代，不像现在这样交通便利，也不像现在这样物流发达，反季蔬菜，新鲜水果，随时随地可买可吃。每个在农村生活过的人，都不会忘记那些艰苦的岁月，不会忘记曾经吃过的各种野菜和槐花。

槐花开了，如果没有节气的话，在中国人的心里这才是季节的变化、真正意义上夏天的到来。就像桂花开时已是中秋，梅花绽放必定在冬天一样，每个季节都有相应的花来代表和寓意。仔细想想，每种花都有它代表的独特意义或者不二语言，就像每种花酷似生活中的每个人，道理是相通的，花是千姿百态，人则形形色色。

槐花不同于其他的花，它盛开在阳历五月初期，而此时一些名贵花儿已纷纷谢幕退场，槐花好像看准时机似的，没来得及打扮便素颜登场了。那一串串、一堆堆洁白似雪的花朵简直让人心醉。一嘟噜一嘟噜的花瓣点缀在青枝绿叶间，笑看着大地，虽然没有百媚千娇，却也构成一幅简单、朴素、淡雅的美。

楚怀王之子子兰在《长安早秋》中如此描述槐花：“风舞槐花落御沟，终南山色入城秋。”唐代诗人白居易在《秋日》中这样写道：“袅袅秋风多，槐花半成实。”这些诗词歌咏的是我国本地物种国槐，而非洋槐或刺槐。因为洋槐自北美传入我国的时候，已经是19世纪的事了。所以我们现在所说的洋槐花，那个时代是没有的。不过诗人对槐花的赞扬，一定有异曲同工之妙。

说起槐花来，就要追溯到槐树。我们老家的槐树有两种：一种槐树属我国本地产，就叫槐树，也叫国槐；另一种槐树是从北美洲引进的，因而叫洋槐，又因它身上长刺，也叫刺槐。国槐花味苦，它与果实都是中药；洋槐花味甜、清香，可生吃或者熟吃。

洋槐树开花较早，每到端午时节，洋槐树就开花了，一簇簇洁白的花，煞是好看。洋槐花飘出浓郁的香味，吸引着人们不禁要撸下一嘟噜，放到鼻翼闻闻，放到嘴里品尝，感到又香又甜，就会发出“真香”“真甜”的感慨。有了这样的感触，也就开始采洋槐花了，我们老家叫“撸洋槐花”，说起这个名字有一种亲切感，也就自然回忆起捋洋槐花的过往经历。

小时候，在我老家村南有一个县国有农场，种植了几十亩洋槐树。每逢夏季，那茂密的槐树林，就如烟花徐徐盛开，意味着夏天的乐章开始奏响。

“又到槐花飘香时”，累累的花穗挂在嫩绿的枝头，有一种炫白的雅致，有一层浅紫的柔媚，还有一抹月华的清辉。一串串的洋槐花儿，犹如风铃婀娜地挂满树梢，在原野里，在大路旁，幸福着快乐的时光。那闻香而至的脚步声，越来越近，洋槐花情不自禁地摇响了风铃，欢迎那些喜欢她的人……

农场的洋槐树林，洋槐树虽然长得参差不齐，但有一个共同的特点，就是大树开花，小树也开花。这样一来，无论大人或小孩都能够得着，采得到。所以，每到洋槐花开的季节，撸洋槐花的人成群结队，成了春夏之交乡村、田野里一道亮丽的风景。

洋槐花采回家，母亲把槐花捋好了，洗干净了。然后放到一个大盆里，撒上一些棒子（玉米）面，又放进少许的盐、花椒面、碱面，把它们搅拌均匀，又把发好的面团揉了进去。面弄好了，在锅里加了水，就开始点火了。我帮着往灶膛里添柴，拉风箱。这时，母亲麻利地把手往水里一沾，抓了一把揉好的面团，在手里拍了几下，手心里团了一会儿，“啪”一个窝头放箅子上了。“啪啪啪”母亲像魔术师似的，一会儿工夫面团在她手里都变成了窝头，摆满了箅子。母亲盖上锅盖，又用湿布条围了一圈，一切准备妥当了。炉火映红了我的小脸。感觉过了好大工夫，窝窝头才出锅。我好高兴呀，等不及了，冲上去就要拿。母亲笑着用手挡住了我说：“小馋猫，别烫着手，等凉一会儿再吃！”

终于香喷喷、软乎乎的窝头到口了，觉得比过年吃肉还香呢。因为窝窝头里面有洋槐花的清香、甜美的味道，是我最爱闻的味道。我蘸着酱吃，父母蘸着酱就着大葱吃，一家人吃得好开心。

洋槐花的吃法很多，烧汤、做糕、蒸馍……做法不一，风味各异。用洋槐花烧制的菜，犹如盘盘碎玉，不仅赏心悦目，而且色香味俱佳，让人胃口大开。于是，人们的唇齿间，便有了暮春的清新气息；话语里，便多了暮春的动感音韵；眼眸里，也呈现暮春水一般的明亮。洋槐花的精魂滋补了生命，使人们抖掉冬天的落寞沉闷，洋溢着创造的生机和活力。

在那个缺衣少食的年代，洋槐花已经不是单纯意义上的野菜和“绿色食品”，它可以“舍弃贫弱之躯”，救人于水火。现在想来，在千娇百媚的百花之中，艳压众芳者不少，但像洋槐花那样既能赏心悦目，又能采之可食、不惜殒命去“解民于倒悬”者，又有几何呢？

后来，国营农场散了，洋槐树被砍了，再也闻不到洋槐花飘香，吃不上洋槐花窝头了……

一晃几十年过去了。1993 年，我担任校长的河北司法学校和教工宿舍门前的工农路上，栽种的行道树都是国槐树，从东到西，一眼望不到头。

国槐开花要比洋槐晚开几个月，一般在七八月。到了那时节，也许在一瞬间，也许在一阵细雨后，也许在无意地注视间，国槐便突然开花了。或含苞待放，或竞相绽放，挂满枝头，远远望去，那一簇簇雪白的槐花，如团团云絮，漫卷轻飘。

在碧蓝的天空下，国槐花开得轻柔而饱满，满枝杈的雪花，一树的繁华。撸一串槐花看看，花瓣是那么鲜嫩，是那么娇弱，一小朵一小朵两两对开着，整齐而精致；再看看每一朵花，花朵是那么精巧，小小的四瓣花中，往往总是两瓣合拢两瓣开放，让人不由地想起那句古诗："犹抱琵琶半遮面。"

每到国槐开花时，也是我最开心的时候。我喜欢站在树下抬头仰望美丽的槐树。在它墨绿色的树冠上挂满了白花，花朵很饱满，沉甸甸的。微风拂动着树枝，在微风中还夹杂着露水和淡淡的清香，我对这种淡淡的清香特别钟情，每当闻到这清香就会陶醉在其中。

如果单从观赏的角度来看，洋槐花和国槐花都太过于平凡了。那碎小的白花确实无法与桃花的妩媚，杏花的粉嫩，梨花的娇艳相比，但它一串串密密匝匝挂满枝头，却也别具一番韵味，就像清纯朴素、不施粉黛的村姑一样惹人喜爱。山枣花太浓酽了，荷花又过于清淡，这槐花却正好。据说用槐花酿的蜜，是蜂蜜中的极品，还具有很好的药用价值，我想也应该是。

洋槐花落了，春天就尽了；国槐花落了，秋天就来了。在带着丝丝凉意的秋风吹拂下，满树的国槐花便洋洋洒洒，如雪花一般从树上飘落下来……

即便是凋零后的国槐花瓣，一丛丛，一片片，宛如冬日残存的积雪，依然保留了洁白素净的色泽，散发着悠悠不绝的余香。人踏过，车碾过，它们仍然顽强地展示轻盈的舞姿，温润着人们的目光，令人勾起满怀思绪和甜美的回忆……

如今，人们的生活越来越好了，大鱼大肉吃多了腻味了，才想起吃些野菜换换口味，所以洋槐花又成为人们餐桌上的一道美食。

又到洋槐花飘香时，槐花依旧，洁白如雪，清甜如蜜，摇曳如风铃。看到那满树的洁白，我又想起了槐花的温柔和微笑，想起了儿时我们在洋槐树下做游戏时惊醒的那一地的洋槐花和月光。耳边又响起了那首熟悉的童谣：“大槐树，槐树槐，槐树底下搭戏台，人家的闺女都来了，你家的闺女咋没来……”

榆钱儿情怀

记得小时候，村子里的人都喜欢栽树。除了道路两旁的树是由村集体种植的以外，家家户户的房前屋后，院子里，空闲地，也都种上了树。春风吹拂，树枝轻摇，远远望去十分好看。这时整个村庄就辉映在一片翠绿之中了。

那时候，村子里除了柳树最多，就要数榆树了。人们喜欢榆树，不光是因为它是一种耐贫瘠的树木，生长速度快，寿命也比较长；也不光是因为榆钱儿脆甜绵软，清香爽口，它的名字很吉利，榆钱，“余钱”。人们喜欢榆树，也不光是因为它用途广泛，容易成活。榆钱飞到哪里，一场雨后就会生出许多小树苗，慢慢就长成了小树，可以挖了栽种，或者用不着专门栽种，地上的树苗就长得有手指头般粗了，人们就会留下长得好的，拔掉不好的，这样连栽种都省了。

人们喜欢榆树的根本原因，在于它是村民们春荒时的救命粮。旧时民间便有“一树榆钱半月粮”之说，一棵树上的榆钱就能供一家人度过饥荒。经过三年困难时期的艰苦考验，人们对榆树更是刮目相看，心怀感恩之情。

“又是一年春来到，柳絮儿满天飘，暖风轻扬桃花红了，榆钱儿蹿上了梢……”（歌曲《小桃红》）当春风吹来第一抹绿色，榆树枝条上就会冒出花骨朵。在未长出绿叶之前，先形成了花，这种花准确地说应该叫榆树种子——榆钱。

榆钱是一串一串的，圆圆的、扁扁的，中间略鼓，有点像缩小版的铜板方孔钱，因此而得名。

春天采榆钱，是我们童年最快乐的事情。清明节前后，榆钱儿正是最鲜嫩、最好吃的时候。我们老家有句俗话说：“三月清明榆不老，二月清明老了榆。”意思是说，如果清明赶在了农历三月，说明时节晚，到了清明节榆钱还不老，还可以吃；如果清明赶在了农历二月，说明时节早，到了清明节榆钱已经老了，不能再吃了。这句话说明，榆钱的食用时间很短，至多也就十来天，想吃榆钱得抓紧。

榆钱不仅可入口，还可入诗，且食且诗，很多文人墨客都有对榆钱的精美描写。如北周·庾信《燕歌行》写道：“桃花颜色好如马，榆荚（榆钱）新开巧似钱。”唐·李商隐《一片》：“榆荚散来星斗转，桂花寻去月轮移。”韩愈在《晚春》里也有对榆钱的描写：“杨花榆荚无才思，惟解漫天作雪飞。”清代诗人郭诚在《榆荚羹》中赞美：“自下盐梅入碧鲜，榆风吹散晚厨烟。拣杯戏向山妻说，一箸真成食万钱。”其中，唐代边塞诗人岑参的一首生活抒情小诗《戏问花门酒家翁》，更是别具一格：“老人七十仍沽酒，千壶百瓮花门口。道傍榆荚仍似钱，摘来沽酒君肯否。”不仅写出了诗人路途的窘困，也表现出了诗人天真的意境。尤其是后两句用轻松、诙谐的语调戏问了那位当垆沽酒的七旬老翁：“老人家，摘下一串白灿灿的榆钱来买您的美酒，您肯不肯呀？”诗人丰富的想象，把生活化成了诗，读者可从中充分感受到一幅酒香、春暖、人和的画面。

关于榆钱的记忆，除了快乐还是快乐。老家的榆树一般都是长得又高又粗，高的有几丈高，粗的有一抱粗，要爬上去也不那么容易。当然也有矮的，可是大树上的榆钱才甘甜黏腻好吃。小时候，我的玩伴们虽然都长得很精瘦，但身手却出奇的灵活。翻墙爬树对他们来说那真是“张飞吃豆芽——小菜一碟”“老头搓泥钱——撂下的活”。在农村，男孩子（我除外）几乎没有不会上树的，甚至，还有很多女孩也是上树一族。

“清明前后一场雨，串串榆钱中了举。”一场春雨的滋润，家乡的榆树上，氤氲出了许多诱人的榆钱，一嘟噜一串串地挂满枝头。叶片嫩绿饱满且还不老，是最好吃的时候。这时，我的玩伴们就成了树上趴着的“猴子”。找个大树杈坐在树上，一只手揽住树枝，腾出另一只手捋榆钱儿吃，他们先挑最好的榆钱吃。然后捋了榆钱往随身携带的面布口袋里装。更多的时候是把树枝一起折断扔下来，让我们几个在地上捡拾。等树上的人采得差不多了，也玩够了，他们才从树上哧溜下来。

在树下，我们一边捋榆钱，一边大吃特吃，好像总是填不饱肚子的样子。然后，把枝条上嫩绿的榆钱捋满布口袋，拍拍身上、屁股上的尘土，乐呵呵地回家去。

榆钱的吃法其实有很多。除了生吃，还可以在水中冲洗后沥去水分，晾到半干后，一边撒玉米面，一边搅拌均匀，直到榆钱都裹上玉米面为止，然后放到锅里蒸，这种做法我们老家叫蒸“苦累”（一种小吃，介于主食和菜之间）。蒸好的苦累香喷喷的，浇上蒜汁，香而不腻，韧而不糙，是不可多得的美味。还可以用玉米面掺上榆钱，放上食盐、花椒面等，蒸榆钱窝窝头。那窝头松软香甜，更是让人垂涎欲滴。还可以做榆钱儿饭、蒸榆钱儿糕。此外，还有榆钱炒鸡蛋、榆钱摊鸡蛋饼等，这两种吃食，一般是无福享受的。

过了清明节以后，榆钱儿慢慢地变得微黄，又渐渐枯黄，这时再食用就很难吃了。远远看去榆树像挂满铜钱，微风吹拂，满树金黄的榆钱儿宛如金币，飘飘洒洒回归大地，地上就铺上厚厚的一层。落了榆钱儿的榆树枝条，也开始长出小小的叶片。榆树嫩叶可以采来煮熟做饭，但没有榆钱儿好吃，一般人家都用来喂猪喂羊。

榆树浑身都是宝。唐代孟诜撰、张鼎增补改编的《食疗本草》残卷中，对榆荚的食疗作用做了记载：“榆钱性稍辛，能助肺气。杀诸虫、下气、令人能食，又心腹间恶气、内消之。”西晋张华编撰的《博物志》，书中写道：“啖榆，则瞑不欲觉也。”由此可见，榆树子，榆树皮和榆钱都是很好的中药。“榆”与“愉”同源，可以消水利便，让身体轻松。三国时期曹魏思想家、音乐家、文学家嵇康在其《养生论》中说：“豆令人重，榆令人瞑。”另据《修真记》载，从前有个仙女老是睡不着觉，在仙翁的指点下，她每天吃一些榆钱，便酣睡不醒，也说明榆钱有催眠作用。

榆树在20世纪五六十年代，在人们生活中还有另一个重要用途是做人们住房的屋梁、檩条、椽子、柱子；还有的用来做大门、做窗户。榆树最大的特点是木质坚硬，农民常用做犁辕子、犁底、犁箭等易损农具部件。用榆木做的易损部件往往是“宁要玉碎，不求瓦全”，一副梨杖用坏了，而用榆木做的部件往往是完好无损。

更让人们离不开的是，不论谁家男娶女嫁做家具用的木料，特别是家具面都是榆木的。用榆木做家具面不但经久耐用，而且榆木面因纹理清晰，做成后不用上色就十分好看，所以人们常把榆木面家具称为自然色。

几十年的都市生活，让我几乎忽略了榆钱的存在，偶尔看到久违的流失的童年熟悉的记忆，耳边仿佛响起程琳演唱的《采榆钱》歌（词王晓岭、曲许镜清）：“东家妞，西家娃，采回了榆钱过家家，一串串，一把把，童年时我也采过它，那时采回了榆钱，不是贪图那玩耍，妈妈要做饭，让我去采它，榆钱饭榆钱饭，尝一口永远不忘它……”

记忆随着儿歌的旋律，仿佛被“吸附”到了榆钱飘香的童年时代。

家乡的香椿树

香椿，是家乡人民最喜欢的树种之一。原本，按照它的自然特性，或者说生命基因，它可以成为一种很动人的树木。因为它树形挺直，材质深红油亮，纹理清爽动人，完全可以成为树中丰仪伟岸的“美男子”。但是，我们老家流传着一句俗话“香椿过房，主人恐伤”，有些地方还有更吓人的“香椿过房，主人必亡”“香椿过房，小孩没娘”等说法。这些，都限制了香椿树向上生长发育，成为高大伟岸的树木。

尽管如此，香椿还是很亲和的树木。它不嫌贫瘠，也不需要浇水施肥，精心管理，香椿树便沐雨而生，经风而长。

香椿树的生命是偶然的，就像生在乡下的每一个儿女。我们无法选择自己的出生地，我们的祖先就在这片丰饶或者贫瘠的土地上，落地生根。

香椿有植物的天性，也有一粒种子深深许下的诺言。墙角旮旯里，说不定哪天会露出一株小小的芽尖。

记得小时候，我家院子西北角也有一棵香椿树。听父亲说，这棵香椿树不是栽种的，而是西邻居李东升家院子里的那棵大香椿树串过来的根，根上钻出来的一株嫩芽，慢慢长大的。

香椿素有“树上青菜”的美誉：“门前一树椿，春菜不担心。”民间谚语把香椿的作用说得通透。

香椿朴实无华，从不与桃花、梨花、杏花争艳。它们给大自然带来的是花团锦簇，万紫千红，而香椿树不仅是房前屋后的点缀，而且还会给人们带去缕缕清香和丝丝深情，成为人们舌尖上的佳肴。

在中国古代历史中，香椿不仅是备受喜爱的食材，也同样具有文化意义。例如，古代香椿树常常被视为长寿的象征。这一文化典故源于庄子《逍遥游》中那句“上古有大椿者，以八千岁为春，八千岁为秋，此大年也”，意为上古时代的大椿树以人间八千年当作自己的一年，可见寿命之长久。于是后人便常常用带“椿”的词语来形容福寿绵延，如以“千椿”形容千岁，又如以“椿寿”作为对长辈的祝寿，以盼望长辈像椿树一样长生不老。

古人也喜欢直接用“椿”来比喻父亲或其他长辈，将已过耄耋之年的父亲称为“椿庭”。这一说法与《论语》有关。相传孔子的儿子孔鲤因怕打扰父亲思考问题，便在路过庭院时快步走过，即“趋庭而过”，于是，后人就把“椿”与“庭”结合了起来，称父亲为“椿庭”。而古人又喜欢将母亲形容为“萱草”，于是便有了“椿”与“萱”的结合，如“椿萱并茂”常用来形容父母健在、健康长寿。

由此可见，秀色可餐的香椿，在丰富老百姓的口福和日子的同时，也飘香了诗情画意、文化典籍。许多文人墨客吟咏香椿的诗句，为我们传承香椿文化留下了宝贵的文化遗产。唐代诗人牟融在《送徐浩》一诗中有“知君此去情偏切，掌上椿萱雪满头”的佳句。宋代苏轼的《春菜》一诗中则写道：“岂如吾蜀富冬蔬，霜叶露芽寒更茁。”金朝末年，客居在宜阳的大诗人元好问喜食香椿，他在《溪童》诗中写道：“溪童相对采椿芽，指似阳坡说种瓜。想是近山营马少，青林深处有人家。”描绘了春天时，儿童们在山中溪水边采香椿芽的情景。清代李渔在《闲情偶寄》中赞道：“菜能芬人齿颊者，香椿头是也。”近代名人康有为在品尝香椿后，欣然赋诗《咏香椿》。“山珍梗肥身无花，叶娇枝嫩多杈芽。长春不老汉王愿，食之竟月香齿颊。”

由此不难看出，自古以来，中国人的生活中就已经流淌着一种香椿情怀了。

春天的风，清明的雨，唤醒了大地姹紫嫣红、绿遍原野，也催生了香椿树芽的萌发。

香椿树的枝头上，开始长出带有茸毛的嫩芽。初生的椿芽叶梗粗短，绿如碧玉，叶片厚实，紫里透红，闪闪地泛着油光。

香椿飘香的时节，正值谷雨。

我们老家有句俗话：“雨前椿芽嫩无比，雨后椿芽生木体。”意思是说，谷雨前后是吃香椿的最佳季节，此后因椿芽变老而难以食用。谷雨食香椿，又名“吃春”，寓意迎接新春的到来。

香椿吃起来容易，采摘起来却不轻松。

香椿树是具备足够天分的，它有自己的生存智慧。只要稍加留意就不难发现，世间不少物种是以“示强”或“示恶”立世的，而香椿树却是以“示弱”作为立身之本。它的木质偏脆，易断，树芯儿呈褐色，有“桃花心木”之说。枝条呈空心儿状，一般枝条难以承载一个人的重量，使采摘者望而却步，有所顾忌，有所保留。香椿树也因此保存了自己，不至于遭遇灭顶之灾。很显然，“以弱为强”是辩证法。

因为香椿树具有“以弱为强”的特性，给人们采摘它的椿芽带来了一定的困难：徒手一般很难采摘，爬树呢，枝丫不能承受人的体重，而椿芽大多位于树冠或枝头。这时，任凭你如猴子一样灵巧，若不借助一种工具，只能眼巴巴地立在树下咽口水。这种所谓工具，就是将家里的镰刀用绳子捆绑在竹竿头上。手握竹竿，将镰刀对准了新出的嫩椿树头，轻轻一拉，香气浓郁的椿树头便从树上跌落下来。钩椿树头的父亲嘴角咧开了好看的弧线；母亲宝贝似的捡拾了它放进篮子里；幼小的我在一旁快乐地唱着歌。一家三口，其乐融融。

谷雨前，香椿芽可以采摘两三回，采尽摘完，不久又会冒出新芽。

记得当时我曾问过父亲："咱们把香椿树的树芽都采摘下来，它不会死掉吧？"父亲笑笑说："傻孩子，你看每年采摘香椿的时候，总会留一些主枝杈的嫩芽，这样既能让你这个'小馋猫'吃到香椿芽，也能让树长大。我说不出什么大道理，但是你长大了以后，一定要懂得无论干什么事情，都不要把后路堵死，这是做人做事的底线。"父亲那时说的话，我还不懂得，但是我一直牢牢地记在了心里。长大以后，我对这句话有了更深的领悟："人生有度，过则为灾，做人不必刻意，做事不求完美。功不求盈，业不求满，花看半开时，酒饮微醉处。"

关于香椿芽的吃法，老家有很多种，比较有名的有两种。一种是香椿芽炒鸡蛋。将香椿洗净，用沸水稍焯，捞出切碎；鸡蛋磕入碗内搅匀；趁火旺油烫香飘之时，将鸡蛋猛地倒入锅里，蛋的黄色与白色刹那间与红色香椿凝结在一块，趁这时间迅速摊成饼状。鸡蛋的柔软与香椿芽的香嫩紧致地结合在一起，避免了单一的滞涩，带给人味觉和嗅觉上立体的异香。另一种是香椿芽拌豆腐。选几簇鲜嫩的香椿芽，切碎，与切成小块的豆腐拌在一起，放一撮盐，倒上点酱油、香油，吃一口真是满口清香。

香椿芽虽好吃，但它含有亚硝酸盐，最好不要直接食用。我们老家人吃香椿时深谙此道，多用来炒鸡蛋或炒菜，即使凉拌也会在沸水中焯一分钟左右，可去除三分之二以上的亚硝酸盐和硝酸盐。香椿芽的香气来自香精油，它不溶于水，所以不影响滋味。

香椿还可以用来腌制。把椿芽洗净，然后在上面撒上一定量的盐，然后反复揉搓，最后把揉搓好的椿芽放进坛子中或者罐子里密封，差不多一个星期就可以食用了。食用的时候切成碎叶片状或者小细条状，再加点香油搅拌一下，就成了一道美味可口的香油拌椿芽了。

儿时我没少吃腌制的香椿芽。腌制的香椿芽，挂上面糊，放在油锅里炸，在食无鱼的日子，这样的"香椿鱼"足可解馋。夏天，母亲做凉面条。将腌制的香椿切碎，加上蒜泥搅拌，作为凉面的浇头。乡村野蔬，粗茶淡饭，吃起来也颇有滋味。

香椿除普通的食用价值外，其药用价值也不可小觑。相传一千三百多年前的《唐本草》，最早记录了香椿的药用价值，称其“主治疟疥，风疸”。明代李时珍则在《本草纲目》中再次明确指出了“香椿叶苦、温煮水洗疮疥风疽，消风去毒”的保健功效。

不过，食用香椿也要适当、适量。唐代孟诜所撰的中医典籍《食疗本草》就指出“椿芽多食动风，熏十二经脉、五脏六腑，令人神昏血气微”。从现代视角来说，香椿本身含有一定量的硝酸盐和亚硝酸盐，因此食用香椿还是在谷雨前香椿最鲜嫩的时候为最佳，并且下厨时应当在沸水中焯上一分钟，减少其中的亚硝酸盐成分。

此外，香椿木具有很高的利用价值。香椿木极具美感，其横切面呈同心圆环，径切面呈平行线花纹，弦切面呈山水状花纹，美感独特，被誉为“中国桃花芯木”。

早在上古时期，香椿木即以“佳木”被先人利用，享有“辟邪木”“百木之王”“北方红木”的美称。人与香椿木长期接触有益于健康，相传八仙之一的吕洞宾，就曾用香椿木做过枕头。

香椿木色彩一般为黄褐色，可塑性很好，是制作家具的上乘材料。用香椿木做成的家具不用专门打蜡，它的表面就十分有光泽。香椿木还被广泛运用于乐器、钟表和各类工艺品生产，近年来价格一路看涨。

如果说，“要求于人的甚少，给予人的甚多”，这是松树的风格。那么，香椿树呢？香椿树和其他树木呼吸着同样的空气，吮吸着同样的雨水，脚踩着同样的泥土，头顶着同样的蓝天，却有着不同的气质。在春天里被剥到汁水横流却不喊痛，伤好了疤痕上仍旧青葱地长出一枝柔嫩；在夏天的炎炎烈日下，坚强不屈，绿油油地伸展枝叶；在秋天的萧瑟风雨中褪去姿容，洒脱飒爽；在冬天的皑皑白雪里，伸开颤抖的枝杈，承接寒山瘦水的回归。它那不为索取只求付出，香气撒播人间永不懊悔的大爱，堪称树中的楷模。

岁月变迁，沧海桑田。如今，随着城乡人民生活水平的提高，香椿树和它的椿芽也发生了质的变化。由房前屋后，栉风沐雨，进入了四季如春，温暖湿润的大棚；从乡村集市的地摊，进入了城镇的超市；由价廉物美的菜蔬，成为高档消费品；从普通农家餐桌上的田野菜，成为大酒店、小饭馆里的美味佳肴……

我相信，这些变化，确非出于香椿的本意。但是在经历了人类给予的“糖衣炮弹”之后，在温室里成长的香椿树，还能够回归贫瘠的大地吗？还能够顽强地挺立在家乡的院子里吗？

怀念你，我童年时家乡的香椿树！

阳光下的向日葵

东方的天上，挂着一轮太阳，太阳底下，站着一株株倔强的向日葵，这是种在时光里的向日葵。

——题记

我喜欢向日葵，不仅因为葵花子好吃，还可以榨油，更多的是向日葵能够带给人生机、活力和朝气。向日葵是阳光的，喜欢向日葵的人也是阳光的。

说起来，向日葵是中文里别名最多的作物之一，以至于成了语言学上说明方言间同物异名现象的经典例子。比如北京大学的经典教材《语言学纲要》中就提道："……同是'向日葵'，在汉语的各地方言中也有各种不同的叫法，河北唐山叫'日头转'，承德叫'朝阳转'，任丘叫'望天转'，山东济南叫'朝阳花'，昌乐叫'向阳花'，莒县叫'转日葵'，栖霞叫'转日莲'，湖南邵阳叫'盘头瓜子'，等等。"在我们老家，则把向日葵叫作"望介莲（音）"。

尽管有这么多的别名，但最终还是"向日葵"一名胜出，成为一个通用名称。最早提到这个名字的是一本明末著作文震亨的《长物志》。此后，清代陈淏子《花镜》等著作也沿用了这一名称。

向日葵是菊科植物，因此和小雏菊、翅果菊、黄金菊，等等，都很有些相像，但花盘要大得多了，有一个小盘子那么大，大的快赶上脸盆大小了。菊科植物大多是清秀可人，而向日葵却不一样，它饱满、明艳而绚烂，还有几分憨厚。

向日葵虽然极具乡土气息，但并不是本土植物。它的故乡，不在华夏神州。据有关资料介绍，野生向日葵原产于北美，该植物的商业化发生在俄罗斯。向日葵大约在明朝中期传入中国。我国最早记载向日葵的文献是明末学者赵崡所著《植品》，其中明确写道："又有向日菊者，万历间西蕃僧携种入中国。干高七八尺至丈余，上作大花如盘，随日所向。花大开则盘重，不能复转。"

向日葵是非常容易成活的植物。它不求水肥的多少，不择土壤的贫瘠，只要播撒在土壤里，就会直立蓬勃向上生长。勤劳的家乡人，每年总是在自留地，在田间地头、路边、垄沟边，在房前屋后的犄角旮旯，充分利用闲散的空地栽种向日葵，作为逢年过节、结婚宴请时的必备食品。

早春时节，勤劳的家乡人整理好土地，选好了节令，把向日葵籽粒点种到土里。在阳光照耀、春雨滋润下，向日葵子很快就生根发芽了，悄悄地顶破头顶的泥土，慢慢长出一条柔嫩的根茎。

人间四月天，草木皆芬芳。向日葵开始长高了，叶子抽出来了，巴掌大的叶片参差不齐地向上伸展，越往茎的顶部，叶片就越鲜嫩，就越小巧玲珑、惹人怜爱。直到有一天，向日葵抽出了花盘，那些绿叶就做起了护花使者，心甘情愿地隐居幕后，把光华毫无保留地让给了花盘。

炎热的夏天，田野里的庄稼都被晒得蔫头蔫脑。此时，正是向日葵生长的旺季。葵花秆头顶上，长出绿色的花瓣盘，好像羞涩的新娘在低头不语。几天过后，片片的黄色花蕊就会引人注目，好像众星捧月一样抱拢着葵花盘，葵花盘中间是花蕊，金黄耀眼，惹人喜爱。

我没有看见过向日葵开花的过程，因为向日葵一般是在凌晨四点以后开花。开花的时间很短暂，花期约有两周左右。

据说向日葵开花的时候很奇妙，皱巴巴的小花蕾慢慢舒展开来，渐渐变得平滑光洁，光彩照人。葵花开放时，满眼晃动着的只有一种颜色，那就是黄，金色的黄，黄澄澄的黄，铺天盖地泼辣辣地黄。壮观的场面，就像天际间突然出现的一条河流，汹涌澎湃地倾泻下来……

我小的时候，一直认为向日葵既然被人们称为“望日莲”“向阳花”，那一定是从早到晚一直围绕着太阳转的。长大以后，阅读了清人陈淏子所著《花镜》，此书对向日葵的习性写得非常透彻：“向日葵一名西番葵，高一、二丈，叶大于蜀葵，六月开花，每秆顶上只有一花，黄瓣大心，其形如盘，随太阳回转，如日东升则花朝东，日中天则花直朝上，日西沉则花朝西。”这才领悟到，向日葵的特点是：早晨笑着脸迎接初升的太阳，晌午时分抬头目视晴空，晚上告别太阳面向西方。

当秋风携带着秋雨，将冷风凉意飘洒在田野，向日葵的花瓣渐渐老去，嫩黄色的花瓣颜色又深了一层，有的干脆蜷曲着飘落在地下。秋霜是一把刀子，薄薄地一层刮下去，所到之处就面目全非了。

这时候的葵花的花盘，不再追逐太阳。它们像是得到一个统一的口令，集体弯下了腰，旋转，面向土地。成熟的向日葵花盘是垂着头的，低调又谦虚。

它们低着头，把籽粒紧紧地包裹着。只能看到花盘那老绿的后脑勺，几乎看不到籽粒的容颜，猜不透它们的发育程度。那些曾经貌美的花盘，有了籽粒后就不再展示自己的美丽，把娇媚隐藏起来，专心俯身孕育新生命。

向日葵的茎梗也不再碧绿，变成了深绿，透着些老气横秋。茎梗上毛茸茸的小细刺有些凌厉扎手。当花盘与大地呈平行的状态时，那些籽粒就悄悄地成熟了，籽粒羞羞地被扣在里面。扒开向日葵的花盘，剥去一层细碎的黄色花蒂，就露出密密麻麻的饱满的向日葵子，很紧致，手的力道再重一些，那些黑色的小种子就哗哗地落下来。剥去外皮，白嫩的油性十足的瓜子就现了身。咬一口，不脆，油汪汪的。吃了一粒，还想吃下一粒。粒粒入口，方觉过瘾。

如果不是母亲告诉我，我至今都不知道向日葵的背后，隐藏着那么多凄惨悲凉的故事。

母亲说，从前有一位农民的女儿名叫明姑，受尽了后娘百般凌辱虐待。因为一件小事，顶撞了后娘，后娘便用皮鞭来抽打她，可一失手，打到了前来劝解的亲生女儿身上。后娘又气又恨，夜里趁明姑熟睡之际挖掉了她的眼睛。明姑强忍着剧烈的疼痛，逃出家门，不久便死去。死后，在她坟上开出一朵鲜丽的黄花，面向阳光，似乎在向太阳诉说着她的悲愤和渴望。那向着太阳不低头的花朵，感动了每一个过往的行人。于是，人们送给她一个好听的名字——望日莲。

母亲给我讲这个故事的时候，刚从向日葵地里回来。我看到她额头上被风凌乱的发间，闪烁着金灿灿的黄色粉末，渗进了足下的泥土。

那时候我还小，只是同情和可怜明姑，心想如果她还活着，那该多好啊！我会带着她看太阳，给她讲述阳光的明媚、灿烂和温暖。也许是被明姑的故事感染着，我从此对阳光有一种特别的渴望。不管在什么时候，只要阳光在，我就很珍惜那阳光，希望它能够更多地给我一份和蔼的抚摸，给我一份温暖的安慰，好让我给那可怜的明姑存留下来。

那个时候，我根本无法知道，关于葵花还有两个更古老的希腊神话传说，不知道海洋女神克吕提厄和太阳神赫利俄斯、水泽仙女克丽泰和太阳神阿波罗之间凄美的爱情故事。我自然也不知道荷兰后印象派画家文森特·威廉·梵高，更无法想象这位伟大的天才画家，是如何将自己灵魂的亮度，赋予那一朵朵向日葵，让它们拥有了高贵的金色，更难以理解梵高是如何一次又一次地用向日葵表达出对光明和希望的追求。

或许对于梵高来说，向日葵是落在画布上的太阳；而对于我来说，向日葵则是落在心中的太阳！

有人说，“向日葵之所以迎着太阳，是因为爱的力量。每个向日葵只有一个太阳，而一个太阳却拥有了许多向日葵”。于是，向日葵的花心，装满了忧伤，那些忧伤的眼泪结成了瓜子的模样。后来，我仔细地端详葵花瓜子，感觉它的确很像人的泪滴。

我始终觉得，生长在田野里的所有农作物、树木和野花野草，都没有向日葵那么惹人喜爱。它虽然没有国色天香，没有灼灼夺目的惊艳，可它热烈地拥抱着阳光。牵牛花虽然也随着早晨太阳的升起而开花，可过不了多久，它便会合拢，而向日葵却从不放弃，从不移情别恋。

司马光诗云：“更无柳絮因风起，惟有葵花向日倾。”柳絮随风，历来是癫狂轻薄的象征。与柳絮相比，向日葵则显得十分忠诚。在贫瘠的土地上，顽强地生长着，尽情地向着阳光开放……

我热爱向日葵，因为向日葵不但是阳光的，而且是坚强的。无论是面对阳光灿烂还是乌云密布，它都会挺立站直，将自己最美的姿态展示在广阔的大地上。一大片向日葵，就是一片金光灿烂的阳光。我要学习向日葵的拼搏精神，在人生的漫漫征途中，不忘初心，永怀积极向上的斗志，以自己最坚强的姿态，笑对人生。

紫花苜蓿

在人的记忆深处，珍藏的不一定都是奇异的事物或者有意义的大事。有时候，一种很平常的东西，一件小事，在别人眼里也许算不了什么，却能给自己留下终生难忘的记忆，我对苜蓿芽的感觉就是这样。

苜蓿原产欧洲，很早就传入西亚和中亚。传入中国是在汉武帝时，种子是由出使西域的汉使张骞从“大苑国”带回，当时是作为汗血宝马的饲料引进的。据《史记·大宛列传》：“（大宛）俗嗜酒，马嗜苜蓿，汉使取其实来，于是天子始种苜蓿、蒲陶（葡萄）肥饶地。”《汉书·西域传》：“汉使采蒲陶、苜蓿种归。”刘歆的《西京杂记》：“乐游苑自生玫瑰树。树下有苜蓿。苜蓿一名怀风。时人或谓之光风。风在其间常萧萧然。日照其花有光彩。故名苜蓿为怀风。茂陵人谓之连枝草。”

苜蓿一词的中文，乃是大宛语的音译，是苜蓿属植物的通称，俗称金花菜，是一种多年生开花植物。其中最著名的是作为牧草的紫花苜蓿。苜蓿种类繁多，多是野生的草本植物。有的文章把它称作三叶草，其实两者是有严格区别的。

苜蓿以“牧草之王”著称，不仅产量高，而且草质优良，各种畜禽均喜食。苜蓿没有苛刻的要求，无论是天旱或者是沥涝，是洼地还是山坡，都能长得很好。它几乎不需要太多的人工照料和管理。不施肥，不除草，只需一点点的水分与养料，照样长得很好。而且它像韭菜一样，割了一茬又长一茬，年年自生，一年可收割多达三次。苜蓿给予人的却极多，除了可作牲畜的最佳牧草，还是一种可以食用的乡村野蔬。

苜蓿作为人可食用的野菜，它不仅仅是达官显贵、文人墨客改变口味的野味佳肴，更是穷苦百姓得以救命的口粮。千百年以来，由于天灾人祸的影响，对于靠农耕而自给自足的普通百姓来说，缺食少粮是常有的事。尤以靠天吃饭的丘陵山区更是如此。在这些生死攸关的艰难时刻，苜蓿以及其他的一些野菜就起到了救命粮的作用。

苜蓿普普通通，文人墨客却为它写下了不少诗词。唐代诗人薛令之《自悼》诗云："盘中何所有，苜蓿长阑干。"北宋著名文学家、豪放派诗人苏东坡和南宋文学家、史学家、诗人陆游最喜食用苜蓿。苏轼的《元修菜（并叙）》中道："张骞移苜蓿，适用如葵菘。"直言苜蓿是由张骞从西域带到中原，并可食用如葵菘。苏轼在《送曹辅赴闽漕》一诗中塑造了一个孝子的形象："烹鸡独馈母，自飨苜蓿盘。"用炖鸡奉母而自己食用野菜，这在今天看来，也算是非常极端的孝母行为。陆游很喜欢苜蓿，写过不少吟咏之作，他在《对食作》一诗中写道："饭余扪腹吾真足，苜蓿何妨日满盘。"尽管每日以野菜充饥，但每当饭后手摸肚皮也令人心满意足，陆游确实乐意过这清贫的生活。陆游在《书怀》一诗中写道："苜蓿堆盘莫笑贫，家园瓜瓠渐轮囷。"意思是说，大家不要笑话我穷得只能吃满盘的苜蓿菜，其实我也有满园的瓜果蔬菜。可见陆游是贫也吃苜蓿，富也吃苜蓿，食用苜蓿是他的饮食爱好。明清以来，读书人童年必读的启蒙课本《幼学琼林》中的"桃李在公门，称人子弟之多。苜蓿长阑干，奉师饮食之薄"，更是人们熟知的名句。

传言为苏轼所作的《艾子杂说》中提到过一个故事：立春时，村里有位老头子给艾子送了一筐苜蓿，说："刚长的，送你尝尝。"艾子感动地说："劳烦你还送我，我吃了以后，再给谁吃呢？"老头回答说："你吃了之后，我就割了喂驴。"不管是诗句还是这则幽默故事，都可以看出，食用苜蓿的人，基本上都是旧社会的底层百姓。因此近代仍用"苜蓿盘空"来形容小官吏或私塾教师生活的清苦。

苜蓿种子像芝麻粒一般大小，苗期生长慢，易受杂草的危害，播前一定要精细整地。对此，北魏贾思勰《齐民要术》中对苜蓿的种管收都有详细地记载："地宜良热；七月种之。畦种水浇，一如韭法。亦一剪一上粪，铁杷耧土令起，然后下水。一年三刈。留子者，一刈则止。春初既中生啖，为羹甚香。长宜饲马，马尤嗜之。此物长生，种者一劳永逸。都邑负郭，所宜种之。"

我小时候，村子里每一个生产队都养着牛马驴骡等大牲畜，为了使它们能够长得膘肥体壮，干活时更有力气，各生产队都会拣那些贫瘠或盐碱地，种植十几亩苜蓿。我们第一生产队的苜蓿地，在最村东头张家坟（现为村公墓）一带，离村子大约有四五里地，其余两个生产队的苜蓿地在哪里，我已经不记得了。

家乡的春天，是苜蓿芽起的头。

当惊蛰过后的春雷响过村子的上空时，大地的筋骨酥软了，阳气升腾，地脉贲张，地里的野草开始萌芽。生产队种植的苜蓿便挤在野草丛中争春，攒着劲地向上长。每窝干苜蓿茬根里，钻出来好几条嫩芽，上面冒出小叶瓣，一片片，一层层，错落有致。经过一冬的风吹雪打，绝大多数老苜蓿茬腐朽烂掉，被新叶几乎完全遮住，整块地换上碧绿新装，苜蓿以一种原始自然的美，点亮春天。

在我的老家，流传着一句俗语："人盼夏至，马盼小满。"意思是说：一过夏至，人们就能吃上新小麦；一过小满，牲畜就能吃上苜蓿。新小麦对人来说意味着高粱面换成了白面馒头，改善了伙食；苜蓿对牲畜而言，既是救命粮又是奢侈饭，简直是一步登天。

春风吹拂，苜蓿发芽。我们一帮还没有上学的毛孩子，便到地里去揪苜蓿芽，揪苜蓿芽是那时我们所能想到的最浪漫的事了。

“走，揪苜蓿芽去喽——”随着一声召唤，我们呼朋引伴，拿着镰刀、铲子、背筐、提篮或拿着面布袋等容器，飞也似的向苜蓿地跑去。一路上，我们沉浸在脱掉冬装后的兴奋里，大家贪婪地吸吮着大自然馈赠给我们的湿润空气，享受着小鸟儿出笼般的喜悦。

那时候，生产队都有专门看守苜蓿的人，但大多是一些上了年纪的老人，虽然责任心强，无奈手脚迟钝。他在地那头看守着，我们在地这头或蹲着，或趴着揪，地头又长又宽，他眼神又不太好使，一般看不到我们。即使看到了，他也辨别不清是谁家的孩子，更难以追上我们，只气得跺脚骂大街。我们才不听那一套呢，只当骂声被风刮跑了……

说是“揪”苜蓿芽，其实是用镰刀或小铲子从土里“剜”。多年生的苜蓿，一半是根，一半是叶，嫩得好像要滴出水来，透着泥土的香味。一开始，剜那些新钻出来的苜蓿嫩叶，还有点于心不忍，用手轻轻一拨，苜蓿芽儿柔和得如同撩拨一池碧水，轻风过处，生起一波波涟漪。终究还是经受不住美味的诱惑，手停不下来。不过，苗叶下往往隐藏着锋利的干苜蓿茬，一不小心会扎得手上一道一道的伤痕。因此，我往往在嫩叶里挑选那些冒尖的，用拇指、食指和中指提溜住，轻轻地掐掉，放入竹篮子里。很快，手指被染绿，时间久了，手指上也会被杂草或苜蓿茎划破。那时候还不时兴戴手套，只好用破布条将手指头紧紧缠住，继续不舍地掐着嫩叶，直到把篮子装满，满载而归。有几次，脚上穿的布鞋被苜蓿茬扎破了，露出脚指头。回家让母亲给缝补上，缝上的鞋又被扎透了，鞋底和鞋帮分了家，不能再穿了，只好提着鞋，光着脚丫子回家。这时，沮丧和成就感交叉涌来。但是想到全家饭菜会有一顿改善，吃到清香可口的新苜蓿菜，仿佛看到母亲喜悦和肯定的表情，也顾不得那么多，一溜烟跑回家去……

揪苜蓿的活儿充满了诗意。揪在手里的苜蓿芽又胖又嫩，攥在手里，像攥着一缕柔和的春风，心中顿觉暖洋洋的……

生产队种苜蓿，原本是用来喂牲畜的，在后来的三年困难时期，却变成了人们口中的救命粮食，一把苜蓿能救活一家人的性命。地里的苜蓿芽，再也由不得任何人随便去揪了。

人要从牲畜嘴里夺食，手段倒是有，那便是“偷”。偷字虽不好听，却没有人在乎。当时村子里流传着一句话：“偷生产队里的东西不算偷。”月黑风高之时，孩子们已经做起了美梦，大人们便背筐挎篮，蹑手蹑脚地出了门，相互碰见了，虽都避着走，目的地却是心照不宣。看苜蓿的仍然是一些老人家，头一觉睡得香甜，待睁开眼时，周围已是一片“嚓嚓嚓”似蚕吃桑叶的声音，急促而又瘆人。老人家知道这是揪苜蓿的声音，急忙冲出窝棚（用秸秆搭的临时睡觉的地方），大声喊叫起来，甚至于开骂，骂的那话很难听。揪苜蓿的人只当是耳朵聋了，任凭老人家怎么骂，也懒得去理。

第二天，苜蓿地里自然是一片狼藉。

队长一看这样下去可不行，把好好的苜蓿全糟蹋了。于是组织一些社员把苜蓿芽都揪回来，按人头分给各家，如此家家户户都有苜蓿芽吃了。

吃了一个冬天白菜加咸菜，有嫩绿的苜蓿芽了，家里的饭菜顿时鲜活起来。

母亲把分回家的苜蓿芽倒在簸箕里来回簸，直到把里边的柴草都簸出去，那种丝丝缕缕缠着苜蓿芽的，得一点一点挑拣出来，还有带根的那种，需要把根儿掐去。我便围在苜蓿堆旁，用手拨弄着苜蓿芽，帮母亲把里边的柴草一点点地拣干净。

苜蓿芽的吃法很多，可以生吃，将秫面饼抹上黄豆酱，裹上小葱和苜蓿芽，卷起饼来吃；也可以把苜蓿芽放入锅里的开水一焯，捞出来放到盘子里，加上蒜泥、香油等作料凉拌着吃；还可以做成热菜或者剁成馅，包饺子、蒸包子、蒸玉米面菜团子，等等。

记得 1963 年我上初中时，教我们几何课的张国俊老师，一到春天，常托付村子里的老乡（学校就设在村旁）给他揪点苜蓿芽，熬玉米面粥喝。张老师是我们非常敬重的一位老师，他常年只教几何这一门课，那真是“落蒂的香瓜——熟透了”。他每次上课，只带一个木制的三角板，从来不带课本。一上台就开讲：“请同学们翻开书本第 × 页。”学生课下问他问题，他随口就来，说：“你问的问题是第 × × 页 × × 题。”布置作业，也是如此。但是，因为新中国成立前他曾是国民党的少校军需，“文革”时没少挨批斗，甚至有人给他贴大字报，说他吃苜蓿芽是“追求资产阶级生活方式”。

有人说，“苜蓿芽的营养价值很高，富含多种人体有益物质”。其实，也不尽然。苜蓿芽吃起来清爽可口，那是因为加了香油，放了作料。俗话说：“头道苜蓿嫩，二道苜蓿脆，三道苜蓿嚼不动，四道苜蓿割了喂马牛。”

夏天，苜蓿已经长得很高了，站在阡陌的田埂上，举目望去，绿油油的苜蓿已齐腰深，柔软的串串小叶，顽强地托起长茎上盛开的紫白色苜蓿花。苜蓿花虽没有姹紫嫣红的妖娆，但它却像轻妆淡抹的农村少女那样淳朴、俊俏、秀气。微风吹来，风中摇曳的苜蓿花，散发出一阵阵清香，引得蜜蜂、蝴蝶纷纷来光顾。每到这个时候，苜蓿地便成了我们的乐园。

每个睡不着觉的午后，我便约上几个小伙伴，到苜蓿地里逮蚂蚱、捉蝈蝈、追野兔子，嬉笑打闹之声不绝于耳。有时饿了，我们便会吃些苜蓿花，刚吃时有股甜味，等嚼碎后，要下肚时，便感觉有一丝丝的苦涩。

苜蓿在全年成长阶段，就像韭菜一样，割过一茬还能复活一茬，一茬一茬地顽强生长，一茬一茬地任人宰割……

到了夏末秋初，最后一茬半人高密匝匝的苜蓿，就会洋洋洒洒一地紫色的花朵，这是苜蓿完全成熟时的鲜明特色。此时，也是为过冬牲畜储备口粮的最佳收割时间。男人们提着镰刀，拿着绳子，每天蹲在苜蓿地里，把那些苜蓿割倒，用绳子捆紧，扛在肩上或背在背上，放回生产队的饲养棚。沉重的草捆和闷热的天气，让他们汗流浃背，头顶上冒热气，衣服全湿透了。放下那一捆苜蓿草，他们坐在院子里歇息，点上一袋旱烟吸着，静待生产队长和会计给过称。按照实际斤称给记了工分，才拖着疲惫的身子回家。

地里的苜蓿割完了，一部分晒干，做牲畜过冬的干饲料，一部分青苜蓿现铡现喂。铡苜蓿是两个男人配合完成的活计。提按铡刀是力气活，一般挑选身强力壮的小伙子担任；递送苜蓿则是技术活，一般由上点年纪的中年或老年人负责。递送苜蓿的人蹲在铡刀一侧，用手抓一大撮苜蓿往提起的铡刀里送，提按铡刀的人抓住铡刀把子将刀刃使劲地往下压。那铡刀的刀刃有五六寸宽，锋利无比，再加上提按铡刀的人使尽全身力气往下压，那些苜蓿最终都变成了一段段的饲草。

有一次，我父亲和一个小伙子一起铡苜蓿。当他把苜蓿刚刚送进去，手还没来得及退出，那小伙子不知在想什么心事，匆忙按下了铡刀，幸亏我父亲手疾眼快，结果还是将他左手的一个手指铡下了少半个指头，鲜血直流。那小伙子一见闯了祸，吓得目瞪口呆，不知所措。我父亲忍着剧痛，在草里找到那半截指头，用力按在手指上。说来也怪，没有经过医院的手术，父亲的手指竟完好地连接在了一起，并没有落下伤残。

后来，生产队散了，苜蓿地也没了……

如今，我离开老家到省城栖居已经有40多年了。可是每到春天，我的心里仍旧思念着我们生产队的那片苜蓿地。想念它早春时嫩嫩的芽，夏日碧绿青翠的叶，也想念那碎碎的紫花，虽不艳丽，却也清香，具有自然和朴素之美。我觉得，苜蓿是一种活得自由而自信的草。

去年春天，我下班路过一个街道菜市场，看到一位妇女在叫卖苜蓿芽。见我走来，她笑盈盈地从随身携带的塑料袋里掏出一把绿茵茵的苜蓿芽，说道："这是我早上刚揪的，全是鲜嫩的。"

看着那新鲜可爱的苜蓿芽，我真是喜出望外，花五元钱买了一小捆。霎时，一股清香扑鼻而入。

那一刻，我仿佛看见家乡田野里长满了嫩绿的苜蓿。

啊，我童年的苜蓿芽，难忘的紫花苜蓿！

怒放的白玉兰

我们机关的院子不大，却利用得充分而合理。地上铺的是绿草坪，草坪里分别种了几棵白玉兰、雪松和银杏树。我尤其喜欢其中的玉兰树。

玉兰，木兰科落叶乔木，别名白玉兰，也叫“望春花”。“望春”，一个很少见的词语。是啊，与春天对望，告诉人们春天来了，这也是白玉兰的使命。它开在早春里，开在许多花的前面，是因为它每天都在期盼着春天的来临。而春天也没有辜负玉兰花的心意，和煦的春风吹来时，早早地把玉兰一树的花朵给吹开了。

玉兰花，花先开放，后长叶子。清末文学家李渔爱玉兰树，将其比作玉树。他在其《玉兰诗》中写道：“世无玉树，请以此花当之。花之白者尽多，皆有叶色相乱，此则不叶而花，与梅同致。千干万蕊，尽放一时，殊盛事也。”意思是说，玉兰花是在叶子还没有长出来的时候，就开花了，与梅花有同样的韵致。当所有的玉兰花一起开放的时候，简直是空前的盛事，树树花开相连接，繁花似锦，云蒸霞蔚，霞光万道，恍若仙境一般，令人赏心悦目，流连忘返。

高洁、芬芳、纯洁、真挚是玉兰花的特性，历代文人墨客也为其留下了不少赞美诗词。比如明·睦石的《玉兰》“霓裳片片晚妆新，束素亭亭玉殿春。已向丹霞生浅晕，故将清露作芳尘”；明·沈周的《题玉兰》“翠条多力引风长，点破银花玉雪香。韵友自知人意好，隔帘轻解白霓裳”；清·查慎行的《雪中玉兰花盛开》“阆苑移根巧耐寒，此花端合雪中看。羽衣仙女纷纷下，齐戴华阳玉道冠”。

关于玉兰花，有一个美丽的传说。很久以前，在一个深山老林里住着三个姐妹，大姐叫红玉兰，二姐叫白玉兰，小妹叫黄玉兰。一天她们下山游玩，发现村子里一片死寂。打听之后才知道，原来秦始皇赶山填海时，杀死了龙公主，龙王爷便跟这里村民结上了仇怨，不让他们吃盐，以致瘟疫遍地。三姐妹决定帮助这里的老百姓去讨盐吃。在遭到龙王多次拒绝后，她们用自己酿制的花香迷倒了看守盐库的蟹将军，趁机把盐仓凿穿，老百姓得救了，她们却被龙王变成了花树。为了纪念三姐妹的义举，老百姓就把这种花树称为“玉兰花”。故事很简单，却很唯美，反映了人们对美好事物的追求、对完美的向往。

春来花自放，太多的花开在春天，又有多少人能够记住白玉兰的瞬间惊艳呢？白玉兰花期很短，因为要留下长长的日子给绿叶生长，它便会早早地谢幕，这也是一种优雅，不与其他的花争春。就是那么短短的花期，白玉兰也不会辜负春天。

白玉兰，花开得猛烈，它不是一朵一朵地慢慢绽放，而是同时开出一树。我甚至怀疑它们是不是有着春天的口令，春风把号令吹响，白玉兰就齐刷刷地开放。

白玉兰是很有个性的花，它不需要任何人的肯定和点缀，就那么欣欣然地开了一树。而白玉兰的花朵，朵朵向上，傲挺枝头。玉兰树开出的花，有白色的，有粉色的，我唯独欣赏高洁的白玉兰。

论花的姿色，玉兰花不逊于雍容华贵的牡丹；论花的品格，它不输于秋菊；论花的姿态，它无异于百合、墨兰。可它，却不去争春、不去撩夏、不去恋秋，偏偏要在百花凋谢、万物蛰伏、乾坤萧瑟之时开放，就连绿叶也无须陪衬。它的美，美而幽静、美而高洁，这种独立于世的品性，令人敬畏。

白玉兰能够傲然于枝头，在于它的内涵。玉兰树的花语是“报恩”。玉兰花的花语是“表露爱意，高洁，芬芳，纯洁，真挚”。

报恩，是我们每个人都应该做到的。“受人滴水之恩，当涌泉相报。”玉兰树为了报答春天带给它的和煦的阳光，吹面不寒的杨柳风，还有淅沥沥的春雨，竭尽全力地开出一树艳丽的花儿来，把全部的爱都奉献给了春天。很多时候，我们也应该扪心自问：对于报恩，我们做到了吗？做到了几分？

玉兰花代表着纯洁的爱，可能是因为最先接受到春的信息，于是爱就会没有杂质。一片冰心给了谁？它仿佛看见过梁山伯与祝英台举案齐眉苦读书的情景，于是在枝头上绽放出两朵格外亲密的花儿，释放出浓浓的香味，吸引来成双成对的蝴蝶，那双栖双飞的蝴蝶中，一定会有梁祝的影子，翩翩起舞中带着浓浓的深情……

“素面粉黛浓，玉盏擎碧空。何须琼浆液，醉倒赏花翁。”（摘自网友野鹤散人诗句）自古以来，世人为白玉兰沉醉折服而不能自拔，不仅仅是源于它与众不同的姿态风韵，而是它面对狂风暴雪毫不畏惧的坚韧毅力。鲁迅先生称赞玉兰有“寒凝大地发春华”的刚毅风骨。每当寒冬来临，它和被人们誉为“岁寒三友”的松、竹、梅一样，坦然地迎风斗寒。“经霜雪而不凋，历四时而常茂”，充分体现出了它不畏困难、不惧压力的强大生命力。这是一种人们看不见而确实存在的品格，不正是人们需要学习的吗？

玉兰花，是站着开放的唯美的花，不依靠，不倾斜，不纠缠，是直立行走的智慧的花，在花的世界里开成自己喜欢的样子。它不张扬，却自带英姿；它不妩媚，却风情在上。它奔放又不失大度，它热烈又不失端庄。朵朵向上，带着蒸蒸日上的力量。

在明媚的春日里，与白玉兰短暂的相遇。那一刻时光里满是馨香，心房中充满爱意，脚底下有了力量。趁着春天，和白玉兰一起绽放，把热情怒放在自己的生命里，以一颗初心，明明白白做人，清清白白做事。因为“真正的风情万种，是让人油然而生敬意的气节；真正的千娇百媚，是那令人念念不忘的风骨”。

蔷薇花开

那满目的蔷薇正在用它们最美的时光来诠释半夏的到来，挣脱人类的束缚，向着最美的天空，向着阳光生长绽放。每每看到蔷薇，心情不自觉地充满阳光，充满自信。

——题记

喜欢蔷薇，那叶，那花，那名。见字如面，人面如花。

最初喜欢蔷薇，应该是在 1978 年考上大学，到了省会城市，目睹过一次她的芳容，记住了她那叫人浮想联翩的名字。

那个年代，在农村见不到她的影子。在城市也没有多少人有闲情雅致种花，即使有，也种不起高雅名花，于是我只能在想象中与她对话。

就这样，我关注着她，喜欢着她，幻想着她。相信她一定会在某个特定的时间、特定的地点、特定的场景、特定的气氛中，再次与我相遇。

于是，我开始跑到市图书馆，凭着我的学生证，办理了图书借阅所需的证件。通过查阅图书资料，我知道了她的前世今生，了解了她美丽的传说，更明白了她动人的花语。

蔷薇，顾名思义，蔷者，从墙，薇者，细小的草木。其本意是“墙蘼”，李时珍《本草纲目》记载：“此草蔓柔靡，依墙援而生，故名墙蘼。其茎多棘刺勒人，牛喜食之，故有山棘、牛勒诸名。其子成簇而生，如营星然，故谓之‘营实’。”

蔷薇属于蔷薇科，蔷薇的叶子呈卵形。花的颜色有红、白、深桃红、黄和紫色。蔷薇花，拥有浓郁的香味，清新扑鼻，让人闻了有一种心旷神怡的感觉，无论是谁都会觉得这是一种美的享受。

蔷薇有2000年的栽培历史。据记载，我国在汉代就开始种植，至南北朝时已经大面积种植。当今世界上大部分地区的蔷薇，是在6000万年以前从亚洲传播开去的，因而可以说蔷薇的故乡在亚洲，在中国。《诗经·召南·何彼穠矣》中有“何彼襛矣？唐棣之华”的诗句，诗中将出嫁公主比作唐棣花。《小雅·棠棣》中有：“棠棣之华，鄂棣之华、鄂不炜炜？凡今之人，莫如兄弟。”即将棠棣比作兄弟间的和睦相处。至西汉时，方始有蔷薇属植物的记录。根据文献证明，在汉武帝时代，上林苑中栽培有蔷薇。根据《贾氏说林》记载：“汉武帝与丽娟在园中赏花，时蔷薇始开，态若含笑。汉武帝叹曰：‘此花绝胜佳人笑也。’丽娟戏问：‘笑可买乎？’武帝说：‘可。’丽娟便取黄金百斤，作为买笑钱，以尽武帝一日之欢。”“买笑花”从此便成了蔷薇的别称。

少年时读唐诗：“绿树阴浓夏日长，楼台倒影入池塘。水晶帘动微风起，满架蔷薇一院香。”（高骈《山亭夏日》）这首诗，用近似绘画的手法，描绘了静态的绿树荫浓，楼台倒影，池塘水波，蔷薇满架的美景。然后静中有动，一阵风来，水晶帘动，满院花香。构成了色彩鲜丽、情调清和的画面。北宋婉约派词人秦观的“一夕轻雷落万丝，霁光浮瓦碧参差。有情芍药含春泪，无力蔷薇卧晓枝”描述了蔷薇的特有形态，入木三分，回味无穷，更是一番难得的意境。

在诗人笔下，蔷薇是季节。一朝蔷薇花开，表明春光已尽，夏日将至。比如北宋著名文学家、书法家黄庭坚的《清平乐·春归何处》词曰：

“春归何处，寂寞无行路。若有人知春去处，唤取归来同住。春无踪迹谁知，除非问取黄鹂。百啭无人能解，因风飞过蔷薇。”

在诗人的笔下，蔷薇是隐士。李白有诗曰：“不向东山久，蔷薇几度花。白云还自散，明月落谁家。”诗中的“东山”是东晋名相谢安曾经隐居之地，山旁有蔷薇洞。李白诗中的“蔷薇”，是隐士的象征。

在诗人的笔下，蔷薇是美人。唐人韩偓笔下的雨中蔷薇，变成了“通体全无力，酡颜不自持”的佳人。

曾记得看过几个与蔷薇有关的传说，但最喜欢的传说是：

一个生长浙江天目山下的女孩叫蔷薇，因父亲早逝，生活很困苦。邻居小伙子阿康善良、朴实、勤快，常常帮助蔷薇干一些体力活。两人日久生情，私订了终身。谁知，有一年皇帝选美时，蔷薇被选中了。蔷薇自然是不愿意入宫的，她哪里愿意违背自己与阿康的深情。于是皇上恼羞成怒，便派官兵捉拿蔷薇，蔷薇便与阿康逃入大山。就在官兵快要追上时，蔷薇为了不拖累阿康便跳下了万丈山崖，而阿康见此也随后跳了下去。于是官兵便将蔷薇与阿康的尸体带回了皇宫。皇上见到二人尸体又气又恨，令人浇油烧尸，尸体却完好无损；令人用钢刀砍，却是丝毫不留痕迹；继而又抛尸大海却是不沉。此时，人们对皇上的残暴怨声载道，皇上只好令人打捞了二人尸体，合葬于天目山下。后来，蔷薇与阿康的坟上长出了一株美丽的花儿，且花茎上长了很多的尖刺。人们认为那花是蔷薇所变，而花茎上的尖刺是阿康为保护蔷薇而生。所以，人们便将此花取名“蔷薇”。

人有人言，花有花语。蔷薇自然也不会例外，蔷薇的花语：美好的爱情，爱的思念；美德。蔷薇花的花语，是不是由这个美丽的传说而得来的呢？我猜想一定是的。

说起来可笑，1982 年大学毕业留校时，我对公园里的蔷薇、玫瑰和月季这三种花，一直不知道如何区分。只知道赞美玫瑰者不可胜数，月季也被当作了市花，可是这蔷薇却总是默默无闻，像爬山虎一样被当作护墙美化市容的植被。也许这已经足够了，蔷薇存在的价值就是本本分分，坚守自己的岗位。

无论如何没有想到，后来我每天上下班，都会经过一家商业公司，公司的围墙上，爬满一丛丛的蔷薇。她灿烂了我的眼睛，缤纷了我的思绪。

每一天傍晚，我都会经过她的身旁，抚摸着她吐出的第一个绛紫色的小芽，欣喜着她的一片葱绿，惊讶着她的含苞待放，沉醉着她的花开烂漫。那静静开放的花儿，有粉色的、紫红色的，重重叠叠，淡淡的妆容，荡漾着无尽的春光。

蔷薇花的确摄人心魄，让人着迷，但她自己却能够自持，不会因为自己的秀丽而随意，而故弄风骚。她与玫瑰、月季三姊妹一样，是花中君子。满身都长着针刺，时时刻刻用这样的铠甲，捍卫着自己的尊严，彰显着自己的人格，使觊觎者望而生畏。

蔷薇花虽然不像牡丹开得硕大而富贵，也不像梅花开得孤傲而冷艳，但是她若开就开得义无反顾，确实像一个为了爱情而不顾一切的女子，妩媚而且柔韧。捧出娇羞，捧出柔情，只为不负花开，不负春风。

蔷薇花是有香味的，虽然她没有玫瑰的浓郁芳香，但是她有着自己的气质和味道。那种在郊外随处可以生长的勇敢，还有那色彩，不畏惧风吹雨打的坚强，是玫瑰的娇嫩无法相比的。蔷薇多开在室外，藤蔓和枝干，与蔷薇相结合，就会形成一道墙体，一旦盛开就不妥协。

人生如梦，细如溪流，生命何处不飞花。生活中，美好无处不在；生命里，鲜花到处盛开。正如一位哲人所说："世上不缺乏美丽，缺少的是我们发现美丽的眼睛。"只要我们心存温暖和希望，就一定会在每一个不经意的瞬间发现美丽和精彩，都会在每一个时段灿烂我们的心境和情怀。

"心有猛虎，细嗅蔷薇"这句话出自英国诗人西格夫里·萨松的诗，被余光中先生翻译过来："我心中有猛虎在细嗅着蔷薇。"一看到这句话，我就莫名地喜欢上了。

是的，我们每个人心中都穴居着一只猛虎，在生活中要勇往直前，风雨无阻。另外我们也要懂得停下来欣赏生活，去发现生活的美好，去花园里轻嗅蔷薇的香气，像蝴蝶一样吮吸花蕊里的晨露。像蔷薇那样不怕困难，谦虚乐观，鞠躬尽瘁，死而后已，以一株芳菲，换来春色满园。

我心中的君子兰

对于花的喜好源于一种盲目，而对君子兰的喜好则源于一种情感。

——题记

但凡花儿草儿，我都是喜欢的。只是我生性慵懒，不善养护，许多惹人怜爱的绿色小生命，到了我的手里，都慢慢变得枯萎，死亡。于是，便归结到自己五行中属火。听人说，命中属火的人，是不适宜养花草的。但是，那一株君子兰却属例外。它是我从冰雪严寒的长春市买来的一粒种子，埋入盆土里，生根发芽，茁壮生长，绽放出了美丽的花朵。

说起来，是三十多年前的事了。

1983 年 9 月，我大学毕业留校任教一年后，被学校派往吉林大学，参加由教育部委托该校承办的“全国经济法教师进修班”学习。

那年头，在长春，在全国，有一种名叫君子兰的花，正被人们从地上捧到天上，由花卉变成了花仙。

在此之前，我还没听说过、更没有见过君子兰，对它充满未知与好奇。一盆花居然可以卖到上万元，甚至十几万元！这么名贵的花，它是金花、银花，还是宝石花？是童话世界里那种呼唤什么来什么的聚宝盆，还是瑶池畔能让死人喘气的还魂草？

带着种种狐疑和猜忌，星期日，我悄悄来到长春市的一个花卉市场。只见人们前拥后挤，围着那一株株扎根在瓦盆里的看似很普通的花，唧唧嚷嚷，讨价还价。听口音，那卖花的是本地人，而买花的显然是从外地赶来的。

我仔仔细细地观瞧那些摆放得整整齐齐的花儿，心很快地被它所吸引。那宽厚的叶子，成双成对地从叶鞘中伸出来，深的苍绿生烟，浅的青翠欲滴，清晰凸出的叶脉，天然成趣地构成了许多匀称的几何图形。不知是未到季节还是什么原因，都还没有开花。

这花的样子确实清秀俊逸，招人喜爱。但是，世间名贵花卉多着哪，牡丹、芙蓉、海棠……何尝有此骇人的高价呢？古今中外，在花的世界里，可曾有过这种“株花抵万金”的昂贵价值？可曾有过这种疯狂的交易？一种商品，怎么可以取得如此离奇的价格呢？

从花卉市场出来，我对君子兰有一种说不清道不明的感觉。说喜欢吧，确实打心眼里爱惜；说嫌隙吧，也真的接受不了它的被妖魔化。

我曾是学经济管理的大学生，自然知道，根据马克思的劳动价值说，一种商品的价值，主要是由生产这种商品所消耗的社会平均必要劳动所决定。虽然随着市场供求关系的变化，价格有时会出现上下波动，但无论怎样波动，也不会离它本身的价值太远。一株君子兰的价格，无论怎样上蹿下跳，总不该卖出一辆小轿车的价格来吧。

据了解，君子兰的生产培育并不比其他的名花更费事，也不要求多么高深的学问和精湛的技艺。那么，君子兰的高贵价值藏在哪片叶子之中呢？

有一次课间，我忍不住问给我们班讲授民法课的王忠老师：“老师，像君子兰这种价格与价值背离的情况，您觉得正常吗？”王老师笑笑说：

“我也觉得极不正常。不过，相信有高潮就会有低潮，非正常终究会回归正常的。”

正如王老师所预言，没过多少年，突然有一天，仿佛有一股神奇的力量，一下子把君子兰身上的灵气、秀气、神气，那不落世俗的高贵灵魂，都给摄取去了。人们蹲下身来再仔细地端详那花时，叶片还是那样翠绿，花儿还是那样橘黄，君子之风依然倜傥不羁。可是，它的内在价值怎么一下子从“金价”跌到了“白菜价”呢？君子兰的繁华之梦，像一缕轻烟似的被风吹散了。此是后话不提。

为了进一步了解君子兰的习性以及其培育生长过程，解开萦绕在它周围的种种谜团，我到新华书店买了几本关于君子兰的书籍，想从中寻找出一些蛛丝马迹。但是，翻遍了书页，答案没有找到，却也有所斩获，知道了一些有关君子兰的来历。

君子兰原产于非洲南部的热带地区，是生长在树林下面的一种野花，后辗转传入欧洲和日本。20 世纪 30 年代经由两条渠道传入中国：一条是由德国传教士带入青岛；另一条则是 1932 年，日本扶持爱新觉罗·溥仪在东北建立伪满洲国时，为庆祝“开国庆典”，由日本赠送给溥仪的，作为珍贵花卉种植在伪皇宫花苑中。从此，非洲的野生植物便成了满洲的宫廷之花。

1942 年，皇帝的爱妃谭玉玲亡故，盛殓于护国般若寺，并将宫中一盆君子兰摆在其灵前。皇妃厚葬之后，竟忘记将这盆“宫花”收回宫中，从此就流落于民间。收养这盆花的是护国般若寺里的一位僧人，法号普明和尚。早期长春市君子兰的上等品种，多以“和尚”命名。因为那些叶片宽厚、叶脉清晰的君子兰花种，都是从普明和尚那里取得的。人们为了纪念这位好心的出家人，便给这株君子兰起了个“和尚”的名字，虽然听起来很俗气，倒也意味深长，且能引发人们诸多的回忆与联想。

君子兰就是这样一种出身高贵、带着帝王豪气的名花。如果花儿有知，能够顾影自怜的话，定然会觉得自己是“龙种自与常人殊”了。后来，它“飞入寻常百姓家”，而且被打上了“油匠”“染厂”“黄技师”“吴大夫”等繁育君子兰新品种的一些世俗平民的印记。

关于君子兰名称的来历，据说是日本植物学家大久保教授根据其风格品貌，给它起了个“君子兰”的雅号，后来就一直沿用下来。实际上，君子兰并不是兰科和兰属的植物，与通常所说的兰花既不沾亲又不带故。只是因为我们这些受东方文化熏陶的人特别喜欢兰花，便将许多好花好草都冠上了兰的名称。因为自古以来兰就是美好的象征，所以一部《楚辞》每隔几句就会出现一个兰字，如“朝搴阰之木兰兮，夕揽洲之宿莽”。

由上述资料，可以清晰地看出，君子兰经历了一个由丑小鸭变凤凰的演变，又从“旧时王谢堂前燕，飞入寻常百姓家”。

在对君子兰有了比较深入地了解之后，我更加怜惜它，偏爱它。至于其身份的变化，价格的高低等，不过是时代的变迁，市场的无序竞争和人为的原因等造成的，与君子兰自身毫无瓜葛。

冬天到了，我再次来到花市。这时节，君子兰已经开始开花了，这些花颜色有橘黄色的、橘红色的。远看，似火炬，亭亭玉立；近看，好像盏盏橘黄、橘红色的小灯笼，闪动着诡谲诱人的波光。几十朵同样的小花，井然有序地合拢在一起，簇成一朵大花团，流金溢彩，光灿照人。我想，君子兰之所以这般惹人爱慕，是因为它花叶并美“绿叶衬花花万茂，红花映叶叶千笼”“红花璀璨光阴短，绿叶冰心四季留”，叶与花相互修饰，相互映衬，淋漓尽致地把君子兰谦谦君子的风度完美地展现出来的缘故吧。

春节临近，我们的培训班就要结束了。当时，我真想买一株君子兰，哪怕是一小棵带回学校。无奈，天寒地冻，畏寒的君子兰不便携带。更为主要的是，作为一名年轻教师，那点微薄的工资，根本买不起正处于“巅峰”价位的君子兰。于是，我花了一元钱，买了一粒君子兰种子，小心翼翼地包裹了一层又一层，揣在贴身的衣服口袋里，宝贝似的带回了学校。

冬去春来，万物复苏。我取出君子兰的种子，按照书本上说的那样，将它放进20—30度的温水里，浸泡了30分钟后，将种子的小眼朝下，埋进盛满细沙子的瓦盆里。然后，在种子上面覆盖上2—3厘米的刨花木，轻轻压平整齐，浇透了水。按照规定的操作程序完成后，便静静地等待着它生根发芽了。

日子一天天过去了，足足等了一个半月，也不见花盆里有小芽冒出来。我虽然有些失落感，但还是抱着侥幸的心理，按时往花盆里浇水。又是一个半月过去了，仍然看不到一丝出芽的迹象。这时候，我真有点沉不住气了，按照书本上所说，它最多45天就可以出芽，这都过去两个45天了，怎么还没有一点动静呢？莫非这粒种子有问题？我失去了耐心，忍不住小心翼翼地扒开覆盖在种子上的刨花木，想看个究竟。这一看不打紧，可把我乐晕了。那种子的尖端已冒出了一个嫩嫩的弯着身子的芽锥锥，它正在积蓄力量，准备冲破阻力，来迎接破壳而出。我赶紧重新为它覆盖上刨花木，等待着它见天日的那一天。

又过了几天，小芽终于钻出来了，看上去有点娇嫩、憔悴。我相信，那是它挣脱了束缚后的一种短暂的休整。

一个月后，君子兰的小芽慢慢褪去，在它的右侧长出了一片娇嫩的浅绿色的叶子。随着叶子的渐渐长大，左侧的叶子也长出来了，与右侧的叶子形成对称状，慢慢地各自向下沉，期待着新的一对叶子钻出来……

我闲暇时侍养着君子兰，君子兰则用生命滋润着我的心。虽然看不到君子兰明显的变化，但是能感觉它在一天天长大，叶片也渐渐多了起来。

日复一日，年复一年，不经意间五年时间过去了，这株君子兰始终看不出有开花的意思。对此，我没有任何的懈怠和抱怨，仍然一如既往地照料着它。因为我心里很清楚，我能把它从一粒种子萌发出一株幼苗，又从幼苗培育成一株亭亭玉立的花株，这本身就是一件令人惬意的事情。即使它不开花，仅仅那碧玉雕琢、晶莹剔透、青翠欲滴、光彩照人的叶片，就已经是众多观叶植物所无法比拟的。曾有这样的诗句赞美君子兰的绿叶：“叶宽常叶绿，脉络宜分明。金盘托红玉，银蕊发幽情。立似美人扇，散如凤开屏。端庄伴潇雅，报春斗寒冬。”

又是一年北风吹，雪花飘，眼瞅新的一年即将来到。那天中午，我从学校上完课回到家里，忽然发现，放在里屋窗台上的那株君子兰，竟神不知鬼不觉地冒出了花骨朵。一个大的，周边四五个小的，很嫩很嫩的，橘黄色，黄色里又略带着淡淡的红，含苞待放。

第二天早晨起来，它的花绽放了。乍看上去，君子兰花有点像农村菜园篱笆上攀爬的喇叭花，淡白桃红，虽有一番色彩，却极其朴素，并不是大红大紫。这花先是开了几朵，然后凋零，在花瓣没有完全脱落的情况下，后续的花蕾继续开放。哦，美丽的君子兰，沉默的君子兰，你是想让我用五年的等待，来宣告你沉默背后隐藏的巨大力量吗？是的，五年时间是长了些，没有耐心是等不及的。但是，植物同人一样，其生长有自身的规律，急不得，只能等，顺其自然，等其结果。要是等不及，施以人工干预，就像给野生动物喂食却使它们丧失捕食能力，就像帮助蚕蛹剪开通道，却让飞蛾身躯臃肿，往往会得到揠苗助长的结局。

有人说：“花开是情，花落为诗，种的是花，养的是心性。”那一株君子兰，陪伴我度过与家人两地分居的寂寞日子，陪伴我终于盼到与一家人幸福团聚的时光。我默默地守护着它生根、发芽、开花，随心性成长，与我分享时光，蘸着幸福的气息，调色碌碌的生活。不经意间，君子兰的生命悄然鲜活，与我诗意栖居，生活多了几分情趣。

不幸的是，那年暑假，我到外地讲课，爱人和孩子回了老家。临行之前，我反复地给它浇了几遍水，生怕它在无人照料期间干枯。然而，一片好心却害了它。由于君子兰的根部遭水浸泡，致使其慢慢腐烂，叶子也随之枯萎，待到我返回家时，那株君子兰已经香消玉殒了……

在以后的日子里，我又先后购买了几株成苗和开花的君子兰，但不知何故，它们都没有能够活下来。于是，我更加怀念最初的那一株君子兰。

在我的心里，那一株曾陪伴了我五年之久的君子兰没有死，它一直活着，活在我的脑海里，绽放在我的灵魂深处！

最美油菜花

油菜花恬淡，她没有千姿百态的谄媚，没有馥郁芬芳的娇羞，把生看得很轻，尽管生命短暂，昙花一现，但还是竭尽全力地装扮春天……

——题记

仲春三月，寒冷尚未敛去，乡村的田野却已吐翠披绿，寂寞了一冬的油菜花蓄力张扬。大地山川，到处盛开着金黄色的油菜花，流金溢彩，给明媚的春天增添几分生机与活力。

在我童年的记忆里，老家的土地肥沃，一年四季小麦、玉米、高粱、花生、大豆，应有尽有，村子里的人们忙个不停，没人顾得上种油菜。

那时候，在我们老家有一种植物，叶子像萝卜，根像人参，我们把这种植物叫作蔓菁，为了让蔓菁来春开花结籽，到收获的时候，特意把它留在地里继续生长。到了春暖花开时，蔓菁开花了，那花与油菜花相似，金黄灿灿。因此，在我的脑海里形成了一个固有的认识，以为人们常说的油菜花就是蔓菁花。

后来我才知道，蔓菁与油菜之间没有任何渊源，两者完全不是一回事。

油菜花，十字花科，属双子叶植物纲。油菜花一年生草本。基生叶旋叠状，茎生叶，一般是互生，没有托叶。花两性，辐射对称，花瓣4枚，呈十字形排列，雄蕊通常6枚，4长2短，通常称为“四强雄蕊”，雌蕊由二心皮构成，子房位置靠上。茎圆柱形，多分枝；叶互生，叶大，浓绿色，无叶柄及托；三四月间，茎梢着花，总状花序，花萼片四片，黄绿色，花冠四瓣，黄色，呈十字形。

油菜花，别名芸薹，原产地在欧洲与中亚一带，是一种十字花科的一年生草本植物。我国油菜按种植时间可分为冬油菜和春油菜，冬油菜主要分布在长江流域与云贵高原，春油菜则集中在内蒙古、青海、甘肃以及新疆。

油菜花是极其普通的花，百花丛中不屑一顾，只能从它质朴的名字去考评：它讲规矩，遵循自然生命规律，即便人工培植改良，也改变不了它骨子里的品性，独特的容颜，执着地绽放，花俏丽，于无声，身静默，总是以一种铺天盖地的大气势，给大地烙印着强烈的生命痕迹。

佛曰：“一花一世界，一木一浮生，一草一天堂。”我国每一个地方的油菜花，都有属于自己的特色。

前些年，我有幸实地观赏过全国多处油菜花，其中就有被列入“中国最美油菜花海”的江西婺源和青海门源。

江西是油菜花大省，江西最美丽的油菜花在婺源。

婺源篁岭，一个开满油菜花的地方。油菜花在阳春三月，尽情地舒展笑容怒放。一朵朵成束，一束束成簇，一簇簇成片，一大片一大片地在田野山峦层层叠叠地盛开，十万亩油菜花开出了美轮美奂的婺源。

婺源的油菜花是灵动的，它与远山、近水、粉墙、黛瓦相映成趣。一朵是纯纯的黄，一畦也是纯纯的黄，一大片还是纯纯的黄。她是那么妩媚，在蓝蓝的天空下肆意地轻吻白云；她是那么招摇，一层又一层撩起春的薄纱，把人间变幻成瑶池仙境。

置身这片金色的海洋，心花随着菜花盛开，与水高歌，与山欢笑，与蜂蝶共舞，放下心头郁闷，尽享视觉盛宴。最美乡村的人们是多么睿智啊！把油菜当作风景来种，既撷取花的热闹，又收获果实的丰收。实实在在的人，实实在在的乡村，实实在在的油菜花。

南宋杰出诗人杨万里《宿新市徐公店》诗云："篱落疏疏一径深，树头花落未成阴。儿童急走追黄蝶，飞入菜花无处寻。"放眼望去，金黄的油菜花更加娇媚迷人。它千姿百态，花团锦簇，四朵花瓣全部绽放开了，那花心吐出小巧纤细的花蕊。清新淡雅的花香，引来无数勤劳的蜜蜂忙着授粉采蜜，五颜六色的蝴蝶在油菜花朵上面翩跹起舞，久久不愿离去，真是"流连戏蝶时时舞，自在娇莺恰恰啼（杜甫《江畔独步寻花·其六》）"。

很多人都说，"婺源最美的季节是春天，是春天的油菜花"。其实油菜花在全国许多地方都有，为什么婺源的油菜花会开成一张旅游的名片，会开成梦想中的天堂呢？我想，别处的油菜花只是油菜花，婺源的油菜花不仅是油菜花，花中还包含了许多美好的元素。这可以从吹过的风、落下的雨、呼吸的空气说起，也可以从如烟的柳、掠过天空的鸟、路上的行人开始讲述婺源的美。

"中国最美乡村"婺源，真是名不虚传。一路风景如诗如画，群山环抱村落，层层梯田油菜花盛开，山清水秀竹影婆娑，旖旎的风光让人迷醉，让人留恋。

香港著名摄影家陈复礼以婺源为主题的作品《天上人间》，获得了国际摄影大赛金奖，并赞誉为"中国最美的乡村"。我国著名导演冯小刚拍摄的影片《集结号》也曾在此取外景。

我描述不了天堂，那只是人们对美好的终极想象。但是，在春天的婺源，可以放飞自我，肆意轻狂，可以抖落一冬的暮气，自在徜徉。

提起中国观赏油菜花最美的地方，喜欢旅游的人都能说出几个，如云南罗平、重庆潼南、浙江瑞安、上海奉贤、青海湖，等等，还有一个地方知之者不多，就是青海门源县的油菜花。记得曾经有一期《中国国家地理》刊登过一篇叫作“追寻油菜花的脚步”的文章，介绍过上述几个地方的油菜花。

说来有缘，我曾经去过青海湖，也去过青海门源，观赏过那里的油菜花。

在我看来，我国几个著名的油菜花观赏地的油菜花，都各有独到之处，如江西婺源的油菜花，由于是种植在丘陵地带或村前屋后的，一般种植面积不大，而且零星分布，散落于村落房舍之间，搭配了小桥流水、白墙黛瓦所形成的景观，是一种小家碧玉的美，是一种温情柔弱的美；云南罗平的油菜花我虽然没有见过，但据有关资料介绍，那里是滇东高原的一个胜景，金鸡峰一带漫山遍野都是油菜花，因为当地属喀斯特地貌，所以秀峰、村舍、道路、溪流均融入花海之中，场面也很壮观；青海湖的油菜花，由于绽放的背景是中国最大的内陆湖泊——青海湖，从而使那里的油菜花多了几分“底气”，油菜花种植在湖边路旁，几十公里绵延不绝，像黄色的花毯，似金色的绸缎，在湛蓝的湖水和动态的白云映衬下，让人感到一种炫目的美。

那么，青海门源县的油菜花又有什么吸引人的地方呢？简单地说，那是一种震撼人心的美！

地处青海北部的门源回族自治县，是北方小油菜的发源地，种植小油菜已经有 1800 年的历史了，是全国乃至全世界最大的小油菜种植区，种植面积达 60 万亩（也有说上百万亩）。每年 7 月，整个浩门川是连成一片的金黄，浓艳的黄花，绵延近百公里，就像无边无际的金色大海。

每年的 7 月，青海门源是人间的天堂。纯净的蓝天白云舒卷，这里的油菜花海，成就了博大壮阔的奇特景观。门源的油菜花气势非凡，这里油菜花的种植范围：西起浩门河畔的青石嘴；东到大通河畔的玉隆滩；北到与甘肃省交界的冷龙岭；南至高峻的大坂山。绵延数十公里，宛如金黄色的世界。

由于门源的田地多向着浩门河的方向倾斜，所以站在河岸上向两边看，铺天盖地都是金黄色，无边无际。浩门河在中间流淌，这种景色就像镶嵌了两道金边的银丝带蜿蜒飘舞，与祁连山遥相辉映。在高原上常见的蓝天白云衬托下，一望无际的金黄显得异常斑斓，令人慨叹，大色块的简单构图，给人以丰富的遐想。

近年来，门源县获得“中国最美丽的油菜花海”“全球十大绝美花海”“中国10佳最美乡村”“中国美丽田园”“全国休闲农业与乡村旅游示范县”“丝绸之路十强旅游明星县”等诸多荣誉称号，是一块前景广阔的旅游开发理想之地。

最近几年，我的老家安平县杨屯村为了发展经济，将一部分农田用来种植油菜，上万亩油菜花，已打造成家乡的一道亮丽的风景和对外的名片。每年三月，在油菜花开放的季节就顺理成章地组织起油菜花节。虽然并不特别出名，但每年都办得非常热闹。吸引了周围市县许许多多的人们前来观赏。

对于家乡的油菜花，我至今都没有机缘前去观赏，但我常怀疑惑：既无青山绿水相陪衬，又无粉墙黛瓦的古村落作为底色，仅只是一马平川的大平原，这油菜花有什么吸引人观赏的价值和意义呢?

不过，看了家乡亲朋好友发来的图片，我还是看到了它的秀美景色，那一望无际、坦坦荡荡的油菜花，好似无边的花海，这样的大手笔，大气魄，绝不逊色于任何一处“油菜花观赏地”。

我有时想，不管是江西婺源油菜花的古朴，还是青海门源油菜花的壮观，纵然让人惊叹、让人流连忘返，但和家乡的油菜花相比，总感觉像缺少了点什么，苦思冥想不得其果，难道这就是所谓的乡恋或是乡愁?

啊，家乡的油菜花，何时让我一睹你的芳容?

守望的绿萝

我喜欢花草，以前养了一些名贵花，热烈执着得很，买花土，施花肥，三天两头地浇水，不错眼珠地盯着，就连每一片叶子，隔三岔五地用干净的湿毛巾擦过，结果，花儿常常被我爱死了。

当代著名学者、作家、哲学家周国平在《爱的距离》一文中说："要亲密，但不要无间。人与人之间必须有一定的距离，相爱的人也不例外。婚姻之所以容易终成悲剧，就因为它在客观上使得这个必要的距离难以保持。一旦没有了距离，分寸感便丧失。随之丧失的是美感、自由感、彼此的宽容和尊重，最后是爱情。"读了这篇文章，心里琢磨着，觉得自己的思想开通了不少。

在我的印象里，那些名贵的花草最娇嫩，渴了也不成，饿了也不成，水大烂根，肥少落叶，勤谨过多，你就看好吧，肯定是一盆半死不活的样子向你展露，充满着委屈与不快，接着就会罢工到地底下去了。由此感慨：不论是对人还是对花，情同一理，溺爱真的不能要。所以说，傲然不屈的花草总被人们赞美，像我的绿萝，不被重视没关系，人家自顾自地生长着，韧度极强。惊喜之余，绿萝最终反而成为我喜欢的花草之一。

绿萝又名黄金葛，天南星科喜林芋属。绿萝原产印度尼西亚所罗门群岛的热带雨林，缠绕性很强，根是极发达的。在热带雨林里，绿萝可缠绕高大的乔木，攀爬至数十米的高处，是强大而充满野性的藤蔓植物。因此它又有别名叫作魔鬼藤、黄金藤等。

但是现在看到的绿萝，多是在室内见到，看上去像是性格很好的清新文艺女孩，一笑起来脸颊上还会有小酒窝的那种。大约种植在家里，有人养，有人爱，有人宠，还有人陪着说悄悄话。因此，绿萝完全收起了它的女王气场，化身为乖巧小少女。可谁又能够想到，在热带雨林地区，绿萝的小宇宙会是那样强大。

唐朝时期大臣、藏书家韦应物在《游开元精舍》一诗中吟咏道："绿阴生昼静，孤花表春馀。残云收夏暑，新雨带秋岚。"在自然界里，能用绿色生命衔接和贯穿季节更迭的植物为数不少，唯有绿萝，春不开花，秋不结果，四季如一，青春永驻。它虽然不会用艳丽和芳香招摇，也不会以果实累累自居。然而，它却以相对稳定的个性特点和风格气度，显示了生命的激情与顽强。在红色争宠，黄色夺魁的秋之斑斓里，它独树一帜，超然而出，那一绿到底的执着，那永远的默默微笑，均以说不清的魅力，挡不住的诱惑，征服了人们的审美意识。

诗仙李白在其《古风其四十四》中曾这样赞美绿萝："绿萝纷葳蕤，缭绕松柏枝。草木有所托，岁寒尚不移。"虽然我尚没有机缘到生活之中领悟这种豪迈的诗境，但这并不因此影响我对绿萝的溺爱。

绿萝，是我家中不可或缺的植物，阳台上、客厅里、卧室内、书房中，大的、小的，足足有十几盆。

其中最大的一盆放在客厅的花架上，那曼妙的绿枝条差不多垂到地面上，是我眼中最美的一景。每天进进出出，或坐或行，我都会给它一个注目礼，充满欣喜，充满爱意。

绿萝是一种遇水即活，因有极其顽强的生命力，被称为"生命之花"。翠绿的枝叶蔓延下来郁郁葱葱，感觉就是生命不止，蔓延不休。绿萝属于非常容易满足的植物，就连喝水也觉得自己是幸福的。

当春天真正来临，大自然便成为彰显生命奇迹的画廊，姹紫嫣红温暖着我们的视线，莺歌燕舞惊喜着我们的心灵。然而，那一盆盆郁郁葱葱的绿萝依然是我的独钟。它以自己独特的生命形态，昭示着自然的神奇活力，无论四季怎样轮回，寒暑怎样交替，它都一如既往地温情四射，青春靓丽，朴实亲和而不失典雅，随意畅达而不失端庄。

绿萝的叶子像个小桃心，叶片不太大，刚长出来的叶子是翠绿的，长大以后就变成深绿色。叶子有的刚强，像士兵似的直挺挺地站着；有的柔弱，像羞答答的小姑娘低眉弯腰。虽然没有鲜花的艳丽和妖娆，但有纯粹的绿，唯美的千姿百态。

在明媚春光里，绿萝把芳菲隐藏在绿色的灵魂里，把馥郁蕴含在淡定的气质中，从不参与花草树木的争奇斗艳，却用大气纯粹的绿色，向人心里缓缓输送温暖的春意，不露声色地启动人的审美意象，按其天然的形象细节和生命的逻辑结构，创建出飘逸生动、纵横驰骋的美学意境。犹如听到它轻吟“迟日江山丽，春风花草香，泥融飞燕子，沙暖睡鸳鸯”的诗句，一幅妙不可言的春景图画叠印而出！

绿萝正是浓缩了春天的精华，充实了自身的内在意蕴，挥洒出一派浪漫的诗意！

顽强的生命力是绿萝的代名词，“给点阳光就灿烂”，或者说在浇别的花时，无意中泼洒到它身上一点水，它也能够做到“借点阳光也灿烂”。它用坚韧代替了花香，用扎根泥土的坚持和踏实，不争、不抢、不抱怨，凭借偶尔得到的一丝恩惠，还四季的团团簇簇、盈盈翠翠。

绿萝不像人，想走，抬脚就可以，想走到哪里便走到哪里，想走多快便可走多快。绿萝在迈出每一步时，都显得很矜持、审慎，都思谋大半天了，才走出一小步。或者说，只有想好了，想稳妥了，它才走这一步。

绿萝的这一特点，与那些高明的棋手极其相似。在走每一步棋时，总是不肯轻易落子，而一旦考虑成熟了，又坚定无比，谁也不能动摇。从这一点来说，绿萝也是智者。

绿萝虽然从来都不会开花，但它的生命力很强，需要的很少，只需水的滋润就能得到满足，因顽强的生命力，被称为“生命之花”。教我读懂了生命的宝贵，也教我读懂了生命的顽强。

绿萝的花语是“守望幸福”。生活本就琐碎，在家中摆上一两盆绿萝，色彩明快、极富生机，既可以装点居室，又能够净化空气，给生活平添情趣，也是一种守望，守望幸福。

看着平凡的绿萝，我不由自主地想起了《小草》那首老歌。我想，绿萝恐怕就是花草中最普通的小草了。它平和质朴，始终保持简单的色调，不张扬、不夸大，静默地守望，为人类带来美好的景致。它吸收空气中甲醛、苯和三氯乙烯等有害气体，净化室内的空气，带给人们绿色的希望。特别是当严冬渐至，草木枯萎，万物萧条，整个世界都板起了冷峻的面孔，精神活力几乎被强迫冬眠的时候，唯有绿萝依旧精神焕发，活力四射，以永不消失的爱意，化解着冬季的严酷与苍凉，传递着春之将至的信息，以自然本质的力量，讲述着四季常青的秘诀，以它的宽厚善良温润着心田，催生出丛丛绿意，让人无比钦佩，让人感慨万千，让人思绪良多……

我爱绿萝，因为它的静静守望，因为它的顽强生命，因为它的无私奉献！它让我想起了身边许多普通的劳动者，他们在自身平凡的工作岗位上，踏踏实实，一丝不苟，拼搏奉献，用自己的行动，支撑了经济社会的发展，为社会的和谐进步做出了突出贡献。或许他们是渺小的，但是他们的精神却是伟大的。

哦，与我日夜守望相护的绿萝，你是我的最爱！

苦菜花，母亲芽

苦菜花，母亲芽，不苦不开花。

每逢小满节令，便是苦菜花开放的时候。田野里、大路上、池塘边、沟壑边到处都是。一葱葱、一簇簇、一片片。但苦菜花看起来并不美，黄黄的，小小的；黄中微微带点嫩白，像被水浸染了似的，围成一个小圈，中间簇拥着圆圆的鹅黄色的花蕊，一枝独秀，挺立在初夏的暖风里，这就是苦菜花。

苦菜花生命力极其顽强，它不需人工栽培，也从不挑拣土壤，它会在固定的时节如约而至。早春，草色泛青，它冒出嫩芽，风刀霜剑无所惧；入夏，它绽放出黄色的小花，甘为绿色的大地做陪衬；晚秋，万物萧瑟，它结下丰硕的果实，它还能凌冬不死，不死的是种子。虽然没有人专门照料，它们却含笑于春天，也坦然于冬季，不经意地便将种子遗落在身边的土壤里，来年又会明媚着弱小但却灿烂的笑意。

说起苦菜花，就要追溯到苦菜。苦菜，菊科苦苣菜属，学名苦苣菜，别名苦苦菜、小苦麦菜、苦麻菜、小苦苣、活血草、苦丁菜等。民间俗称苦菜，药名叫败酱草，是一种药食兼具的无毒野生植物，多年生草本，有宿根。

小满时节麦子即将成熟，但仍然青黄不接，这个时候苦菜繁茂，遍布四野，正所谓："风吹苦菜长，荒滩野地是粮仓。"古时候百姓在这个时期，常常采摘苦菜用来充饥。

古人对苦菜认知历史悠久，早在先秦时期就开始辨识并食用，《诗经》多处提到苦菜，《诗经·国风·邶风·谷风》中有："谁谓荼苦，其甘如荠。宴尔新婚，如兄如弟。"《诗经·大雅·棉》中有："周原膴膴，堇荼如饴。"《诗经·出其东门》中有："出其闉阇，有女如荼。"宋代苏颂撰编的《图经本草》记载：苦芥子"生秦州（今甘肃省天水市一带），苗长一尺余，茎青，叶如柳"。

明朝李时珍在《本草纲目》中记载："苦菜，即苦荬也。家栽者呼为苦苣，实一物也。春初生苗，有赤茎、白茎二种，其茎中空而肥，折之有白汁出。叶似花萝卜菜叶，而色绿带碧，上叶抱茎，梢叶似鹤嘴，每叶分杈，撺挺如穿叶状。开黄花，如初绽野菊。一花结子一丛，如茼蒿子及鹤虱子，花罢则收敛。子上有白毛茸茸，随风飘扬，落处即生。"另据《名医别录》载："苦菜，生益州川谷、山陵、道旁。凌冬不死。三月三日采，阴干。"

苦菜，一般在清明节后开始冒芽，小满节期间生长。这时候夏雨如期而至。有了雨水的润泽，加上气温回升，苦菜便会撒欢地生长。这时节的苦菜格外鲜嫩，宽而厚实的叶片漾着淡淡的青绿。一铲下去，嫩白的根渗出乳白色汁液，浓浓的苦菜香刹那间弥漫开来，沁人心脾。采摘它的人们浅浅地挖着，生怕挖到老根伤了它们的元气，苦菜汁很快就把手指染了一层深绿。

苦菜，是名副其实的苦：它的根是苦的，茎是苦的，叶子也是苦的，花也应该是苦的吧，名副其实的苦菜花！苦菜花虽然苦，但是经过加工处理，食用起来别有风味。鲜嫩的苦菜，去根，洗净焯水，将苦汁去掉，或将其晒干，用猪油烹煮，或以香油、辣椒拌炒，无不促进食欲。

苦菜花，母亲芽，我深深爱上这普普通通的苦菜花，始于儿时看戏、听评书对王宝钏故事的演义。王宝钏独守寒窑一十八载，“堇荼如饴”，吃光了地里的苦菜和荠菜，终于等来薛平贵的荣归。据考证，堇者，荠菜也；荼就是人们所说的苦菜。

我的母亲也有过类似王宝钏的苦难经历。1938 年，我父亲参加了八路军，成为 120 师 358 旅的一名战士。父亲走了之后，家里人都以为此去定然是“凶多吉少”“九死一生”，便把我母亲和我 5 岁的姐姐从家里“分出来”。没有房子居住，借住在本家二奶奶家磨坊中的草屋子里。后来，经堂叔李士林向村子里争取，才为这对抗日家属母女盖了两间房子。母亲平时要带着年幼的姐姐下地劳动，在日本鬼子占领了华北平原后，经常到村子里来烧杀掠抢，母亲不得不带着姐姐到处逃难。母女俩吃糠咽菜，苦度时光。直到日本鬼子投降，解放战争开始，我父亲 1947 复员回乡。一走就是 9 年，这 9 年，母亲和姐姐就像苦菜花一样顽强地活着……

在我童年的记忆里，故乡的 5 月，田间地头到处都是苦菜的身影，一片一片的。劳动之余，乡亲们总也忘不了带些苦菜回家，在清洗干净后，蘸着黄豆酱生吃。苦菜，带给人们一份滋润心田的清凉。或是焯水之后，拌点蒜泥，再加上几滴香油，入口的，是一缕缕苦幽幽的鲜香。用玉米面掺和着苦菜蒸出来的苦累（河北中南部一种吃食），既可以当菜，又可以作为主食，供人们充饥享用。

每逢春夏之交青黄不接时，乡亲们总把求生的目光投向地里的苦菜。为了充饥，苦菜一露头便给抢个精光，那可是穷人的“救命菜”啊！

在艰难时世面前，小小苦菜始终扎根泥土，与平民相系，用它那忘我的牺牲与奉献精神，默默养育着一方土地上的穷苦百姓。这种淳朴、坚韧的“草根精神”，不正是华夏儿女不辞贫寒、不畏艰辛，坚强不屈，拼死与命运抗争的生动写照吗？

小时候，母亲经常对我讲，“苦菜，是咱穷人的救命粮”。是的，在我的记忆中，闹饥荒的年代，是小小的苦菜用它那苦涩的白色乳汁，喂养了我饥饿的童年，是苦菜救活了村子里的乡亲们。

“投箸尝苦荬，春色盈玉盘。”苦菜中富含胡萝卜素以及氨基酸、蛋白质、钙、磷等多种微量元素，是营养丰富的一道野味，也是败火明目、延年益寿的养生佳肴。

苦菜还是一味疗效甚佳的中草药呢，民谚说：“清明喝碗苦菜汤，不生疖子不长疮。”李时珍在《本草纲目》里说，苦菜可“治血淋痔瘆”，中医说苦菜能防治宫颈癌、直肠癌等症。

历史钩沉，时光不再。“时挑野菜和根煮，旋斫生柴带叶烧”的日子和母亲一起走远了。但是，“苦菜花儿开，满地黄，乌云滚滚遮太阳”这首令人无限伤悲的歌曲却永远萦绕在我的脑海里，挥之不去。

据说，苦菜花的花语是“停不了的爱”，我感觉非常贴切。无论隔了多么长的岁月，这小小的黄色花朵每每触及，总会令我心生柔软，挡不住的旧日时光便随着那首童谣一起唱响：“苦菜花，母亲芽，来年我还要去采它，半篮春色半篮爱，伴着春风走天涯……”

哦，蒲公英

世间能随遇而安地生存下来的野花野草，并不少见；可是能在恶劣的环境中茁壮成长，并把那一丝灵动和轻盈为大自然增添旖旎的，却不多见；而蒲公英就属于这不多见者之一。

——题记

蒲公英在我的记忆里，只是生长在地里的一种很平凡的野菜，在我们那一带村子里，村民们列出的可以食用的野菜谱里，根本就没有它的名字，就连猪和羊都懒得闻一闻它。所以，我童年时和小伙伴们到地里挖野菜，从来都不正眼瞧一瞧它。

“弃落荒坡依旧发，无缘名分胜名花。休言无用低俗贱，宴款高朋色味佳（左河水《思佳客・蒲公英》）。”蒲公英别名谷谷丁、婆婆丁、黄花苗、黄花地丁、奶汁草等，为菊科蒲公英属多年生草本植物。

蒲公英不仅是一种药食兼用的野草，而且还有一个美丽的传说：

“古代有一位官位显赫的大户人家的小姐，名叫英子，美丽聪明，贤淑善良。有一天，英子带着贴身丫鬟在街上玩耍时，遇见一个穿着粗布衣裤，挑着草药，长得眉目清秀、英气非凡的小伙子蒲公。两人一见钟情，彼此相思相恋，偷偷约会，并互定终身，只愿此生长相依。当英子跟父母说起此事时，遭到了父母的强烈反对。倔强的英子和蒲公商量决定离家出走，浪迹天涯。

“他们来到一个风景秀丽的小山村，住进一个可以挡风避雨的破瓦窑里。虽然生活艰苦，却很幸福，还生下了漂亮女儿兰若。战乱中，蒲公被迫参军打仗，一别就是十八年，渺无音讯。英子带着兰若坚守在破瓦窑里，无怨无悔地守望着心爱的蒲公，等他归来。一些有钱人家的公子、少爷用金银珠宝来诱惑她，都被她拒之门外。

“十八年里，英子母女天天采摘一种不知名的野花来填饱肚子。后来她们发现这种野花不但能吃，还有疗伤、美容的效果。

“有一天，做了大将军的蒲公终于回来了。由于过于激动，加上相思成疾，英子晕倒了。弥留之际，带着无限依恋对蒲公说：‘还记得山上遍地的野花吗？带着它们去前线吧，不但能吃，还能疗伤。当你们想我的时候，它们就会随风飘落在你们身边。’说完，英子就化作无数的白色花朵飘扬在天空……”

后来，人们就把这种野草小花称作“蒲公英”。蒲公英悄悄演绎着平凡，默默释放着倔强，无言地证明着生命的顽强、爱情的忠贞。

蒲公英是一种特别神奇的植物，春天的田野里随处可见它的身影。它的样子并不出众，却自带光芒；味道微苦，却是一些地方人们餐桌上的一道美味。

春天来了，蒲公英翠绿的叶片开始舒展、柔软，紧贴着泥土。花茎由叶心向着天空，向着阳光捧出纽扣般大小、淡黄色的小花。密集的花瓣，以中心为圆，向外伸展着，有一种“清水出芙蓉，天然去雕饰”的平朴淡雅之美。更令人称奇的是它的花，白天，向阳而开，喜气洋洋，不在乎有没有人欣赏，潇洒地开放，尽情地欢颜；晚上，它又换了一副模样，犹如羞涩的少女，把花瓣合在一起，又回到了花骨朵的状态。花儿躺在里面安然地睡大觉，做美梦，仿佛从来不知道烦恼，也没有丝毫的拘束、卑贱的自卑感。

蒲公英的花儿凋谢时，上面会结出白色的绒球，那是它的种子，像一把把小巧可爱的降落伞，只要有风轻轻吹过，“降落伞”就能自由飞翔，四海为家。它的足迹遍布四方，有人称它是“停不下来的爱”。

尽管童年的我并不喜欢蒲公英，但是到了它快要成熟了，结出白色的绒球时，我才开始改变了对它的态度，由漠然到喜欢。我会把它的果实揪下来，拿着它白色的绒球，张着嘴，鼓着腮帮子，像吹肥皂泡泡一样，追着它疯跑。看着它在风中打着旋飞翔，一把把白色的小伞犹如它的翅膀，调皮地掠过田埂，越过青青的麦田，往远处飞走了。那时我常常好奇它的种子会落在哪里，是天涯还是海角？一定是我到达不了的地方。只有在这个时候，我才会关注它，同情它，可怜它……

有人说：“人的想法与观点在不同时间段，会有变化的。”三年前，清明节回老家，在家多住了一些日子，便陪老伴一起到她多年不见的大表姐家去做客。听说我们来了，那些表弟表妹们也都聚了过来，亲亲热热地在一起唠家常。

快到中午了，那些表妹、弟媳们一起动手，烧火的烧火，炒菜的炒菜，剁馅的剁馅，和面的和面。不大工夫，各种热菜、凉菜就摆满了一大桌子，饺子也包好了。只待喝一会儿酒，吃一会儿菜，就下锅煮饺子。就在这时候，二表弟媳妇拿了一摞玉米面饼，一篮子水灵灵的鲜菜进了屋，对我们说：“这是我在家刚烙的饼，还有从地里新挖的蒲公英，请姐姐姐夫尝一尝咱老家的特产。”说实在的，我最喜欢吃老家铁锅里烙出来的薄薄的新玉米面饼，再抹上黄豆酱，卷上大葱和新鲜菜，吃起来那个解馋呀！可这蒲公英能吃吗？我疑惑，不好意思问；老伴也疑惑，但问题由她提出来最合适不过。于是，我用胳膊肘捅了老伴一下，她立刻明白了我的意思，开口说道：“这蒲公英俺们村那边从来没有吃过，它好吃吗？”“可好吃了，带一点苦头，吃了还败火呢，俺们这里经常吃，地里的蒲公英不等长大，就被人们挖光了，不信你们尝一尝。”不知谁说了这么一句话。我们信服了，拿过一张饼，抹上酱，放了一小把蒲公英和大葱，卷成一个喇叭筒，咬了一口，有一股清香和微微的苦味，真的是挺好吃的。可惜，几十年过去了，我们竟然把蒲公英这么好的野菜给“亏待了”。

从此以后，蒲公英成了我家春天餐桌上的一道美味佳肴。因为我平时不喝茶，去年，儿子给我从药店买了加工过的蒲公英叶子和它的根茎，连同黄芪等中药材，一起泡水喝。甭说，喝了一段时间，还挺见功效的。

以后的这几年，每年清明节回老家，我和老伴都要到地里去挖一些荠菜和蒲公英。有时实在回不去，便到城市的郊外去寻找蒲公英。在水泥路的缝隙、在碎砖头与瓦砾之间、在田埂、在田间小路、在每一个不经意的转角，都可以看见蒲公英的身影。尤其是在公路两旁，钢筋水泥的丛林中，只要还有一丝泥土，它们都不会放弃敞开翠绿、举出鲜艳的机会。蒲公英，“吸天地之灵气，集日月之精华”，简直就是生长在城乡大地上翠绿的小精灵。

不知不觉间，蒲公英已深深地扎根在我的心田，如故人、如旧友，每一次遇见，都如初见一般惊喜。它就是我心中的另一个自己。

我常想，蒲公英的生命是微不足道的，却在万千的繁华中透着一种超凡气质。其实，生命何尝不是一棵蒲公英呢？我们每个人都是一把小小的“降落伞”，长大后降落到适合自己生长的地方，然后生根、安家，为事业而打拼，为生活而奋斗。但，无论漂泊到哪里，我们的心却会停留在最初那个叫家的地方。乡愁，是心中的一缕长长的情丝，一头牵着我们，一头系着故乡。

微笑的蒲公英充满无穷的魅力，给人以无限的希望。只要有一棵蒲公英的心，相信平凡的日子也能过成花开的灿烂模样。

第四辑　远方的家

曲阳，我们的友谊不散场（一）

“有一把雨伞撑了很久，雨停了还不肯收。有一束鲜花闻了很久，枯萎了也不肯丢。有一种友谊，希望到永远，即使青丝变白发，也能在心底保留。”

——题记

大千世界，茫茫人海，与你擦肩而过的人很多，和你相识的人也是不计其数。唯独有血缘关系的亲人是屈指可数的，除了他们之外，还有另外一些人，这些人尽管与你没有血缘关系，但他却像亲人一样地关心你、爱护你、帮助你、在乎你，这种人就是朋友。

1988 年，我们四位大学教师与保定曲阳县供销合作社联社（以下简称“县社”）。仿佛有上天眷顾，刻意在万千人的红尘中，安排我们悄然相逢，一朝相识，刻骨铭心，遂成为一生的朋友。

如今 32 年过去，曲阳县社的领导几经变换更迭，我们四名教师也先后调离了学校步入社会。但是，任凭世事沧桑，时光流逝，斗转星移，我们之间的友谊并未受到丝毫影响，依旧保持着联系，这该是一份怎样的缘？连我们自己也说不清楚。

本是陌路，却好似在不经意的默契间敞开了各自的胸怀，去接纳另外那颗热望着、期待着的心。这一份跨越了地域与时空的真情，不知不觉地闯入了我们相互的生命，从此在我们共同的心灵土壤上生根发芽并日渐蓬勃，它让我们沐浴到渴盼已久的友谊的阳光。原来，在人生中，的确存在着一种解释不清的缘分，它是我们共同拥有的奇迹。

1988 年暑假，按照我们河北财经学院贸经系与河北省供销合作社签订的协议，我们要为保定地区（当时地市尚未合并）22 个县举办经济职称培训班。在一个月的时间内，完成对 22 个县的千余名高级经济师、经济师和助理经济师的培训任务。时间紧迫，任务十分艰巨。为此，我们动员了全系教师，不管男女老少，一起上阵。每四名教师编为一组，每组去四个县，每个县开设四门课程，每门课讲授 6 天，复习考试一天。也就是说，每一名教师至少要跑四个县，连续讲 28 天课程，这对教师的体力和精力来说，都是一个严峻的挑战，无异于一场现代版的“极限运动”。

当时，我作为主管教学的系副主任，在安排教学计划、分配教学任务时，为了照顾老教师、女教师，将京广铁路沿线以及铁路以东、经济条件比较好的平原县，留给了这些老师，我自己则带领三名年轻力壮的男教师，到阜平、涞源、唐县、曲阳四个位于山区的国家级贫困县。

单说这四个县中的曲阳，它是一个“六山一水三分田”的半山区县；一个曾经以“上访告状”出名的地方；一个历史悠久，逐步发展壮大起来的著名“雕刻之乡”。在那里，县社是一个在县里根本排不上号的县直单位。

曲阳县，当时是保定地区（地市尚未合并前）的下辖县，位于华北平原西部，太行山东麓，处于北京经济圈内。

曲阳是河北省历史最悠久的县之一，因地处古北岳恒山（今大茂山）弯曲的阳面而得名。秦统一六国后，分天下为三十六郡，始置曲阳县，属巨鹿郡，距今已有 2000 多年的历史。元朝一度将曲阳提升为恒州，下辖六县，故曲阳也有“恒州”之称。

曲阳有着深厚的文化底蕴，据位于县城北部的“灵山溶洞”等处发掘考证，早在几十万年前，这里就有华夏猿人繁衍生息，在五六千年前的仰韶文化时期，氏族部落已在这里出现。到商周时期，县城西北部已出现村落。源远流长的历史积淀，孕育出了名垂青史的蔺相如、杜弼等多位宰相；李左车、李进、邸氏四兄弟等多位元帅、将军；黄石公、杜台卿、杨琼等哲学家、史学家、军事家、战略家和雕刻艺术家。

曲阳县又是一个革命老区，早在20世纪20年代初，就出现了中国共产党党员彭桂生兄弟，在北方积极协助李大钊传播共产主义思想，曲阳县早在抗战之前就建立了共产党组织。在抗战时期，曾涌现出了“麻雀战”的创始人—— 全国民兵战斗英雄李殿冰；抗日民族英雄“狼牙山五壮士”之一的葛振林以及“独胆英雄”曹成福等英雄人物。更有5500多名曲阳儿女在抗战中英勇献身，他们用血肉之躯，为曲阳革命史谱写了光辉的篇章，赢得了“晋察冀边区抗日模范县”光荣称号。

随同我一起到曲阳等四个贫困县授课的三名年轻教师，分别是吕伟革、李永强、张建春。

吕伟革是85届本校商企管专业留校生，时任系团总支书记，兼职教师。他老家是深泽县，与我老家安平是邻县。大学期间，他时常到我们班来找他老乡王树斋，而王树斋与我相交甚厚，所以，我与吕伟革认识得比较早。

吕伟革中等偏上身材，宽额头，鼻梁上架一副近视眼镜，透过啤酒瓶子底儿一般厚的镜片，是一双清澈明亮的眼睛，透着些许孩子气的眼睛闪动着一对俏皮机灵的眼珠儿。略微上翘的小鼻子下面，有一个总是含着一丝讥笑的元宝嘴，这一切无不透露出他调皮、机灵、直爽的秉性。

吕伟革自幼聪明伶俐，好学上进，是班里年龄比较小的学生。他性格外向，好交际，有较强的组织能力，曾任系学生会主席，出席过“全国学联大会”。1985年担任系团总支书记以来，学生工作搞得有声有色。

吕伟革平时幽默风趣，爱开玩笑，“哪里有他哪儿热闹”。有一次，系里一个女专职班主任家里安了一部固定电话，电信部门给了一个号码，尾数是“3142”，他连蒙带唬地对人家说：“你这个号码太不吉利了，赶紧另换一个吧！”那位老师问他怎么不吉利，他故意摇头晃脑地说：“你想啊，你们家三口人，三个里边要死两个，只留下一个，就是你们的孩子，太可怜啦！”那位老师被他说得将信将疑，回家与爱人闹了一场，埋怨他不该要这么个不吉利的电话号码，她爱人无奈，只得又跑了一趟电信分局，换了一个新的电话号码。还有一次，专职班主任李玉珍家里分了一个盛杂物的小房子。他听说之后，当众开玩笑说：“李玉珍老师家里分房子了，大家说她该不该请客呀？”在场的人不知内情，觉得分到房子当然是件大喜事，便附和着说：“这么好的一件事，太应该了！”李玉珍老师是个好面子的人，当即答应请大家吃饭。等到了酒席宴上，大家才知道了实情，都觉得挺不好意思的。

因为这些事，轻易不给别人起外号的我，给吕伟革起了个绰号，叫作“坏事乐”。甭说，这个外号很符合他的身份的，倘若在农村，直接叫他“嘎杂子”也就是了。因为这是在学校，在知识分子成堆的地方，叫这么个外号有点儿扎耳朵，也不够雅致。加上吕伟革每办完一件坏事之后，都会笑个前仰后合。所以，这个“坏事乐”的绰号既生动形象，又有生活来源，符合文学创作原理。

说起来，我也曾被“坏事乐”给“坑”过一次。1989 年，我已经戒了 7 个月的烟了，有一天，我的学生马文清的孩子过百天，“坏事乐”给张罗着请客。席间，马文清掏出香烟来让我吸一根，我本欲推辞，“坏事乐”一本正经地说：“李老师，这根烟你可得吸了，这是喜烟哪！”我听了这话，觉得事有蹊跷，但转念一想，我已经有 7 个月不吸烟了，吸一根也无所谓，不会“复辟”的，就吸了一根。过了一会儿，“坏事乐”又亲自点燃一根烟，殷勤地递给我说：“好事成双，请再吸一根吧，你戒烟都那么长时间了，我觉得绝对不会有事的。”“坏事乐”亲自出面，我觉得保准没有什么好事，但既然已经吸过一根了，没有什么问题，便接过来，又吸掉了。

万万没有想到，两根香烟吸下肚，勾起了烟瘾，回家就把藏起来的烟又给找了出来，贪婪地吸了起来。让我没有想到的是，原来“坏事乐”为了达到让我吸烟的目的，竟然不惜与人请客打赌，赌注就是看能不能让我吸烟。当我埋怨“坏事乐”不该“坏事做绝”的时候，他竟然理直气壮地说：“那怨你自己意志不坚定，跟我有什么关系呢！”好一个“坏事乐”，办了坏事不仅偷着乐，还让你抓不住把柄！

“坏事乐”办的事有时确实很坏，但他这个人心眼儿并不坏，而且他所办的这些个事，只是为了在平淡的生活里增添一些欢乐的成分，比起他所干过的那些好事，那些急难险重的事，实在是“沧海一粟”。譬如，我们与曲阳县社的友谊就是由他发起，并且一直由他在其中发挥着桥梁和纽带作用。

李永强与吕伟革是大学同班同学，毕业后一起留校的，那时他担任物价教研室副主任。李永强老家是唐山市滦南县，他身材高挑，脸庞微微泛黄。一双利剑似的眉毛，凛冽桀骜的眼神，细长的丹凤眼，笑起来如弯月，肃然时似寒星，高挺的鼻梁，薄薄的嘴唇。这样的外貌和神情，第一眼，就让人觉得他很自信，有一种涉世已久的尖锐和锋芒。

李永强为人正直、大度，性子直，脾气倔，有一种威武不屈、宁折不弯的刚性。他对工作认真负责，办事踏实可靠，教学能力很强。尤其令人叫绝的是，他上课时可以同时用左右手书写板书，写出来的字潇洒遒劲，真正的“左右开弓”。

李永强平时爱打篮球，是系教工篮球队的主力中锋。但他有个不太好的生活习惯，喝酒时从来不吃饭，不知道这是不是他身体一直不怎么长肉的缘故。

张建春祖籍河南三门峡市，他本科毕业后考取了硕士研究生班，是河北财经学院签订的“定向委培生”。也就是说，由我校负责他读硕士期间的所有费用，毕业之后，必须到我校工作 8 年，期间不得调动工作。所以，他硕士研究生毕业之后，便来到我们贸经系工作，当时是商业经济教研室副主任。

张建春个子不高，一头乌黑茂密的头发，圆乎乎的脸庞，细眉之下，一对不大的眼睛闪着和善的目光，温文尔雅中又有着自己独特的空灵与俊秀。建春爱笑，一笑把原本不大的一对黑眸眯了起来，真成了人们所说的“笑眯了眼”。张建春为人厚道、温良恭俭；工作踏实负责，办事有思路、有能力；待人接物谦恭有礼；属于那种胸藏锦绣却又谦虚谨慎、不尚空谈之人。（未完待续）

曲阳，我们的友谊不散场（二）

当我们来到预先确定的4个国家级贫困县后，我去了阜平县，李永强去了涞源县，张建春到了唐县，吕伟革到了曲阳县。讲完一周课之后，再按序轮换。总之，四个县每个人都要轮转到。

如前所述，我们前去讲课是做好了“吃苦”的思想准备，来到4个国家级贫困县的，这里虽然交通不便，经济落后，但是革命老区人民诚实善良、淳朴厚道，对我们这些他们眼中的“高级知识分子”特别尊重，照顾得特别周到。听说李永强到了涞源之后，涞源县社举行了隆重的开班典礼，请县领导出席并讲话，还全程录了像。我所在的阜平县社和张建春所在的唐县县社，为了让我们能够吃好住好休息好，专门把我们安排到县招待所。吕伟革在曲阳县更是受到县供销社主任陈文学、党委书记田玉芳无微不至的关心照顾，虽然吃住在县社，但是感到如同在自己家里一样温馨。加上吕伟革善于与人打交道，不久就与县社团委书记赵广泰、办公室副主任张建贞相处得像自家兄弟一样亲近了。

我们与曲阳县社之所以一直保持着友好关系，与双方都有一个灵魂人物分不开。其中，曲阳县社方面，主要是赵广泰一直在发挥着枢纽作用。

赵广泰那时 20 多岁，他个子不高，清瘦的脸庞，映衬得一双大眼睛越发显得清亮有神，直挺的鼻梁，唇色鲜红，笑容时常在脸上漾开。赵广泰为人正派、宽容、淳朴，性格开朗，平时爱说爱笑，待人似亲人。他“孝母似专诸”“交友赛孟尝”。

在 4 个革命老区讲课的每一天，我都如魏巍在《谁是最可爱的人》一文里所说的那样：“……每一天，我都被一些人和事感动着，我的思想感情的潮水，放纵奔流。”这里，仅把我所经历的事做些许回顾。

当我完成了在阜平县社的讲课任务，奔赴第二个讲课地点——涞源县社的途中，遇到了山体滑坡，有一块不大不小的石头堵住了去路。于是，我和司机师傅下了车，合力将那块石头抬起来，扔在山旮旯里。由于用力过猛，我的右脚踝不慎扭伤了。为了不让师傅发现，我强忍疼痛上了车。等到了涞源县社之后，被细心的教育科张科长发现了。张科长叫什么名字，已经记不起来了，但他的影像始终存储在我的脑海里。张科长家属在农村，他一个人在县社住单身宿舍。那天，等我吃过晚饭之后，张科长悄悄地煎好了中药汤，让我在脸盆里泡脚。一连 5 天，他都默默地为我熬药汤泡脚，药汤凉了，他再去温热。说起来真够神奇的，我泡了 5 天脚之后，脚上的红肿全消了，再也没有了疼痛感了。

1991 年，我带学生到涞源县实习，曾专门到县社去看望张科长。听那里的人说，张科长已经退休了，跟老伴在农村老家过日子哩。

我从涞源讲完课后，来到了唐县。唐县历史悠久，为古唐侯尧之封地，其名肇于上古，是华夏民族的发祥地之一。唐县位于太行山东麓，隶属于河北省保定市，山地丘陵总面积占 82%，唐河、通天河由西向东南纵贯全境，汇入华北明珠——西大洋水库。全县地貌素有“七山一水二分田”之称。

唐县是革命老区，又是伟大的国际主义战士白求恩、柯棣华生前工作、战斗和以身殉职的地方。为了弘扬白求恩、柯棣华精神，增进中加、中印人民的友谊，1971 年在县城建起了小型白求恩纪念馆，1982 年，在馆内增设柯棣华事迹展，故易名“白求恩柯棣华纪念馆”。

我的姨夫曾长期在唐县商业部门工作，他退休之后，从小患有小儿麻痹症的大儿子接了他的班。自从 1977 年姨夫病逝以后，我已经有 11 年没有见过大表兄了。吃了晚饭，我边走边打听，终于见到了他。那时，他已经 40 多岁了，租住在人家一间东屋里。进了屋，东西乱七八糟地摆放着，简直是“无立锥之地”。通过聊天，我才知道他至今还是孤身一人，更为可怜的是，前些天商业局精减人员，把他给裁减下来了，失去了工作，往后的日子更没法过了。了解了大表兄的情况后，我既同情又觉得无能为力，毕竟我刚到这里来讲课，连一个熟人都没有，怎么帮他呢？第二天，我吃过晚饭，正在宾馆房间里休息，县社教育科长陪同主任来看望我了。我只记得主任姓左，名字已记不起来了。左主任关心地问我，吃住是否习惯。我回答说：“感谢县社领导，各方面安排得都非常好。”左主任听了，点点头，接着说：“听说你有位表兄在唐县工作，见着他了吗？”我说：“见着了。”“他叫什么名字？干什么工作呢？”左主任问道。我说：“他叫李志国，接我姨夫的班，在商业局工作。因为从小患小儿麻痹症，落下腿脚毛病，人家刚刚让他下岗了。”“那你姨父叫什么名字？”左主任又问，我连忙告诉了他。听我说出姨夫的名字，左主任显得很吃惊，连忙说道：“他老人家可是县里有名的烧酒师傅，享受八级工待遇，带出了好多徒弟，有的还走上了领导岗位。在唐县提起他来，可是鼎鼎有名啊！”接着，他叹口气说：“看在你姨夫的面子上，也不该把身有残疾的你表哥裁减下来呀。我看这样吧，你跟你表哥商量一下，看他是否愿意到县社来看大门。如果愿意，明天就让他来报到。”我一听，真是喜从天降，感动地连声说：“谢谢左主任！我表哥肯定会愿意的。”万万没有想到，我既没有求人，又没有送礼，就帮表哥办成了一件十分困难的工作安排的大事。

当我结束了在唐县的讲课任务，来到最后一个县——曲阳县社讲课的时候，有一天上午，课间休息的时候，门卫跑来告诉我，外边有个老汉说要见我。我心里挺纳闷，我在曲阳县没有一个认识的人，这人是从哪里来的呢？当我来到大门口时，就见来人迈开大步，高高兴兴地迎上前来。那人50多岁的样子，从模样和穿着打扮来看，像是一个老农民，只是肤色要稍稍白一些。我上下打量他一番，觉得似乎有些眼熟，但一时间想不起来在哪儿见过面。这时，来人开口说道："李老师，你肯定认不出我了，我是你在阜平县社教过的学生。好不容易打听到你在曲阳讲课，俺这才赶过来。"我忙问他："你跑老远来找我，有什么事情吗？"他笑笑说："也没有什么紧要的事，一是来看看你，二来想表示一下俺的心意。"他停顿了一下，继续说道，"俺知道，你们出来讲课是有纪律的，不收学员的礼物。可是，对学生的一片心意，老师千万不要拒绝啊。"说完，他从地上抱起一个小纸箱子，那箱子的大小，就像单位发劳保用品时装东西的纸箱子。他缓步走过来，就要将箱子交给我。我连忙退后两步，严肃地说："你既然知道我们有纪律，为什么还要这么做呢？这不是逼着我违反纪律吗？"他掂量了一下纸箱子，神情很激动地说："我怎么会让老师犯纪律呢，我这箱子里装的不是别的，是俺自己家枣树上结的枣子，又没有花一分钱，请你一定要收下，算是俺求你了。如果你不收，俺就没有脸回去啦！"看着他那副实诚的样子，看着他投过来的祈求的目光，我深深地被感动了，如果我不收下，他当真心里会难过的。于是，我不再犹豫，没有矫揉造作，没有说任何套话，大大方方地把箱子接了过来。我知道，只有这样做，才会让他高兴，让他满意，才不枉他从阜平特意跑来曲阳这一番辛苦。看见他额头上的皱纹舒展开来，我知道，他那颗悬着的心一定踏实了。于是，我随口问道："请问你叫什么名字？"他摇摇头说："请老师原谅，俺的名字不能告诉你。如果那样，俺送这枣子会被人误解的，该说俺动机不纯了。谢谢你老师，谢谢你教给了我们那么多实用的法律知识，再见啦！"话刚说完，他一转身就走了。望着他渐渐远去的背影，我心里涌起一股暖流："多么好的老区人哪！这么大年纪了，为了看望老师，不惜跑老远的路过来。为了避嫌，不肯说出自己的名字，真是太令人感动了！"

等回到家里，我打开纸箱子，里边有一个塑料袋，袋子里装的是河北著名的土特产——阜平大枣。我从来没有见过那么好的枣子：一颗颗红艳艳、圆鼓鼓、亮闪闪，就连形状、大小都几乎一样，而且没有一颗有虫眼的。我从心眼里充满了感激之情，耳边不由自主地响起了芭蕾舞剧《红色娘子军》选段《大红枣儿甜又香》的歌词："大红枣儿甜又香，送给咱亲人尝一尝，一颗枣儿一颗心……"

当我们圆满完成了 4 个县的授课任务，按照约定齐聚在曲阳县社，一起返回学校。当我们与陈主任、田书记等一一话别，准备登上客货车（那时是县社最好的车）时，打字员张红敏哭哭啼啼的硬是不让我们走，小姑娘那时只有十五六岁，与我们建立了很深的感情，她对田书记说："老师们来咱这里光顾了讲课，哪里也没有去转过，请把他们留下来多住几天，我带他们去看看咱县的石雕厂、北岳庙。"我们听了都很受感动，我拉着她的小手说："红敏，学校马上要开学了，我们几个下学期都有课，回去得抓紧备课，等有了时间我们再过来，你看好不好？"小红敏噘着嘴说："不好！你们走了说不定什么时候才来呢？""我们一定会再来的，你放心吧！"另三位老师附和着说。田书记他们几个也跟着劝说，红敏上了拧劲，说什么也不答应。见此情景，我对红敏说："要不你跟我们一起去石家庄认个门吧，如果以后我们不来曲阳，你去请我们好吗？"没想到小姑娘认了真，第一个上了汽车，县社的人谁劝也不肯下来，就这样小红敏跟着我们来到了石家庄。晚上，我们请红敏和司机师傅一起在饭店吃了饭，想让他们住下，第二天带他们到动物园、百货商场去转一转。但是小红敏却说什么也不同意，一心要返回去，我们只好送他们上了车。眼看着远去的车子，我心里顿时涌起阵阵波浪……

返回头来，再接着叙说 1988 年之后，我们与曲阳县社的一些主要交往情况。

从曲阳县社来看，1989 年，赵广泰考取了河北财经学院成人教育处举办的"商业企业管理专业函授大专班"，进一步接受我们和其他任课老师系统正规的专业知识学习，为以后的工作打下了坚实的基础。

1993 年，曲阳县社领导班子发生了变化，陈文学担任了县纪委副书记；田玉芳到了县妇联；赵广泰被提拔为县社副主任兼中美合资的“曲阳佩克雕刻石材有限公司”经理。为了继续保持我们双方建立起来的友好关系，赵广泰陪同新到任的县社书记兼主任马军超来到河北财经学院“认亲”。

1999 年，赵广泰担任了县社党委书记，又两次将之后的两任县社主任张同训、王聪民介绍与我们认识，使得双方关系更加密切。

2004 年，赵广泰的女儿赵娜考入了河北经贸大学（院校合并后改称）法学院。可以说，这种纯真的友谊更增进了一步，而且还延续到了下一代。（未完待续）

曲阳，我们的友谊不散场（三）

从我们这方面说，1989 年暑假，我和吕伟革带领高福盛、王建庚等十几名学生，到曲阳县进行了为期 20 多天的社会实践活动。当时国家“一五”普法工作已经进行了 4 个年头，取得了显著成绩，但是也存在一些不容忽视的问题。我们组成这支小分队的目的，就是想通过深入基层，摸底调查，找出农村普法工作中存在的问题，从而通过“解剖麻雀”的方式，探寻解决问题的基本对策。我们的活动，得到了曲阳县社领导的大力支持。

为了方便小分队的食宿和开展工作，陈文学主任和田玉芳书记动员住在单身宿舍的职工都回家里去住，为我们腾出了宿舍，还选派得力的同志协助我们在曲阳县城和燕赵镇的大集上搭起台子，摆开摊子，亮出了“义务法律咨询”的牌子。偏远山区的农民，就像看大戏一样，把我们围得水泄不通，纷纷把自己在日常生活中遇到的法律问题，向我们进行咨询。我们也从中感受到，“把法律交给人民”的紧迫性和必要性。平时，我们安排大部分时间走村串户，深入田间地头，送法下乡。闲暇时，我们还抽空到县敬老院慰问那里的孤寡老人，帮助他们打扫卫生，整理内务，给他们表演节目。这些活动被县电视台录了像，晚上，在观看电视录播时，我发现，当我在台上清唱现代京剧《沙家浜》选段《朝霞映在阳澄湖上》时，里边有一个特写的镜头定格在一位老者身上：那花白的头发，那饱经风霜的脸庞，那专注倾听的神态……让我至今难忘。

为了给我们改善伙食，陈文学主任和田玉芳书记专程跑到几十里外的西大洋水库，买回来一条30多斤重的大花鲢鱼，光是鱼子就盛了一大盆。祖籍东北的田书记亲自下厨，她烹制出来的鱼，味道又鲜又美又香，至今再也没有享受过那么好的美味了。

那一年，我们组织的社会实践活动，受到了院系领导的高度评价，我们写出的社会实践报告《农村普法工作中存在的问题及对策》被评为学院“优秀社会实践成果一等奖”，并全文刊登在1989年《河北财经学院学报》第五期上。

1991年，吕伟革带领89级商业企业管理专业的学生，再次来到曲阳，进行学年实习……

多年来，曲阳县社不仅是我们系师生定点的实习基地，而且在文化娱乐活动方面与我们也经常交流。

1988年年底，为了庆祝改革开放10周年，曲阳县委、县政府组织县直单位进行文艺会演，吕伟革带领本系文艺尖子和学院著名歌星、金融系学生荫险峰，代表县社参加了比赛，一首流行歌曲《黄土高坡》震撼了全场，一举夺得了表演大奖。有一位县里的干部见了吕伟革，好奇地问道：“你们这些歌手是哪个村子的，怎么都没有见过呢？”吕伟革操着地道的曲阳口音，神气十足地说道：“俺们是晓林村的，你没有见过的人还多着哩！”

1991年元旦，我们贸经系组织了一场师生文艺联欢晚会，曲阳县社派出一支精干的文艺小分队前来助兴。张建贞的架子鼓，赵广泰的沙锤（一种摇奏体鸣乐器），让人们大开眼界，如痴如醉，博得了全场雷鸣般的掌声和欢呼声。

1993年10月，我被河北省司法厅选聘到河北司法学校，担任了那里的校长。1994年，为了庆祝学校建校10周年，我们准备搞一次大型的庆祝活动。当时赵广泰已经是县社副主任，兼任中美合资的“曲阳佩克雕刻石材有限公司”经理，他得知这一消息后，与县社领导班子商定后，精心准备了一对栩栩如生的石雕狮子，用大卡车运到学校。这一友好的举动，为我赢得了一片喝彩声，并成为司法学校师生的美谈。

2010年，农历腊月十六，我们听说赵广泰的女儿要结婚了，很为他感到高兴。在新婚大喜之日，我和吕伟革等一起开车前去曲阳表示庆贺。

2016年，我退休后撰写的《释怀人生》（上下卷）正式出版，我给赵广泰去电话说：“我准备双休日前去送书，请把陈主任、田书记、张建贞、张红敏等都通知到。”等我到了之后，陈主任他们全都到齐了，十几年不见，大家没有一丝生分，还是像老朋友一样，热情握手，亲切问候，畅叙当年事，互道别后情。

2018年，在我们与曲阳县社建立友好关系30周年时，吕伟革和李永强代表我们四个人前往曲阳，与县社领导和部分代表举行了一个小型座谈会，进一步坚定了把友好关系持续发展下去的信心和决心。

与曲阳县社友好交往的32年，也让我们进一步了解了曲阳县经济的迅速崛起，旅游文化事业的发展。

石雕，是曲阳县的一项重要传统手工业，也是民间艺术的一项组成内容，自西汉始，曲阳石工即用大理石雕刻碑碣等物。

1958年，曲阳雕刻艺人被抽调到北京参加人民大会堂、中国革命博物馆和历史博物馆、中国人民革命军事博物馆等北京十大建筑工程建设。

党的十一届三中全会以来，古老的曲阳雕刻焕发出新的生机和活力。

曲阳石雕的文化内涵是深沉的。它凝聚着一个古老而又淳朴的、在太行山脉以农业为主要生存手段的历代农民工匠的雕刻之魂。在这块盛产白石的山坳中，数十代人通过一锤一钎的不断雕琢，广泛汲取北方诸民族与佛教文化的营养，以极强的民族文化精神融入其中，用传统的技艺，以无声的形象描绘民族的尊严、宗教的虔诚，出色地雕刻出属于世界级的文化瑰宝。这其中自然渗透着曲阳雕刻工匠生活于斯的亲历感受，有着对造型艺术独特的感悟，同时把宗教信念、审美情趣熔铸于每尊雕像之中。

通过各个时期曲阳石雕艺术作品所凸显的造型精神，可以看出它的拙中藏巧、以小喻大，顽石通灵的技性，从而体现了曲阳文化内涵的深沉度，也决定了曲阳石雕的传承价值。

1984 年，全国著名石雕工艺大师卢进桥雕刻的《卧兽观音》和《三大仕》被定为国家珍品征集收藏，永久保存。2006 年 5 月 20 日，曲阳石雕经中华人民共和国国务院批准列入第一批国家级非物质文化遗产名录。

定瓷，是曲阳复兴的一项具有悠久历史的手工业。《归潜志》有联语："定州花瓷瓯，颜色天下白。"宋・邵伯温《闻见录》曾有宋仁宗斥张贵妃接受臣僚王拱宸馈送定州红瓷的佳话。可知，宋时定瓷已为上层社会所倍加珍视。

在定、汝、官、哥、钧五大名窑中，唯定窑以装饰见长。其刻花奔逸、潇洒，可谓刀行似流云，花成如满月。印花制范精细，拍印考究，造就一种华贵雅典气韵，间辅以剔花、堆花、贴花等各得其趣。其设计开唐、宋陶瓷形制之先河，或劲健挺拔，或秀美娟丽，无不咸称圣手，妙道自然。

历史上的金宋之战，使兴旺发达的定瓷业惨遭劫祸。定瓷工匠随时局南流。故世留"北定南迁"之说。20 世纪 70 年代以来，在党中央的亲切关怀下，擂响了恢复失传近千年的定瓷的战鼓。河北省曲阳定瓷有限公司在已故著名工艺大师陈文增的带领下，历尽艰辛，通过千百次研究试验，终于在定瓷生产及工艺技术方面踏出了可喜蹊径。原料工艺师承古法，造型花饰力拓薪传、仿求累真、创求独特，以精取胜，以优为本。

在中华人民共和国成立 50 周年之际，"四海呈祥"云龙雕花瓶被定为国宝，由人民大会堂永久收藏；2002 年艺术魔壶获国家专利后再次获得日内瓦全球发明家协会金质奖章；2002 年 4 月，定窑莲纹刻花盘口瓶作为国礼赠予外国前总统。2005年，曲阳定瓷有限公司成为中国国家博物馆指定生产厂。

在旅游方面，曲阳最为有名的是北岳庙和聚龙洞。

北岳庙，百姓俗称“窦王殿”，始建于北魏宣武帝年间（500～515），为祭祀北岳之所，历代沿袭成制，至清顺治十七年（1660），均在此遥祭北岳恒山。

北岳庙，坐落在曲阳县城内西侧。庙内建筑精巧，雕梁画栋，气势雄伟，蔚为壮观，并建有碑廊、石刻馆、博物馆等，是国家重点文物保护单位。

北岳庙最为壮观的是“德宁之殿”内的壁画，殿内东、西两壁有高大的壁画，高6.5米，长17.6米，有唐代画圣吴道子所画的《天宫图》，东壁画为《云行雨施》，绘有众多天神、地祇，兴云布雨，普降甘霖，为民造福的形象，最大的人物高达3.3米；西壁画为《万国咸宁》，画的是众天神胜利完成兴云布雨的任务后偃旗息鼓、得胜回宫的情景。西壁的天神（钟馗）是全幅壁画之精华所在，肌肉粗健、相貌狰狞、横枪倒戈、腾空飞奔。两壁画共有人物73人，众多人物形象无一雷同，个个形神兼备、栩栩如生。北山墙壁画是《北岳恒山神出巡图》。

相传曲阳北岳庙壁画人物与赵县柏林寺壁画上的水皆是唐代大画家吴道子所绘，所以有“曲阳鬼，赵州水”的传说。

北岳庙内还存有从魏至今历代碑碣200多通，种类齐全，书体具备，是人们学习书法、研究古代历史文化的理想场所。庙内收藏古雕刻精品100多件。为世人展示了一幅古雕作品的精美画卷。

聚龙洞位于莲花山脚下的灵山，经专家考证，聚龙洞一带是典型的北方喀斯特地貌，属上亿年来地壳变迁形成的裂隙式天然溶洞群。

聚龙洞分为猿人古洞、聚龙大殿和地下迷宫三部分。猿人古洞长数百米，洞内古猿人生活留下的灰烬沉积，长12米，厚3米，深2米，全国罕见。洞壁深处有26万年前绝迹的古动物化石堆积物，是河北省首次发现的，在考古学上具有重要意义。洞壁上方有北宋文豪苏轼墨宝真迹——“蓬莱”二字。聚龙大殿白龙争雄，气势恢宏；地下迷宫曲径回廊，神秘莫测。洞内景观以神、奇、绝为特色，天然形成云溪花径、定海神针、小三峡、金山银谷等百余处景点。经国家旅游专家考察论证，洞内石纸、鹅管、石峡谷、石毛等人文遗迹，国内罕见。

时光流淌，世事沧桑，2011 年，我从省人大法工委退休了，但是“退而不休”，仍担任着河北省立法研究会副会长；吕伟革和李永强从学院调出之后，同在河北省发展改革委工作，职务都是处长；张建春在中国人民大学获得博士学位后，供职于光大银行（北京）。

32 年来，我们的工作单位变了，身份地位变了，人也不再年轻。但是，我们心目中的曲阳县社依然那么青春焕发，光彩夺目！

时光在流逝，我们和曲阳县社的故事还在演绎，我们之间的友谊还在延续……

有人说：“天涯海角，人海翻腾，相逢莫过于相识，相识莫过于相知，相知莫过于知面，知面莫过于知己。穷尽一生，朋友广而远，知己少而近。”

人的一生会遇到许多的人和事，但要想人人成为知己，事事顺心如意，我看也非易事。然，佛经中的两个字却让我茅塞顿开，那就是“随缘”。按佛经中讲，人与人从相逢到相识也是一种缘分，不管是什么人，只要有缘，哪怕是隔着千山万水，冥冥中也会在一个特定的环境下相逢，正所谓：“有缘千里来相会，无缘对面不相识。”当然，除了男女之间的姻缘外，朋友之间的相逢与相识，也是一种缘分，所以，我们一定要更加珍惜这种缘分，相信我们根深蒂固的友谊永远不会散场！

我心中的喀什噶尔（一）

因为一个班的学生爱上一座城，因为一座城爱上这里的一草一木。帕米尔的雄奇峻美，大漠的神秘优雅，孕育出喀什噶尔古城朴实好客的人们。在这里，时间似乎可以放缓，岁月似乎可以驻足流连，任凭时光荏苒如梭，古城和她的故事，只在流年一隅，静默地守候红尘变迁，安详而快乐，淡然而温暖。

——题记

喀什噶尔很遥远，远在几千里之外的西部边陲。

并不仅仅是在回忆，也不仅仅是指路途。不错，对于那些经过帕米尔高原或者塔克拉玛干沙漠赶赴来的虔诚的穆斯林、旅游者，还有经商、从政、高校教师们来说，必须覆盖一段漫长而劳顿的路途。他们的心中可能都秉持着这样一种信念——那里是正在抵达的一个圣地。

我曾经到过那个令人魂牵梦萦的地方，但既不是为了朝圣，也不是为了旅游，而是为那里的经济社会发展培养专门人才。

1986 年，我陪同河北财经学院副院长姚今观，到新疆乌鲁木齐，与自治区工商局签订了举办成人教育大专班，培养专门人才的协议，并且成功地在石家庄举办了三期全脱产“工商行政管理专业大专班”，培训了150多名覆盖全疆的工商系统干部。

1989年，应喀什噶尔地区工商局的请求，并经双方上级部门批准，决定在喀什噶尔地区单独举办一期“函授大专班”。由我所在的系利用寒暑假期，选派教师前来授课，平时学员则主要利用工余时间自学。

1990年7月，学校放暑假后，由我带领两名年轻教师到喀什噶尔给学员授课。

那时候，坐飞机有严格的限制，职务必须是处级以上干部，职称应当是讲师以上教员。

我1982年大学毕业留校后，1986年提拔为系副主任，1988年晋升为讲师职称。但是，同行的两位教师还仅是助教职称。为此，我放弃了可以单独坐飞机的机会，决定与他们一起坐火车前往乌鲁木齐，然后再坐飞机飞抵喀什噶尔。

那时候火车都是绿皮车，名义上说是“特快”，但从石家庄到乌鲁木齐也要行驶三天三夜。而且听车站内部人讲，从北京发出的这趟列车，只给石家庄站预留了6张票，其中3张票内部掌握，在售票窗口售出的只有3张票，所以要经过排队买到3个人的火车票，就好比搬着梯子上天——没门儿。

为了买票的事，我费尽了心思，最后在一位学生家长的帮助下，在北京站买上了三张硬座火车票，卧铺票根本就买不上。

随我一起去喀什噶尔讲课的教师，一位叫柴振国，另一位叫苏跃彬，他们一个讲经济合同管理，一个讲个体经济管理，我讲的是经济法学课。

柴振国是1983年毕业留校任教的，他中等个子，细高挑的身材，乌黑的头发，红润的面庞，宽宽的额头，浓密的睫毛，明亮的眼睛，高挺的鼻子，小巧的嘴唇，俨然一个潇洒帅气的小伙子。他这人有个特点，听人讲话时，表面看是在注意听，但思绪不知去哪里游荡了。等人家把话讲完了，他总会追问一句：“你说什么啦？”让人哭笑不得。柴振国平时不大喝酒，遇到场合也喝一点，倘若遇到故交好友，会喝个一醉方休，酒喝多了，会禁不住地发出叽叽咯咯的笑声。

苏跃彬，1984 年毕业于北京商学院工商行政管理专业，是系里工商专业最早的一名“科班”教师。他中等身材，体形较瘦，小头小脸，小鼻子小嘴，一对明亮的圆眼珠不停地转来转去，给人一种飘忽不定、难以捉摸、很有心计的印象。事实上，苏跃彬是一个胸无城府、心地良善、善于交际、为人豪爽、坦坦荡荡的人。

我们三个人不是第一批去喀什噶尔讲课的，此前已经有过老师在寒假里去过了。按照该班的教学计划，每一次安排三名教师前去，同时讲授三门课程。讲课结束后，不马上进行考试，以便给学员留出充足的复习时间，待到下一批老师去讲课时，再带上前一次老师出的考试卷子，去了之后先考试，然后再接着讲新课，以此类推。

7 月，正是天气炎热的季节，那年月火车上没有空调，车顶上安着几个摇头的小吊扇，根本不起作用。我们临上车前买的真空包装的烧鸡，到第二天中午拿出来时，包装袋已经膨胀了，圆鼓鼓的，用小刀刚割开一个小口子，就听“嘭”的一声响，随之一团白色烟雾蹿出来，弥漫在空气中，顿时一股恶臭味径直往鼻子眼儿里钻，我们连忙打开车窗扔了出去。

经过三天三夜的颠簸，我们终于抵达了乌鲁木齐市。经过短暂休整，我们准备乘飞机前往喀什噶尔。因为当时乌鲁木齐还没有通喀什噶尔的火车，坐汽车需要七八天时间，十分不便，只有搭乘飞机这一条路径了。那时，柴振国和苏跃彬都还是第一次坐飞机，一听这消息，高兴得欢蹦乱跳。我们登上飞机后，大约飞行了两个多小时，才抵达喀什噶尔。

喀什噶尔简称喀什，意为“玉石集中之地”。它位于新疆西南部，东临塔克拉玛干沙漠，南依喀喇昆仑山，西靠“世界屋脊”帕米尔高原，北接天山山脉，喀什正好处于欧亚大陆的中心地带。因此，它理所当然地成了古代中国通往中亚的“丝绸之路”的枢纽和要冲，既充溢着浓郁的异乡情调，又弥漫着“唐家风雨汉家烟”。

喀什是一个充满神奇和魅力的地方。著名诗人郭小川写道：“不进天山，不知新疆如此人强马壮；不走南疆，不知新疆如此天高地广；不到喀什，不知新疆如此源远流长。”诗人周涛说：“喀什是不可解的，你可以看透乌鲁木齐的五脏六腑，但你却看不清喀什那双迷蒙的眼。”

喀什是一个出发的地方，也是一个到达的地方，它是亚欧大陆的中心，古丝绸之路的中间点。中原的茶叶与瓷器等从长安西出经喀什进入印度、波斯、中西欧，翻越昆仑山之前在喀什备足粮草；同样，远方的客商跋涉至喀什，早已一身疲惫，到喀什疗伤，补齐各种必需品后再出发到中原。正因为如此，才成就了古希腊、印度—罗马、波斯、汉唐古四大文明的汇聚地——喀什。

如今的喀什“五口通八国，一路连欧亚”，是正在崛起的中国西部明珠。

以上这些，当然是走进喀什，真正了解了喀什以后才得出的体会。

记得我们初到喀什时，留下的是一片十分荒凉的印象，这里带有几分原始的气息，连内地一个县城都比不上。这里气候干旱少雨，我们在那里住了一个多月，连一场小雨都没有下过。市里那时还不通公共汽车，满大街上跑的都是马车、毛驴车。那些搭着车篷的马车、毛驴车，就是人们出行的主要交通工具，给车老板一角钱，就可以跑遍全城。

我们的学员来自喀什地区所辖的市区和几个县的工商局，学员以汉族为主，只有两位是维吾尔族同胞，一个叫艾尔肯·麦麦提，大家都叫他艾尔肯；另一个叫艾肯江，他们从小读的是汉族小学，因此汉语说得很流畅。

艾尔肯是个年轻漂亮的维吾尔族小伙，白净而红润的脸庞，一对迷人的大眼睛，高高的鼻梁，四字方海阔口。他为人豪爽热情，正直大方。艾肯江与艾尔肯相比较而言，年龄要稍大一些，皮肤要略黑一些，眼睛要略小一些，说话要略少一些。他为人诚实厚道，平时显得比较低调。那时，他已是一个县工商局的副局长了。

负责这个班的是喀什地区工商局教育科长，叫温全义。温科长祖籍山东，因河北与山东是近邻，所以见了面就像见到自己的老乡一样，显得格外亲切。

温全义科长那时已有五十挂零了，身体很结实。他个子不高，留平头，乌黑茂密的头发中夹杂着几根银丝，圆圆的脸庞，细长的眉毛，眼睛不大，很有精神。

温科长平时对学员要求很严格，对我们则照顾得无微不至。他生怕我们不习惯当地的饮食，特意把我们安排到一个四川人开的饭馆里就餐，还特意叮嘱老板："老师们想吃点儿什么，就给做什么，一定要保证他们吃饱吃好。"

我们在讲新课之前，首先对上一次三位老师讲过的课进行了考试，然后开始上课了。我们的课程是这样安排的：第一天，由甲讲一天课，乙和丙休息；第二天，由乙讲一天课，甲和丙休息，照此类推。这样一个人讲课，另外两个人便可以结伴而行，我们坐着马车，把市里几个有名的地方都去看了一番，留下了深刻的印象。

在喀什，最有名的应该是艾提尕尔清真寺了，它坐落在艾提尕尔广场西侧。"艾提尕尔"在维语的意思是"最高级的"。艾提尕尔清真寺始建于1442年，当时只是一座小清真寺，后来被不断扩建，1872年进行了一次最大规模的扩建，始成今日的模样。到了2001年，听说作为明代古建筑，被国务院列入"全国重点文物保护单位"。它不但是新疆规模最大的清真寺，也是全国最大规模的清真寺了。而以艾提尕尔清真寺为中心，在其周边形成了一个很大的商业圈。

在喀什还有一个非常有名的地方就是"香妃墓"，坐落在喀什市东郊5000米的浩罕村，系自治区的重点文物保护单位。传说，埋葬在这里的霍加后裔中，有一个叫伊帕尔汗的女子，是乾隆皇帝的爱妃，由于她身上有一股常有的沙枣花香，人们便称她为"香妃"。香妃死后由其嫂子苏德香将其尸体护送回喀什，并葬于阿帕霍加墓内，因而人们又将这座陵墓称作“香妃墓”。不过，据专家考证，香妃并没有葬在这里，确切的葬地是在河北遵化清东陵的裕妃园寝。

在喀什，老城也是个不得不去的地方，有种说法“不到老城，不算到喀什”。喀什老城位于喀什市中心，那里街巷纵横交错，布局灵活多变，曲径通幽。民居大多为土木、砖木结构，不少传统民居已有上百年的历史，是中国唯一的以伊斯兰文化为特色的迷宫式城市街区。

在喀什，“大巴扎”也是值得一去的地方。巴扎，是汉语的“集市”“集贸市场”的意思。喀什的巴扎，是我有生以来见过的最大的集贸市场。它不在市区，而是在距城市四公里的旷野上，建起了一座城市。离着老远，就能听到人声鼎沸，其中夹杂着悠扬的乐声，时断时续，忽高忽低，各种商家的旗号迎风招展。汹涌的人流，夹裹着汽车、马车、骆驼、羊群，从四面八方涌向市场。

进入巴扎，只见前后左右，高空地下，挂着的、摆着的、摊着的全是各色各样的物品，有当地的土特产，也有浓郁异族情调的外国货，令人眼花缭乱。

一周以后，我们和学员们都渐渐熟悉了，彼此有了感情。学员们的父辈或者祖辈，大都来自“口内”（指新疆或喀什以外的地方），以陕西、四川、甘肃三省居多，学员大部分出生在新疆。所以，从小到大，都没有离开过喀什，甚至没有到过乌鲁木齐。受维吾尔族同胞影响，他们一个个能歌善舞，而且特别热情好客。

喀什是“瓜果之乡”，夏季的瓜果尤其多。所以，无论在教室还是在宿舍，学员们都为我们准备了各种各样的瓜果，有的瓜果甚至都没有听说过，如理光桃、巴旦木、二月红（均为音译）等。

喀什与石家庄的时差大概有三个多小时。每天下午七点钟太阳还没有落山。吃了晚饭，学员们怕我们肚子饿了，经常带我们出去吃烤羊肉串，喝啤酒。喀什的羊肉串烤得好吃极了，肉质鲜嫩，味道醇正，香味浓郁。那时候，我刚刚戒烟不久，戒了烟的人又能吃又能睡，吃过晚饭不久，就觉得肚子饿了，有一次晚饭后，我竟然又吃了二十五串羊肉串。

在喀什留给我印象最为深刻的，是在疏附县一个果园里度过的美好的一天。

那是一个星期天，温科长带领我们和部分学员，来到疏附县一个农民的瓜果园。通往瓜果园的道路上，搭着一个高高的葡萄架，那时还不到葡萄成熟的季节，但是爬满架子的葡萄秧上已挂满了一嘟噜一串的青葡萄。整个葡萄架大约有 300 米长，形成了一条绿色的林荫路。在道路中央，主人铺上了一条长长的红色地毯。

我们在葡萄架的地毯上围坐成一圈，热情好客的主人一会儿让人端来一盘切好的西瓜，一会儿又端来一盘无花果，让大家品尝。各种水果都尝过之后，主人叫人端上一盘手扒羊肉；还没吃完，一大盆手抓饭上来了；过了一会儿，又端上一碗碗拉条子。吃饱了饭，又端上各种瓜果任你吃。

看着大家实在没有胃口了，主人请我们参观了他的果园。那果园面积很大，大约有七八十亩地，地里种着西瓜、哈密瓜、无花果、理光桃等各种水果。

大家转得有些累了，重又回到葡萄架下休息聊天。从上午一直待到天快黑了，才依依不舍地离开瓜果园。临行之前，温科长让学员给买了不少新鲜瓜果，吩咐放到我们每个人居住的房间，这么多的瓜果我们哪里吃得了呢？便把瓜果放到教室里，请同学们一起帮着吃。

那是多么开心，多么悠闲，多么惬意的一天。在以后的岁月里，再也找不到如此美妙绝伦的日子啦！（未完待续）

我心中的喀什噶尔（二）

不知不觉中，一个多月时间过去了，我们圆满地结束了授课任务。因为离开学还有一段时间，喀什地区工商局领导诚邀我们到塔什库尔干塔吉克自治县去看一看，说那里是古代丝绸之路的必经之地，是中巴线上最美丽的小县城。从喀什市区到塔什库尔干塔吉克自治县 300 公里的路上，驰骋在帕米尔高原上，蓝天白云如同油画一般，一路上都是美景。沿途还可以欣赏到层峦叠嶂的雪山，水天一色的湖泊，茂密葱郁的高山草原。这不仅是一条通商之路，还是一条旅游大道。那里拥有海拔 5000 多米的红其拉普国门，有位于“冰山之父”慕士塔格山山脚下的卡拉库里湖，沿途还有壮美的沙山、雪山、高山草原……听了局长滔滔不绝的介绍，我们不禁怦然心动，愉快地答应下来。

第二天，我们简单地做了一些准备，乘坐进口越野汽车出发了。

我们的汽车沿着 314 国道中巴（中国到巴基斯坦）公路一路向西行驶。那时候，路况很不好，路的右边是峭壁，左边是深谷，路面很窄，弯道很多，很急，好在来往车辆不多，坐在车里也能够感觉到地势在不断地升高，渐渐感到有些气喘。

在驱车行驶中远眺，一路上，天空、云彩、雪山相连，分不清层次。忽见白茫茫的一片云雾，渐行渐近之时，才看清那飘浮的是云，那沉静的是雪。道路两旁群山起伏，沟壑纵横，这些光秃而且奇特的群山形状，犹如精巧的雕刻大师精心打造的一样。

当汽车驶入第一个边防检查站（简称边检站）时，汽车停下来接受边防战士检查。直到这时，柴振国才突然发现，自己的身份证忘记带了。没有身份证明，边检战士不肯放行，怎么办呢？通过与他们交谈，我听出带队的班长说话的口音像是“口内”的，而且与我们相仿，便问他老家是什么地方，那位班长说是山东人。在遥远的喀什，河北与山东可算得上是最近乎的“老乡”了。“老乡见老乡，两眼泪汪汪。”我们通过与班长拉老乡关系这一招果然奏效了，班长同意放行，柴振国激动地连声道谢。

车子继续向前行驶，不久便来到了第二道关卡。这次就没有那么幸运了，无论我们怎么解释，边防战士就是不听。连开车的司机都帮助我们做工作，还是不顶用。因为这几名战士大都是新兵，不太好说话。于是，我提出要见他们的班长。那班长是汉族人，在了解了情况后，他表示同情，继而把手一摊，无可奈何地说：“你们这一路还要经过好几道边检站，即便我放你们过去，后边的边检站也不会答应。还不如趁现在还有最后一班去喀什的长途汽车，赶紧返回去吧，要不连过夜的地方都没有啦。”柴振国见大家为他耽误了这么长时间，觉得不好意思，口气很坚决地说：“我就不去了，你们赶紧走吧，不要再耽误时间了。”

这时，恰好有一辆到喀什的长途汽车停下来接受检查，柴振国急忙上了车，冲我们挥挥手说：“你们放心去吧，我在喀什等你们回来！”

看着汽车走远了，我和苏跃彬都感到心里很不是滋味：三个人一起来的，孤零零地回去一个，这出门在外的，回去后连一个做伴的人都没有，柴振国真是太可怜了！不过话又说回来，平时挺机灵的一个人，怎么会犯这种低级错误呢？

在走出盖孜河谷后，眼前豁然开朗，显现出一片平坦的沙湖水面。

听司机师傅说，它就是一直罩着一层面纱，轻易不肯示人的布伦口沙湖。说它是湖，其实它只有在春夏季才是湖。因为这时节冰川融水量大，使整片沙湖都淹没在水中。而到了秋季，融水少了，沙湖就变成了千条细水纵流，平坦的沙湖湖底也就裸露出来了。因为在这片河滩旁和水底沉积着厚密的沙山和沙层，沙湖因此而得名。

中午时分，在一个叫布伦口的地方停车，开饭——吃干粮。我们看到公路左侧有一座高耸入云的雪峰，司机告诉我们说："那是海拔 7719 米的公格尔峰。"路边，有一个清澈见底的平静的小湖泊，湖中的雪峰倒影美极了。我第一次在现场看到真实的而不是在电影里目睹的洁白的雪峰，有一种"胸中没有丝毫凝滞"的感觉。

下午继续前进，又见到了第二座雪峰，名叫慕士塔格峰，海拔 7456 米，在强烈的高原阳光下闪着耀眼的银光。面向公路的这一侧，冰川退缩留下的痕迹十分清晰。

过了几道边检站，车子慢慢驶入帕米尔高原地区。又开了一个小时左右，公路两边出现很多彩色的山：红的、黄的、灰的，多姿多彩。司机师傅告诉我们，这一带的土壤里富含矿物质，因此，呈现出多种颜色。

当太阳西斜的时候，我们顺利地抵达了塔什库尔干塔吉克自治县县城。

塔什库尔干，在维吾尔语里意为"石头城"，因城北有古代石砌的城堡而得名。境内有世界第二大高峰 8611 米的乔戈里峰。

塔什库尔干塔吉克自治县，简称塔县，是喀什地区下辖县，成立于 1954 年。它位于帕米尔高原东部，喀喇昆仑山北部，塔里木盆地西部。西与塔吉克斯坦交界，西南与巴基斯坦、阿富汗接壤。境内冰川耸峙，峡谷纵横。

塔县是一个以塔吉克族为主体，汉族、维吾尔族、柯尔克孜族等多民族聚居区，是新疆维吾尔自治区东联西出、西进东销的主要国际通道。

塔县是一个有着悠久历史的地方，文字记载的历史已有 2000 多年。

汉代为西域蒲犁国地。北魏至隋朝，为喝盘陀国地。唐代，为疏勒镇下的葱岭守捉。宋、元属阗地。明代属叶尔羌汗国。清朝，光绪二十八年（1902）设蒲犁分防厅，隶莎车府。民国二年（1913）置蒲犁县，属喀什噶尔道。

塔县，是一座高悬在山上、面积很小的小城，被称为帕米尔高原上一方净土，养育了一群美丽热情的“彩云人家”。这里居住的塔吉克族，是中国唯一的纯白种人聚居地。一方水土养育一方人，在这里生活的人们颜值都非常高。1963 年的经典电影《冰山上的来客》就是在这里拍摄的。电影中《花儿为什么这样红》《怀念战友》等歌曲至今还在传唱，那优美动人的旋律，让人经久难忘。

刚到了塔县县城，我就感觉身体出现严重的不适，头痛得特别厉害，就像要炸裂开来似的。但是，禁不住热情好客的主人邀请，我只好强忍头痛，跟随众人一起去著名的石头城参观。

塔县石头城是中国历史上最著名的三大石头城之一，是西域三十六国之一的蒲犁国的王城遗迹。

石头城曾是新疆境内古丝绸道上一个具有战略地位的古城遗址，是丝绸之路经过葱岭—帕米尔高原的最大驿站。如今的石头城，已无城堡的原貌，也不见当年的风采，却依然拥有摄人心魄的气质。土块砌成的城墙，大多保留尚好。石头城城内，石块堆积，土坑时现，有几多沧桑，更有几分壮美。而城墙至今，还清晰可辨：城门、角楼、垛口之类，也让人感到几分豪气。

来到石头城不久，我便觉得恶心难受，偷偷地跑到无人之处，哇哇地吐了起来。当时，我并不知道，这是严重的高原反应。因为我这还是第一次来到海拔 3000 多米高的地方，还没有这方面的知识和经验。吐过一阵之后，似乎觉得好受了一些。

站在石头城上望去，面前就是帕米尔高原上积雪的山峰、静静的小河、草原放牧中的牛羊，就像一幅漂亮的油画。太阳快要落山的时候，整座石头城反射出丰富的光线，开始整座城只是灰黑色，接着就有砖红和赭石色出现在眼前。

第二天，县工商局领导安排我们去红旗拉普口岸参观，临行时，女局长将一个小瓶子交给我，小瓶里装着药片。她告诉我说：“红旗拉普海拔最高的地方有5000多米，你觉得不舒服了，就吃两片药，这虽然是治心脏病的药，但对防治高原反应也很管用。”谢过局长，我们出发了，向着仰慕已久的世界上海拔最高的口岸——红旗拉普驶去。

去红旗拉普的公路修得很好，路上几无汽车，那路一直伸向远方，从起伏的山峦间通往遥远的天际，一路的景致比我预想的要壮美得多。

出县城后不久，两侧随处可见结满了密而小的红果子的沙棘，绵延的山脉如影随形地伴随着我们。山脚下的草地上，不时可见放养的牛马，零散的村屋，劳作的农人。村屋旁有几株黄色中泛着微红的不知名的大树，看起来格外醒目。一条蜿蜒的蓝色河流忽隐忽现，那是美丽无比的塔什库尔干河。开车的李师傅告诉我们：“咱们返回来时，可以在风景好的地段停下来玩一玩。”其实，在我看来，这里到处都是好风光，每一处都是那么美丽，那么迷人。

据陪同我们前去的县工商局同志介绍，红旗拉普是中国与巴基斯坦边界的通商口岸，也是新疆唯一对第三国开放的公路口岸，早在1000多年前就是著名的古“丝绸之路”上的一个重要关隘，历史上这里一直是中国西部通往中东、南亚次大陆乃至欧洲的重要门户和经济、文化交流的重要通道。

红旗拉普口岸，海拔4700米，是世界上海拔最高的口岸，由于天气情况比较恶劣，高寒缺氧，这里只在4月15日至10月15日开关，其他时间都是关闭的，无论是游客或者商人，都不允许通过。

“红其拉普”意谓血谷，是昔日盗贼出没之地，历来是“万山堆积雪，积雪压万山”的神秘禁区。由于高寒缺氧、路途遥远崎岖，在历史上被称为“死亡之道”。现在，尽管道路、运输工具发生了变化，但高寒缺氧等自然因素是永远不会改变的。

到了红旗拉普口岸，我感觉心发慌，头发涨，腿发软，连忙把局长送我的药干咽下去两片。让苏跃彬吃，他说不用，他没有什么不舒适的感觉。

我们来到鼎鼎大名的 7 号界碑前，界碑的一面写的是鲜红的“中国”两个字，界碑的另一面写的是巴基斯坦文字。中巴两国是友好邻邦，两国人民有着深厚的传统友谊。

当我们看到有一辆小货车停在巴基斯坦国境内的公路上，有几位巴基斯坦朋友挥舞着手向我们致意时，我们问边防战士：“我们可不可以过去同他们合个影？”战士说：“可以，但是时间不能太长。”说完与对方的边防人员交流了几句，对方表示欢迎。于是，我们越过了国境线，与巴基斯坦朋友一起愉快地合影留念。回到喀什后，我们故意逗柴振国说：“你没有去真是亏大发了，我们这次去了，还出了一次国，到巴基斯坦游览了一番呢！”

美好的时刻总觉得时间过得太快，分手的时候到了，我们与温科长和喀什市的部分学员都有些依依不舍。临别前，县市的学员为了表达自己的一片心意，纷纷将喀什和县里的土特产，如葡萄干、杏干、无花果酱等一些容易保存的干果送给我们。在返回的路上，我们为托运这些东西，花了有 100 多元钱，用来买这些东西差不多也够了。但是，师生之间的友谊，那是花多少钱都买不来的啊！

离开喀什以后，我与学员们，尤其是艾尔肯一直保持着联系。同学们在大专班毕业之后，都有了很大进步，艾尔肯 2002 年担任了地区工商局副局长，2004 年升为局长，还有一名汉族同学担任了我们曾去过的塔县的县委书记。

一晃 31 年过去了，古老的喀什像插上了翅膀，发生了天翻地覆的变化。听艾尔肯告诉我：喀什市现在的政治经济环境特别好，随着国家“西部大开发”“丝绸之路”“一带一路”政策的落实，喀什地区已进入了飞速发展的模式。简单举例，以前喀什没有公共汽车，现在有了好几路公交车，到处是高楼大厦，城市街道已完成了“花园式”建设，治安环境得到很大改善。经济、旅游、教育、医疗等一系列民生国策稳步推进。2010年5月，在中央新疆工作会议上，中央正式批准喀什设立“经济特区”，由上海、广东、山东等多个省市对口支援。可以预见，一个全新的喀什，将以更加繁荣发展的面貌展现在世人面前!

有人说:“人的一生会走过许多的地方，但真正让你印象深刻的却没有多少。”喀什噶尔，正是那种去过一次就让你不会忘记的地方。但是，你向往她，却又很难准确地概括她的魅力。

喀什噶尔是神秘的，又是现实的。我们虽然只在喀什噶尔待了一个多月，但依然像被她“勾走了魂魄”。我相信，在这个古丝绸之路上的西部边陲城市，还藏着更多“被上帝遗忘的”美好!

“择一生安然，择一城终老。”我心中的喀什噶尔，就是一个这样的地方，一座美到令人心醉的城。

第五辑　低吟浅唱

聆听雪落的声音

世界上有许多美妙悦耳的声音，比如潺潺的流水声，比如风吹树叶的沙沙声，比如波涛滚滚的海浪声，那么雪落有声音吗？有的，听雪落的声音，需要爱它，懂它的人，才能感受到它内心的真实感受。当代作家雪小禅在《听雪》一文中写道：“一个人在屋子里，听到雪细细地下着，有时大有时小，安静地听，有一种空灵而清澈的寂寞之声。”

北方的冬天，雪是生动的舞者，诗意着荒芜的冬天。有时候想，如果北方的冬天没有雪，从城市到村庄，是不是更显得有些苍凉落寞呢？是的，也只有在雪落下的时候，那种天然的纯白，会让我们的视野变得更开阔，目光变得更清纯，而内心也在这纯白中豁然开朗起来。

我喜欢雪，不论是童年村庄的雪，还是落在久居城市的雪，它总能唤起内心的愉悦。虽然在某些时候，我不喜欢冬天的严寒，但却期待着雪的身影。我愿意将那些飘飘洒洒的雪花，比作漫天飞舞的小精灵，它们带着对未来的美好希冀，装扮着冬天，也为来年孕育着希望。

儿时，村庄的冬天是一年中最闲适的时候。冬天，庄稼都已收获，人们不再为农活而忙碌，除了家中院落中的活计，大多都是在温暖的土炕上度过。尤其是大雪纷飞的时候，一家人坐在土炕上，一床棉被足以覆盖家人的腿脚，那种暖意从脚下迅速传递，与窗外的寒意形成鲜明对比。那一刻，如果没有很重要的事情，没有人愿意离开土炕。女人纳鞋底，给家里的孩子、老人做新棉鞋。针线在她们手中穿过那厚厚的鞋底，灵活自如；男人大多坐在炕角，用粗糙的大手，将晒得干透的玉米棒子剥成籽粒，时而瞅一眼写作业的孩子；孩子握笔的小手，大多是皮肤黝黑而且有冻疮。那时，村子里还没有用上电，各家各户都还没有电视机，甚至连收音机都很少。学校冬天的教室，连取暖设施都没有，物质条件匮乏，可人们对生活的满足感却那样丰盈。

冬天，雪落下的时候，家中只有我和母亲，爱赌的父亲早早地就去了牌场。家里的土炕很热，我用石笔在石板的一面做算术作业，然后在石板的另一面写语文课本上的生字。我时而将目光投向窗外。雪覆盖了院子里的草垛、柴垛，还有树木，我的心里有一股莫名的冲动感，恨不得立刻跑出去，在洁白的雪地上，留下自己的小脚印。或者，再堆一个形象不怎么好看的雪人。这时，大门外传来了叽叽喳喳的声音。是的，我的小玩伴们来了。母亲不识字，但看到我的石板两面都写得满满的，便对我说：“出去玩会吧，别把脑子累坏了。”于是我兴奋地跑出屋门，与小伙伴们会合，向着村外的打麦场走去，堆雪人、打雪仗，玩得不亦乐乎……

1958 年，我和父亲、母亲一起离开农村，来到姐姐姐夫工作的湖北沙市，母亲帮着姐姐他们带孩子，父亲当了临时工，我在沙市解放路第二小学读书。

南方的冬天，很少下雪。偶尔下一场小雪，我也不再去玩堆雪人。陌生的环境，陌生的人群，语言不通，同学们异样的目光，我成了一个敏感而自卑的孩子。开始，我觉得自己与这个城市格格不入。但在不得不接受必须在这个城市生活的时候，我很努力地适应着城市的节奏。

在一个雪花纷飞的日子，课间时，同学都欢笑着冲出教室，我也被同桌拉着走出教室。纷纷扬扬的雪花，发出簌簌的落地的声音，操场全变成了白色。同学们在操场上打雪仗，快乐地笑着、闹着，而我只是一个安静的旁观者。直到看到同学们堆砌的雪人，那个用黑煤球做眼睛，用一张报纸折叠成的大鼻子雪人，憨态可掬地站在校园时，那一刻，我终于笑了。而将我拉出教室的那个同桌女生，后来成了我要好的朋友。

1961 年，到了该上完全小学（五六年级）的时候，我们一家人又回到了家乡，从家里到学校，要走五里地的路程，中午不能回家吃饭，每天上学都得带干粮。

冬天来了，严寒来了，雪一场接着一场，这时候的我开始改变了对雪的态度，由喜欢变成了讨厌乃至怨恨，因为雪冻裂了我的双脚，冻伤了我的两个脸蛋。每天上学放学，不知道要摔多少个跟斗。教室里没有煤火炉子，上课时浑身发抖；中午吃干粮，没有热水喝。因为条件太艰苦，班上有近半数的同学中途退了学。

熬过了两年艰苦的走读生活，考上了县里的重点中学，开始了住校读书，学习环境变了，食宿条件好了，又开始喜欢上了雪。

随着年龄的不断增长，我对许多事物已不再执着，只是对于雪的那份期盼，又变回到了童年。

落雪时节，我总爱趴在窗台上，隔着窗户眼，安静地与雪花对视，那是我们期待了一年的约定。她就那样在我眼前飞舞，而后落在地上，织出一块白色的布景。当我在雪中行走的时候，我刻意地放缓脚步，心灵在那一刻，似乎寻到了出口，所有的困扰与忧郁，在雪落下的时候，都已了无踪迹……

雪，是冬天的象征，是冬天的灵魂。雪的到来给冬天带来了生机与灵气，让我感受到有雪的冬天才是完美的，才是高洁的。雪用自身独有的功能，清除着尘世里的病毒、肮脏和零乱，还我们一个洁净而美丽的家园。

很久以前，曾经听过一首与雪有关的歌曲，名字叫作《踏雪寻梅》，是邓丽君翻唱的歌曲，就因为她的翻唱，使这首歌成为家喻户晓的民歌，因歌词简单好记，曲调欢快活泼，深受人们的好评。

《踏雪寻梅》虽然是一首年代久远的歌曲，但是歌词我却依然记得，仍旧喜欢：“雪霁天晴朗，蜡梅处处香，骑驴把桥过，铃儿响叮当，响叮当……好花采得瓶供养，伴我书声琴韵，共度好时光……”那个年代的歌曲，多多少少让我觉得很轻松自在，不像如今的曲子有点太刻意了。

静静地聆听雪落的声音，仿佛是花儿绽放的声音。“千树万树梨花开。”点点无声胜有声。雪花，应该是世界上最圣洁的花；雪落的声音，应该是天使在轻声地歌唱吧。

有人说，“能听见天使唱歌的人，会幸福一生的”。但愿我们都是那个幸福的人。雪花纷纷扬扬地从天而降，那么从容优雅，那么坦荡静谧。相信一个人走过了岁月沧桑，经历了世间的炎凉百态，心情也会变得如雪一般从容恬静，才会懂得去欣赏生命中的美好，理解雪花降落人间是带有使命的，是为了滤尽尘世的浮躁和喧哗，带给人们一个纯洁朴素的世界。

雪落有声，似一组和谐的音符，这音符让我们拥有无尽的欢欣，可以尽情地去聆听和享受雪落的声音……

雪落有声，冬天来了，春天还会远吗?

春天的赞歌

有人说，最后一张飘落的秋叶，是冬天送来的通知，因此也有人说，第一片萌吐的嫩芽，是春天发出的消息……

萧瑟的通知，毕竟已随着摇碎的时光，远远飘去，冬的冰山雪原，也终于在阳光的利剑下土崩瓦解。春，确实来临了。

“沾衣欲湿杏花雨，吹面不寒杨柳风。”在春的悠扬旋律中，春风吹去了冬日的严寒，融化了冰雪，吹绿了山林原野，吹开了鲜花万朵。看，桃花似火，杏花如霞，梨花似雪，让人目不暇接，流连忘返。天上的云是飘浮的，花的香味是清新的，引来蝴蝶和蜜蜂，在花丛中追逐、翩翩起舞。微风吹来，五颜六色的花瓣飘落，似雪花一样纷纷扬扬，四处飞散。

在春天的旋律洋溢中，伴着燕舞莺啼，田野泛着新绿，那是一个个生命的摇篮，正孕育着无数柔弱而又可爱的小生命。嫩绿的小草似雨后春笋，迫不及待地破土而出，河岸边细如纤丝的柳条，摇曳着春光。春雨在不经意间飘洒，那细如迷雾的雨，柔柔地下着，静静的，轻轻的。雨丝从灰蒙蒙的天空飘飘洒洒地降落下来，宛如凌波仙子落凡尘，即使落在脸上，也只留下一丝凉爽的感觉。不一会儿，地面变得潮湿而润泽，空气中弥漫着早春特有的那一股寒意和清新的感觉。在这如轻烟般的细雨中，一切都是那么安详和宁静，让人从心底感到舒适和惬意。

我喜欢春天，喜欢春天那习习的清风，暖暖的阳光，柔柔的小雨，嫩嫩的树叶，淡淡的花香，啾啾的鸟鸣，还有孩子们的欢声笑语！

我热爱春天，因为春天是万物复苏的季节，春天是孕育生命和活力的季节，春天更是一片净土，一个安放心灵的季节。在春的原野上畅想，夏的繁花，秋的收获，冬的蕴藏，用一支充满希望的笔，将生活中的缺憾画圆，感恩生命，一些美好便可直抵人心。

我赞美春天，因为春天是青春的写照，是生命的象征，是希望的图腾。春天播种着收获和希望，只要守着自己的初心，守着自己的理想，守着自己的希望和执着，就会描绘出一幅比春天更美的风景。

我要向春天唱一支赞歌，因为春天是战斗者，胜利者——我们的榜样和力量。

想一想吧，在春天到来之前，有过多少次砭入肌骨的寒流？有过多少次摧残万木的风暴？有过多少次雾霾笼罩，隔断一切，隐匿一切？

“天寒色青苍，北风叫枯桑（ 唐·孟郊《苦寒吟》）”“千山鸟飞绝，万径人踪灭（唐柳宗元《江雪》）”。冬天是一个冷酷的杀手，它扼杀了多少可爱的小生灵，它使河水结冰，花朵凋谢，落叶凋零，飞鸟、走兽，早已消失得无影无踪。凛冽的刺骨的北风呼呼地刮着，怒吼着，像一头凶猛的狮子，又似一把把利刃，无情地伤害着世间的一切。光秃秃的树枝在狂风中战栗，摇曳不定，月亮也像害怕寒冷似的躲进了云层。曾经生机勃勃的小草终于支持不住，倒下，干枯，或在空中飘荡，或被深深埋在土壤里，原野上一望无际的土黄色。风咆哮着，每经过一个地方，这儿便会“大变脸”。雪不停地下着，在地上结了一层冰，人们都小心翼翼地在上面行走……

然而，春光是封锁不住的，因为春天始终不曾停止过自己前进的脚步。纵然冰封大江，凌汛也依然在冰河下走自己的路，哪怕横暴的利刃可以割断春天的喉管，冰雪的镣铐终于还是锁不住辐射的阳光。

著名作家冯骥才说过："春是一种生命。凡是生命都是不可遏制的。生命的本质是生。谁能阻遏生的力量？冬天没有一次关住过春天，也永远不会关住春天。"

在春天来临之前，已经提前把它的气息像精灵一般地散发出来，透露给世间万物，即使在雪覆原野的时节，地气也已开始萌动。这时，稍稍留意一下，鸟雀们的叫声里是否多了一点兴奋与嘹亮？那些攀附在被太阳晒暖的墙壁上的藤条，看上去依旧干枯，用指甲抠一下它黑褐色的外皮，就会发现这茎皮下边竟是鲜嫩的绿。扒开雪层看一看吧，一粒粒的草芽正在吐绿冒尖，这些都是春的旋律最先跳荡的音符……

终于，春风战胜了朔风，冰雪化成了春水，有的回流在纤长的绿柳丝里，有的回流在粉红的桃花瓣里，有的在涡轮机上笑得那么响亮……多少个一度禁闭的心扉，纷纷敞向了复活的时代。在960万平方公里的土地上，哪里没有苏醒的生命，发烫的泥巴？哪里没有冒尖的蓓蕾，冰的喧哗？啊，春风吹暖人心，春雨滋润万物，春花沐浴阳光，这样的春天，谁不把它千百倍地珍惜！

绘画中的春天生机勃勃，歌曲里的春天光彩夺目，那么诗人眼里的春天又是怎样的呢？诗人爱吟咏春天，诗人眼中的春天更是五彩缤纷的，"等闲识得东风面，万紫千红总是春"，朱熹在《春日》中一语道破了春天的整体面貌，可谓焕然一新，可谓生机盎然；"不知细叶谁裁出，二月春风似剪刀"，贺知章在《咏柳》中巧妙地描绘了春风的独特气质，可谓形象生动，可谓入木三分；"春风又绿江南岸，明月何时照我还"，王安石在《泊船瓜洲》中借助外物之景，抒发内里之情，春风拂面，万物复苏，明月高悬，思乡心切；"随风潜入夜，润物细无声"，杜甫在《春夜喜雨》中咏叹春雨的静谧，歌颂春雨的无私，它潇潇洒洒地随风而逝，它酣畅淋漓地哺育众生；"几处早莺争暖树，谁家新燕啄春泥"，白居易在《钱塘江春行》中细致地观察黄莺和燕子的微妙动作，活力不言而喻，春天悄然而至；“春色满园关不住，一枝红杏出墙来”，叶绍翁在《游园不值》中道出了“言有尽而意无穷”的境界，言明了“欲遮还羞”的含蓄与委婉，从侧面体现了春天的蓬勃向上，间接表现了春意的势不可当……

面对春天，总会有两种人，两种态度。有的人在鸟语花香中飘飘然沉醉了，一种忘乎所以的喜悦，一种超脱世事的满足在心头拥挤，懒散地倒在幽香世界里不能动弹。他们忘却了春天是经历过战斗才得来的，维护春光还需要同春寒作斗争；忘却了柳暗花明处还会隐藏着有毒的葛藤，盘绕在葛藤上还有僵而未死的毒蛇。更多的人则清醒地意识到，“虽然是冰消雪化春雷响，只怕春寒有严霜”，春天来了，春天只是播种的季节，而收获还在一番辛勤耕耘之后。

用创新机制体制赢来大好春光的人们，会更加珍惜改革开放带来的丰硕成果。但是，要坚持依法治国，依法行政，建设法治国家，实现美好的中国梦，还有很长的路要走。

“生命不息，奋斗不止”——这就是我唱给春天，唱给热爱春天的人们的一支赞歌！

喜欢秋天

或许是因“三伏天”占去了四十天时间，或许是因“秋老虎”的余威迟迟不肯收敛，或许是因“厄尔尼诺”现象捣乱，总之，今年的秋天有点姗姗来迟。就连传承了千百年的关于秋天节气的俗语，也失去了往昔的准头：“立了秋，把扇丢。”立秋扇子没丢，空调仍在继续工作；“喝了白露水，蚊子蹬了腿”，白露水喝了，蚊子却没有蹬腿，反倒是更加猖獗地向人发起攻击……

乘着风，携着雨，秋天悠悠然地来了。

在“天高云淡，望断南飞雁”的时节，可以随口吟诵出许多空灵凄美的关于秋的诗句。中国的文人，似乎都有秋的情结。也许是秋的意境清冷、萧瑟、寂寥、悲凉、质朴，正应和了古代文人才子们的落魄心情。才有了诸如李白：“人烟寒橘柚，秋色老梧桐。”贾岛：“秋风吹渭水，落叶满长安。”柳永：“是处红衰翠减，苒苒物华休。”李商隐：“秋阴不散霜飞晚，留得枯荷听雨声。”孟浩然：“秋色无远近，出门尽寒山。”元萨都剌五绝云：“秋风吹白波，秋雨鸣败荷。平湖三十里，过客感秋多。”唐朝诗人马戴，更把这种愁绪推到极致：“落叶他乡树，寒灯独夜人。”

苏轼这个大才子，心境随世态而渐老，他的笔下既有色彩斑斓的五色之秋：“一年好景君须记，最是橙黄橘绿时。”又有“往事如烟不可追忆之苦”：“人似秋鸿来有信，事如春梦了无痕。”还有“人生如梦不堪回首”的感叹：“世事一场大梦，人生几度秋凉。”宋林逋则把秋的景象意象化：“秋景有时飞独鸟，夕阳无事起寒烟。”多愁善感的柳永，此刻抛开了浅盏低吟，唱起了“对潇潇暮雨洒江天，一番洗清秋”的豪放之歌。

应当说，一年四季，各有各的特点：“春水满四泽，夏云多奇峰。秋月扬明晖，冬岭秀寒松（陶渊明《四时》）。”一年四季之中，我最喜欢秋天。秋天是令人感怀的，与春天的浓艳繁华相比，秋天是肃穆静寂的；与夏天的葱茏繁盛相比，秋天是简洁透明的；与冬天的空灵虚幻相比，秋天是厚重宽容的。

有人说，秋天是最富有个性的季节。的确，秋天是“枯藤老树昏鸦”的意境，秋天是“春花秋月何时了？往事知多少”的悲吟，秋天是多情才子的故乡，秋天是朦胧诗人的底色。

童年的时候喜欢秋天，是因为秋天是收获的季节，“春种一粒粟，秋收万颗子”。感觉饥饿和困苦就要离我远去了，一种快乐，一种喜悦涌上心头。看见父亲的脸上有了笑容，觉得母亲也不再为“无米之炊”犯愁了。

长大了以后喜欢秋天，更多的是喜欢秋天那迷人的田野。清晨，在朝阳的映衬下，一望无际的青纱帐，在轻纱般的晨雾笼罩下醒来。似乎就在一瞬间，洁白的轻纱被揭开了，晶莹的露珠滴答下来，一串串滚落在草丛中。成熟的玉米露出绯红的缨子歪在一边，不经意地露出几颗籽粒，闪着金黄色的光芒。那粗壮的高粱，顶着大红帽子，像燃烧着的一团火。满地里的谷穗儿，长得像狼尾巴似的，黄灿灿的。棉花枝上，结满了深紫色的棉桃，那棉桃齐刷刷地咧开嘴儿，吐出一团团柔软雪白的棉絮，银花朵朵，白絮如雪……

这时地里的农民是忙碌的，脸上挂着满足的笑，喜悦之情溢于言表。

也许唯有世代以耕种为生的农民，他们的秋天才是丰盈而充实的。那些放下农具点燃劣质卷烟的男人们，眯着笑眼，内心一片沉醉。敦厚，烙在黝黑的脸上，憨憨的笑里一片纯洁。在他们的骨子里，只有劳动的朴素哲学。

可惜的是，如今在我的家乡，甚而在华北平原上，除了一望无际的玉米，秋天的田野里，几乎看不到其他的农作物了。

古人诗曰："晓窗惊觉向秋风，万里心凝淡荡中（唐·齐已《惊秋》）。"

喜欢飒爽的秋风。秋风透着习习凉意，钻进半开半闭的窗子，轻抚脸颊，带来几分惬意的感觉。秋风不似冬风的寒冷凛冽，也不似夏风的燥热慵懒，更没有春风的温柔细腻，只带着丝丝的凉意与寂寥，悄悄地，将一丝凉意浸透，滋润。

秋风轻轻地吹过，打冷了衣襟，摇落了叶片，更像是携了一阵阵菊花的清香飘然而至，将一缕缕思绪飘散、轻扬。

秋风轻轻地吹过，像是一个个清脆的音符，又像一滴滴的甘露，柔美而动人，拨弄琴弦，浸染心灵。

秋风轻轻地吹过，掀起一湖的褶皱，唤醒沉睡的记忆，将往事在秋的怀抱里释放。陆游一句"秋晚雁来空自寒，夜阑酒尽不胜悲"，可谓做足了秋天的文章。

秋风轻轻地吹过，让人感受到"秋风之性劲且刚"的坚毅，"南山与秋色，气势两相高"的豪迈，"长风万里送秋雁，对此可以酣高楼"的酣畅，秋风的感觉，每一缕都是不同的。

看惯了秋风明月，心中的躁动会渐渐归于平静，一份安逸便会油然而生。当秋风渐行渐远时，心中又多了几分期盼，不舍得秋风的离去，如同不舍得故人。

喜欢秋雨。秋雨如烟似雾，千丝万缕，割舍不断，楚楚动人，渐浓了淅沥的旋律，好似心间的轻音乐，自定义的播放。

秋雨是温柔缠绵的，它总是那么迂缓细腻，从容不迫。点点飘落，淅淅沥沥，万物静默，都在迎接着它的滋润和洗礼。此刻，如果漫步在空蒙的细雨之中，你会感到有一种从未有过的从容与静谧，浪漫与轻盈。

小的时候，喜欢下雨的日子。每当秋雨飘落的时候，一个人趴在窗台，静静地欣赏，那秋雨小如针尖，细如罗面，淅淅沥沥，悠闲地飘洒。一丝丝连成线，滴落在地上，汇聚成一条条水流，宛如小溪一般在院子里自由地流淌。好奇的我便会从窗户眼里伸出手去，把那小小的雨滴接到手心里，享受它的清凉与剔透……

这个秋天，又下雨了，细密的雨丝，在天地之间织成了一张灰蒙蒙的幔帐。凭窗而望，婆娑的秋雨，从深邃的天空款款而来，不急不慢，悠闲自在。深吸一口瑟瑟的秋风，试图穿越时空，重温一下童年记忆中的美好。然而，楼下的马路上，那久违的小溪，变成了匆匆的行人和疾驰的汽车溅起的水花，让我感受到城市的悸动与不安，心中顿生几分惆怅。

“天凉好个秋。”秋天是一个怀旧的季节，很多的故事和人都在不经意间被忆起，悄悄地说声想念，似乎在这样一个秋凉渐深的日子，蓦然回首，发觉自己走过的路竟是那么漫长而沧桑……

秋天，又是一个令人喜悦、令人忧思；让人感慨、让人悲凉的季节。秋之韵律，意味深长，很容易让人多愁善感。但由于人们的心境不同，且在不同的景象中，触景生情，滋味迥异，往往给人以不同的感受和意境。人生或许和秋季一样，只有在经历了繁华与萧瑟之后，才会真正返璞归真。

无论是怎样的秋，在我眼里它就是它，一个绚丽多彩的季节。

迷上京剧

说起我对京剧的痴迷，还得说是童年的时候就埋下了种子。

我自幼就好热闹，听书、看戏、赶集、逛庙会，样样都喜欢。尤其是爱看戏，着迷呀！瞧着戏台上那些浓妆艳抹、衣衫亮丽且唱且舞的演员，那个羡慕劲儿就甭提了，心里头暗自想道：我什么时候也能像他们一样，在戏台上亮一亮相，唱上那么一嗓子，那该多过瘾啊！听说哪个村子来了戏班，非得黏上爹娘带我去看不可。正应了那首童谣："拉大锯，扯大锯，姥姥家，唱大戏。接闺女，请女婿，小外孙子也要去……今儿搭棚，明儿挂彩，牛肉包子往上摆，不吃，不吃，吃二百。"

离我姥姥家前刘兴庄村不到五里地，有个油子村，是乡政府所在地，每年农历四月十五举办庙会。在起庙的前几天，姥姥就打发俺舅舅来家接我们了，在他们村小住上一两天，庙会便开始了。

在熙熙攘攘、热热闹闹的庙会上，小商小贩特别多，卖布的，卖针头线脑的，卖各式各样小吃的，应有尽有。我最喜欢吃的是牛肉馅的肉包子，咬一口，顺嘴流油。最喜欢看的是"西洋景"，在一个像旧式照相机模样的大柜子上，有一个跟望远镜似的镜头，脸贴上去，一只眼睛眯缝着，另一只眼睛睁大了，往里头观看。随着卖艺人那拖着长腔听不懂的哼唱，镜头里边各式各样的人物、花鸟鱼虫、狮子老虎便活灵活现地动弹起来，真是百看不厌。我尤其喜欢一种叫“蹦蹦薄”的小玩意儿，那是一种用玻璃吹起来的大长嘴，圆肚子的器皿。肚子里边盛的是各种颜色的可以喝的甜水儿，好看又好喝。喝完了里边的甜水，还能当一件玩意儿来玩，因此孩子们都很喜欢它。只不过，这小东西特别轻薄，极容易碎，稍不小心磕着了、碰着了，它就破碎了。因此，得了个“蹦蹦薄”的雅号。现在，这种东西早已经绝迹了，即便有的话，也不会让如今的孩子们喜欢了。

庙会上，最叫我放不下的还是看戏。开戏前，先是打通，等到三通锣鼓响过，大幕徐徐拉开，演员登场了，我便瞪大了眼睛往台上瞅，看看那个女名角儿来了没有。那个女名角儿叫什么名字，我不知道，只知道她的艺名叫“哑巴姬”。“哑巴姬”本来就长得特别漂亮，再化了妆，浓墨重彩，穿上戏服，真好似九天仙女下凡尘一般，大人和小孩多半是冲她来的。正因为太惹人喜爱了，她男人唯恐她有朝一日远走高飞，说什么也不让她唱戏了，但是又阻止不了。后来她男人听信了巫婆的话，偷偷地将耳屎放在她喝水的杯子里。据说，她喝了这杯水以后，那甜美的嗓音便变得有些沙哑了。尽管如此，喜欢她的观众不仅没有少，反而比从前更多了。当然，这仅仅是一种传说，根本不可能有这么回事。不过，“哑巴姬”倒是有点儿和著名评书大师单田芳相似：都是沙哑嗓，都那么招人喜欢。

如果说小时候迷恋戏剧，是贪图热闹，那么长大了以后，喜欢戏剧，特别是喜欢京剧，则完全是时代造成的。

我与京剧结缘，始于“文革”期间，所以我在后来的诗中写道：“习（学）戏非偶然，时代造化功。”

“文革”那年月，八个样板戏的大旗在神州大地猎猎飘扬，文艺舞台可谓“一花独放，百花凋零”。为了普及样板戏，中央人民广播电台开播了教唱现代京剧唱段节目，时间在中午 12 点左右。那时候，吃“大锅饭”，农民的生活非常贫困，肚子都填不饱，收音机也成了奢侈品。记得我三舅家有一台小收音机，叫作矿石收音机，那在他们村里还是蝎子粑粑——独（毒）一份哩。幸运的是，我家前邻居，也就是我干娘家，有一台台式的晶体管收音机，是在唐山工作的干姐姐给干娘买的，那可是全村仅有的一台最奢华的收音机。每天中午，快到教唱样板戏节目之前，我便带着纸和笔来到干娘家，拧开收音机等着。教唱一开始，我便凝神静气，一边听，一边哼着学，生怕漏掉一句唱词，连饭都顾不上吃了。这时，干娘会把自家的饭盛到碗里，悄悄地放到我面前。我一本正经地对干娘说：“可不能边吃边学呀，人家说，那样会把学到的东西都吃到肚子里去哩！”瞧我一脸认真的样子，干娘嘻嘻地笑了，说：“行呀，你好好跟着学吧，我把饭给你在锅里放着。”那时候，教唱京剧唱段的老师都是样板戏里的主角，像我学习的《沙家浜》中的经典唱段《祖国的好山河寸土不让》《盼望着胜利归来的侦察员》《听对岸响数枪声震芦荡》，都是剧中饰演郭建光的谭元寿先生亲自教唱的。教者卖力，学者专心，日久天长，我跟着谭先生学了好几首名段。后来，我又听着收音机里播放的样板戏，模仿着学会了一些唱段，特别是《沙家浜》《红灯记》《智取威虎山》这三出戏，不管是主角、配角，也不管是老生、青衣、老旦、花脸的唱段，我都能记住唱词，还会哼唱。其他几出戏中，一些主要演员的核心唱段，我也都听会、学会了。

1970 年 7 月，我从两洼乡社办高中毕业，回到了村子，到生产队参加劳动。正在这时候，我听到一个小道消息，说是衡水地区（现为衡水市）京剧团正在各县招收学员，马上就要到安平县来啦。小道消息传得久了，有的会成为现实，有的则会成为“假新闻”，更有甚者会成为“妖言惑众”。所以对于小道消息，不要太当一回事，更不要在没有弄明白消息的来源或者真伪之前，跟在别人的屁股后边去传播，否则，会给自己或者他人带来不良的后果。

“皇天不负有心人”，小道消息终于成为现实。为了培养青年演员，衡水地区京剧团来安平县招考学员了。那时，我已错过了学戏的最佳年龄，但是仍符合报考条件，我便抱着试试看的心态，在大队“革委会”开了一封介绍信，直奔县文化馆大礼堂考场。那次的主考官是衡水京剧团团长九江先生，一个红遍衡水南北西东的名角儿。

考试分为自选和必唱两部分，在自选部分，我选唱了自己最拿手的、跟着谭先生学会的《沙家浜》选段《祖国的好山河寸土不让》。余音未了，场下传来一片喝彩之声。必唱部分，是《红灯记》选段《穷人的孩子早当家》，这也是我比较拿手的段子，心中暗自高兴。唱完之后，九江团长问我：“小伙子，会翻跟头吗？”我连忙说：“不会。”就见他面带遗憾地摇摇头。

考试休息时，九江先生主动来到我身边，问我是哪个村的，我告诉了他。他说：“认识李树庄吗？”我说：“认识，那是我叔伯哥哥。”他意味深长地笑了，说：“你们李家出名演员啊！”听得我一头雾水。当时，树庄哥在石家庄市京剧团当武生演员。1978年，我考上了河北财经学院。有一次，我到树庄哥家里去串门，无意中提起当年衡水京剧团招考学员的事。方才知道，九江先生与树庄哥是同门师兄弟。看在师兄的面子上，将其堂弟招至麾下，可以说是举手之劳。但九江先生并没有这样做，他坚持原则，坚持录取标准，不开口子，封住后门。足见九江先生的品德高尚，也可以看出当时的社会风气还是比较正的。因为不会翻跟头，我落选了，一个迟来的京剧之梦就这样破碎了。

当演员唱京剧的梦是碎了，但学唱京剧的心气还在，因为它已经深深地根植于我心里了。无论是在学校文艺宣传队，还是在所在单位的文艺联欢会上，我都会应邀为喜欢京剧的观众唱上一两首京剧选段。

京剧界有句流传甚广的话，说是演唱京剧有“三重境界”，分别是：吼戏、唱戏和说戏。当一个人喜欢京剧，却未入门时，因为吃不准京剧的板眼，唱不出京剧的韵味，发出来的是吼叫之声，这是第一个层次；当得遇名师指点，抑或是入了科班，渐渐摸准了京剧的规律和演唱技巧，这时候才能说是唱戏，这是第二个层次；第三个层次，也就是京剧的最高境界，叫作说戏。这就好比高山之巅、大河之源，一般演员根本就达不到这一境界，即使演了一辈子戏，有的演员也难以如愿。只有那些京剧大师、身怀绝技的京剧名角，才称得上是在说戏。他们将戏中的人物、故事情节，用肢体语言，像讲述故事一样向观众娓娓道来，这就是说戏。

我虽然通过业余时间，学习了几十年京剧，也断不了唱上几段，乃至演出过一些剧目的选场，但是，由于始终没有经过专业老师指导，我演唱时不是摸不准板眼、唱“走了板”，就是“荒了腔”，而且演唱的时候不会“换气”“偷气”。所以，至今仍然停留在业余水平，也就是唱戏的第一个阶段，只不过是在吼戏而已。

说起来，有一件事情让我觉得挺后悔。这么多年来，我一直酷爱现代京剧，可以说是如痴如醉，但对传统京剧却讳莫如深，或许是受“文革”批判京剧是歌颂“帝王将相”“才子佳人”，是“封资修”，是一株“大毒草”的影响太深，一时半会儿转不过弯来，抑或是没有接触过传统京剧，未曾尝到甜头。几十年来，我对传统京剧是“一不看，二不听，三不学”，一门心思只喜欢唱现代京剧。

我真正喜欢上传统京剧，源自于2010年国庆节期间，在省人大机关欢度国庆文艺演出活动结束时，省人大秘书长走上舞台，与演员们握手、合影。他握着我的手说：“老李，下次演出，希望听你唱一段传统戏。”我说：“我不会唱传统戏。”他说：“那怎么行呢？传统戏是咱们的国粹精华，希望你抓紧学习，争取下次演出时来一段传统戏。”打那以后，我在网上跟着耿其昌老师学了《捉放曹》中的《听他言吓得我心惊胆怕》一段，觉得确实好听，而且感觉不像唱样板戏那样吃力，这是什么原因呢？后来，我在电视里听谭元寿先生介绍，当年为了突出英雄人物的高大形象，人为地把样板戏的唱腔都给拔高了，所以听起来高亢洪亮，他现在年事已高，唱不了“工正调”了。听了谭先生一番言论，我这才如梦方醒，怪不得在演唱样板戏选段时，觉得非常吃力，需要降一个调才能唱呢。而唱传统京剧，也不用降调，唱起来感觉很舒服，而且拖腔特别好听，韵味十足。自此，我迷上了传统京剧。在最近几年时间里，我已经学会了二十多段不同流派的老生唱段。

会唱京剧，让我在学校和单位小有名气，但我的发妻、家人和亲朋好友，却一直不知道我有这么一个爱好和特长。其实说起来原因很简单：一是他们从未看过我的演出；二是我在家里一直都是以听磁带、听 MP3 为主，暗地里跟着学，而没有开口唱过；三是他们都以为我性格内向，在家少言寡语，绝对不会有这方面的特长。所以，我爱人与我结婚四十多年，居然不知道我会演节目、会唱京剧。2010 年，单位组织春节文艺联欢会，我第一次走进录音棚，录下了一段黄梅戏选段，一段京剧选段，请录音师给刻了一张 CD 光盘。我拿回家来一放，老伴说什么也不相信是我演唱的。她反复问我：“你真会唱戏？”“什么时候学的？”“我怎么不知道？”一连串的发问，让我哭笑不得。若不是录了音，我老伴还不知哪年哪月才能知道我会唱京剧呢！

春节期间，侄子、外甥们来拜年，听了我演唱的京剧录音，一个个惊呼“想不到”“没想到”。后来，在家人的鼓励和支持下，我再次走进录音棚，录制了两盘京剧 CD 专辑。一盘是《京剧老生唱段选粹》，以演唱现代京剧为主；另一盘是《老生流派唱腔选段》，选唱了谭（鑫培）、余（叔岩）、言（菊朋）、马（连良）、麒（周信芳）、奚（啸伯）、杨（宝森）、李（少春）派“八大老生流派”的经典唱段。据说，老生应当有“十大流派”，因高（庆奎）派唱腔调门太高，难以胜任，而唐（韵生）派又鲜有流传，所以这两派的唱段只好空缺了。

如今，我学京剧已有四十余载，感觉学戏、唱戏、录戏的艰辛有如人生，写下小诗一首，记述自己与戏剧的情缘和心路历程，愿与戏迷票友诸君共勉：

戏剧与人生咏赞

（一）

人生如大戏，

缤纷似落英。

一曲万籁寂，

三通金鼓鸣。

金声传义理，

银弦诉衷情。

世间多少事，

都付演绎中。

（二）

习戏非偶然，

时代造化功。

挚爱终无悔，

浩歌待月明。

梨园花锦簇，

票友有令名。

钧天奏雅乐，

盛世鸣和声。

（三）

唱念情绵绵，

丝竹意融融。

艺海云路遥，

高歌踏浪行。

明知征途险，

风雨擎红灯。
万般皆一理，
戏亦如人生。

小舞台，大梦想

京剧作为“国粹”艺术，拥有许许多多的爱好者，还有的是资深的京剧票友。我虽然从“文革”开始，便跟着收音机里教唱“样板戏”节目，学会了几段精彩唱段，后来，又跟着录音磁带学会了不少唱段。但是，我始终认为，自己只能叫作“戏迷”，而称不上票友。我觉得，所谓“票友”，应当是化了妆、穿上戏服，能在舞台上演出的那才是。我虽然登上过学校、机关的舞台，也穿过简易的戏服，但那些舞台都太小，离我心中梦想的舞台太过遥远。

我从来没有想到过，年轻时候的梦想，竟然在退休以后圆了。

时间回溯至2015年11月19日。

那一天，我们河北省立法研究会与省人大法工委联合，在廊坊市固安县召开了一次全省“立法理论研讨会”。会议得到了廊坊市委、市人大、市政府的高度重视和大力支持，特别是市、县人大常委会的同志，为协助召开这次会议做了大量的工作。

那一天，我作为研究会的副会长兼秘书长，里里外外忙活了一天。上午依次到各小组巡回听取作者发言，评选优秀论文，推举大会发言代表，下午参加大会，听取代表发言、领导同志讲话，一直到傍晚时分，会议才圆满结束。

那一天，晚饭开始的时候，宋长瑞会长宣布了一个振奋人心的好消息：应霸州市委书记的邀请，由北京市京剧院青年剧团团长迟小秋带队，专程从北京赶来，为大会代表举办一场精彩的演唱会。

早就听说过，北京京剧院青年团是由历届中国戏曲学院京剧研究生及本科生等优秀青年演员组建而成。全团阵容整齐、行当齐全、文武兼备、剧目丰富。演员的表演技艺精湛，生龙活虎，富有朝气。其中，既有以著名程派表演艺术家、全国人大代表、梅花奖获得者、青年京剧团团长迟小秋领衔的梅、尚、程、荀、张各流派优秀旦角演员，又有马、谭、杨、奚、余、言各流派老生的代表，还有老旦、武丑、铜锤花脸、架子花脸、武花脸、小生等优秀青年演员。他们经过多年舞台实践，艺术上有的已驰名菊坛，有的已是崭露头角。

霸州市是著名京剧艺术大师李少春的故乡，这里建有李少春纪念馆，李少春大剧院，是全国有名的“月月唱大戏、村村有剧社”的“戏曲之乡”。

霸州市还与北京京剧院青年团联合，设立了“周末小剧场”，每逢周末，北京京剧院青年团都会按时来这里演出。

记得那一天是星期四，还不到周末，所以为我们安排的这场演出，可以说是单独“开小灶”，或者说是一次“专场演出”“慰问演出”。

吃过晚饭，大家兴冲冲地坐上大巴车，向霸州市方向进发。我们下榻的宾馆在固安县城外，离霸州市不过二三十里路程。

到了目的地，霸州市委书记带领小剧场的工作人员走上前来，与立法研究会会长宋长瑞、法工委主任冯志广以及各位副会长等一一握手，表示热情欢迎。

进入演出室，刹那间感到被一种艺术氛围所笼罩，演出厅布置得精巧而雅致，正面是一个方方正正的舞台，舞台上方“周末小剧场”五个粉红色的大字在灯光照耀下，显得格外醒目，舞台两边各有一道红色小门，分别用黑色字体写着“出将”“入相”。演出厅下方是观众席，由低而高整齐地排列着几十排座椅，我粗略地估算了一下，这个剧场可以容纳四百余名观众，恰好符合“小剧场”之名。

在舞台前三排，是特意为我们准备的，每个人的座位前有一个小桌子，上边摆放了水果拼盘，还有一壶热气腾腾的茶水。

当我们坐定之后，大幕徐徐拉上，接着响起了开场的三通锣鼓，随之，从舞台后面上来一位个子中等，俊俏硬朗的小伙子，看着他有点面熟，好像是一位小生演员，记得他的名字叫包飞。只见他走到舞台的前台，微笑着说道：“敬爱的宋长瑞会长，冯志广主任以及各位领导、来宾，大家晚上好！今晚，由北京京剧院青年京剧团为您献上一场演唱会。下面，首先由迟小秋团长为您演唱京剧《锁麟囊》选段。”

接着，大幕拉开，身着一袭红衣，黑色短衫，神采奕奕的迟小秋出现在观众面前，顿时掌声响成一片。因为迟小秋实在太有名气了！她 11 岁时，进入辽宁阜新市戏校学习京剧。1981 年跟随程砚秋大师嫡传弟子王吟秋先生学习程派，1983 年 4 月 1 日在北京正式拜师，恩师赐名迟小秋。19 岁荣获中国戏剧界最高奖项——戏剧“梅花奖”。被著名剧作家翁偶虹喻为“程派标准传人”，当今京剧程派艺术的领军人物。她唱做俱佳，舞台功力深厚，享有很高的艺术成就和造诣。

看到小秋，我先是被她的俊俏的容貌所吸引。她那眼神，清亮有力，身姿挺拔，一股卓然独立、风神俊秀之姿，淡定从容之质，皮肤紧致，完全看不出已是年逾半百之人。心里不禁感叹，难怪有人说：“唱京剧，可以让人青春永驻呢！”

迟小秋微微含笑，给台下鞠了一躬，便随着伴奏音乐唱了一段她的成名戏之一《锁麟囊》“春秋亭”一折：“春秋亭外风雨暴，何处悲声破寂寥。隔帘只见一花轿，想必是新婚渡鹊桥。吉日良辰当欢笑，为什么鲛珠化泪抛……”

果然不愧是程派领军人物，迟小秋的腔调忽高忽低，时断时续，“时而像撕丝裂锦，时而又像藕断丝连，时而像高山流水，时而又像春雨潇潇”。唱腔凄美幽怨，委婉动听，扣人心弦。其独特的程派风格，给人留下了美好而深刻的印象。

一曲终了，在观众如暴风骤雨般的掌声中，小秋又为大家演唱了一段《荒山泪》选段，同样赢得了连绵不绝的掌声。

接下来，由杨派老生，国家一级演员，第五届 CCTV“全国青京赛”（全国青年京剧演员大奖赛的简称）金奖得主，文化部评比展演一等奖得主，第三届青年京剧演员研究生班学员杨少鹏演唱。

第一次见到杨少鹏，便感觉他身上有一种后生可畏的力量。那一晚，杨少鹏演唱了《文昭关》选段和《珠帘寨》选段，演唱中规中矩，韵味纯正。我最爱听他演唱《珠帘寨》里的“昔日有个三大贤”那一段。三个“呼啦啦”，节节翻高，无处不佳。

因为我平时最喜欢老生戏，对老生的流派了如指掌。所以，尽管有诸多青衣、小生、老旦等优秀演员演出，但我只记住了几位老生演员的名字。

马派演员穆宇，穆宇一如他的名字，穆然老成，少年持重。初见穆宇，他那微蹙的浓眉，多愁的双眼，还有那满头间的白发，给人的印象最深。台上的穆宇英武、潇洒，情感细腻，保留着演员本真的好奇和自信。

奚派传人张建峰，是我们石家庄市的老乡，他 1999 年毕业于石家庄艺术学校，同年进入北京京剧院工作。他是第五届 CCTV“全国青京赛”金奖得主，是著名学者欧阳中石先生的入室弟子，中国优秀京剧演员研究生班学员。张建峰勤奋努力，刻苦学习，是一位非常有造诣的奚派老生演员。他的唱腔听起来带有润泽、温润、清新、柔软，别具一格，十分耐听的声音。

演员们轮番演唱之后，主持人邀请霸州市委书记登台演唱。他台风潇洒，演唱韵味纯正，讲究吐字发声，嗓音圆润通透。也难怪他能够与北京青年京剧团有那么深厚的交情，能够做到“召之即来，挥之即去”呢！

随后，一个让我意料不到的情况发生了，主持人包飞指名道姓地请我登台演唱。至今，我也不知道是哪一位领导同志事先传递了消息。

说实在的，能够与众多京剧名家同台演唱，是我梦寐以求的梦想，但是，当梦想即将成为现实时，我又感到犹豫、惶恐、茫然。

“人生能有几回搏”，为国家第一个获得乒乓球世界冠军的容国团的话响彻在我耳边，我站起身来，从容镇定地走上这戏剧的最高舞台，与琴师商议之后，我演唱了一段《甘露寺》选段“劝千岁杀字休出口”。这一唱段，我是在电脑上录播的戏曲频道《跟我学》栏目，跟着马派著名京剧演员张学津老师一字一句学会的，记得现场跟着学唱的还有著名播音员宋世雄、著名相声演员郝爱民。老师教得好，抠得细，让我们这些在现场或屏幕上跟着学唱的学员大受裨益。

毕竟是第一次登上梦想中的舞台，我虽然有一些舞台经验，但心里还是很紧张，觉得没有发挥出应有的水平。我想，假如再给我一次这样的机会，我会唱得稍好一些。

节目即将结束时，迟小秋团长登台对观看演出的领导和观众表示感谢，她还特意提到了我的演唱，说：“‘劝千岁杀字休出口’这一唱段，是老生的基础唱段之一，但也是最难唱的一段，连专业演员都很发怵这一唱段。李主任知难而进，唱得很好，字正腔圆，有板有眼，值得称道。”我知道，她说这些话的目的，完全是鼓励我，激励我。

杨绛先生曾说：“一个人经过不同程度的锻炼，就获得不同程度的修养，不同程度的收益。好比香料，捣得越碎，磨得越细，香得越浓烈。”经过这次非同寻常的与“名角”同台演唱的经历，让我更加热爱京剧，继续不断地充实自己，提高自己。

对于我来说，京剧必将成为我老年生活丰富多彩、不可或缺的一环……

我当公社广播员（一）

1970 年 12 月，在两位公社党委委员、革命委员会（简称“革委会”）成员的推荐下，经公社党委会、“革委会”研究同意，我正式走进西两洼公社大院，成为公社广播站的一名广播员，按照官方的称谓归类于公社协助员。

那个年代，“员”的叫法很时髦，也很流行。“员”是“文革”中对从事因有实惠而被人看好的服务行业的一种统称。源于著名电影作曲家刘炽 20 世纪 60 年代创作的歌曲《歌唱光荣的八大员》。

“八大员”指称的是售票员、驾驶员、邮递员、保育员、理发员、饲养员、售货员、炊事员。以“员”为后缀构词的风气，被认为是学习苏联制度的遗留物。当时的社会风气是鼓励人们从事以前被看不起的服务行业，刘炽写歌的命意也在于此。但官方文化大肆张扬的、肯定的，在实际生活中却依然不被惯性催动的人们所看重。

“员”的称呼成了一种弹性很大的模式，在当时和以后各个时期、各个行业都引来了各式各样的模仿、借用。在 20 世纪 70 年代，人民公社带“员”字的有：广播员、电话员、售货员、信贷员、通讯报道员、电影放映员、水利管理员、农机管理员等，号称“公社八大员”。在“公社八大员”中，我干过的有三种，分别是广播员、电话员和通讯报道员，不是我不安心工作，而是“服从命令听指挥”“哪里需要到哪里去”。

我们广播员的工资是由县广播站发放的，每月 25 元，要交所在大队（村）9 元，由大队让生产队每月给记 30 个工分。那时候，一个成年壮劳力，加上早晨，干满一整天，才记 10 个工分。如遇雨雪天气或者家里有点事情，不能下地劳动，一个月下来，很少有人能够拿到 30 个工分。所以对我们来说，还是比较合算的。至于大队收钱，生产队给记工分，这里头有什么说道，就不得而知了。照理说，大队对生产队应当有所表示，不然，生产队不是吃亏了吗？除了每月交大队记工分的 9 元钱以外，由于要在公社里吃住，还要拿饭费，加上吸烟的开销，每个月剩不下几元钱，还得省吃俭用，精打细算，以尽可能贴补家用。

20 世纪 70 年代初，正值“文革”中期，被造反派打乱了的生产生活秩序初步得以恢复，社会不再像“文革”初期那样剧烈动荡，人们已能够安下心来过日子了。至于招工、招生、找工作，只要本人和主要社会关系没有所谓政治历史问题，一般用不着托人找关系。我的七八个同事先后当上了公社协助员，都没有任何社会背景，基本上是凭自己的真才实学被公社党委、“革委会”认可和接纳的。也甭说，那时候农村真没有多少像样的文化人。人才极度匮乏，也许这就是我们走时运的主要原因吧。

我非常喜欢广播员这份工作，因为它不仅让我挖掘到人生的第一桶金，也是我打小迷恋的事情，从上小学开始一直到读初中，我都特别喜欢诗朗诵，也因此获得过不少奖励。我心中最崇拜的偶像是中央人民广播电台的播音员夏青、方明老师，我也曾私下里模仿他们的声音。我就要正式走上播音员这条路了，心中的喜悦之情，无以言表。

我是 1970 年 12 月 20 日到公社报到的，因公社设在西两洼村，因此就以所在地的村子命名，全称叫作西两洼人民公社。西两洼公社是安平县最东边一个规模较小、经济比较落后的公社，东南北三面与饶阳县交界，下辖十一个自然村，另外还有供销社、信用社、卫生所、粮站、拖拉机站五个社直单位。此外，还有战备连、冶金部建筑研究院“五七干校”、北京钢铁学院“五七干校”三个县直或中直单位。战备连占用的是原两洼农场的地方，两个中直单位的“五七干校”，占用的是原寨子农场的地方。据说，北京钢铁学院“五七干校”原来在比较偏远的贵州省农村，后来经冶金部建筑研究院推荐，才搬迁过来。

西两洼公社大院位于西两洼村的最西头，坐北朝南，大门洞很宽大，可以进汽车、拖拉机，两边各安了一扇黑漆大门。院内有南北两排平房，每排有十几间屋子，除了办公室、会议室是两间的屋子之外，其余的都是单间。后来，随着人员、机构增加，又在院子中间靠东头，盖了七八间平房。公社大院里有一眼吃水井，是人工挖凿的，原来安装着辘轳，后来因为地下水位不断下降，辘轳不能用了，干脆就拆掉了，改用水桶提水。院子的东西两侧，用砖垒砌了高高的围墙。在西围墙外，有半个足球场大的一米多深的大坑，那是公社盖房子时取土垫地基形成的。由于常年干旱，大坑里并没有水。隔着西围墙，可以看见地里的庄稼。

我到公社报到时，已经有一位同事比我先到了，她是一位女同志，名叫张小妥，是本公社前铺村人。张小妥的父亲去世比较早，所以娘和两个哥哥都特别宠爱她，她从小就泼辣能干，是村里有名的“铁姑娘”。也正因为如此，她在全公社的女孩子中脱颖而出，成为一名不脱产的公社党委委员、“革委会”委员。

张小妥中等身材，一头漆黑的齐耳短发，瓜子脸，细眉毛，眼睛不大、清亮有神。给人印象比较深的是她那张嘴巴，比一般人要大一些。她平时爱笑，笑起来，嘴巴显得更大了。所以，她一边笑，一边下意识地用手把嘴巴给捂起来。按照相面的行话说，“嘴大吃四方”，意思是说，嘴巴大的人有福气，一辈子都不缺吃和穿。因为张小妥踏实肯干，对工作认真负责，有能力、有魄力，她在公社干了还不到两年，就转了正，到县里去工作了。

公社广播站的分管领导是公社党委副书记、“革委会”副主任赵彦宗，赵彦宗是安平县黄城公社（乡）堤沃村人。

赵彦宗那时有30多岁，长得五大三粗，浓眉之下，一双豹子眼，让人心生敬畏。他看似一个粗人，实则粗中有细，是个“刀子嘴豆腐心”的人。特别是对我们这些“小伙计”（他喜欢这么称呼年轻人），非常关心爱护，体贴备至。过了三年，他调到袁营公社任党委书记、“革委会”主任。临别之际，我们几个年轻人都忍不住掉下了眼泪。后来，我和李栋营还专门跑到袁营公社去看了他一次，那天中午，请他在我爱人的姨家宋营村吃了一顿饭。

我初到公社的时候，广播站刚开始筹建。当时，县广播站给各公社配置了一台500瓦电子管扩大机，一个话筒，我们自置了一台手摇留声机，这在当时已经是“重装备”了。县广播站的信号，借用县内电话线路传输到公社电话分机，再由分机拉一根线通到广播站。

新建的公社广播站开始设在北边一排房最东头一间屋子里，既当广播室，又是我的卧室。那时站内设备简陋，只有扩音机、话筒、配电板（只装有几把闸刀）。后来，随着增加了大型设备，便搬到了南边一排紧挨着大门西侧的屋子，那间屋子原来是办公室，两间房子一个门，中间是通透的。为了保密，也为了隔音，两间屋子之间又安了一道门。广播设备安装在东里间屋，外间屋是值班室兼卧室。有了设备，下一步就是搞广播线路“村村通”工程了。

1970年，刚过了春节，公社党委马上召开动员大会，号召全公社用三个月的时间实现有线广播“村村通”。为此，公社全体干部齐出动，包村包户，限期完成任务。我和张小妥也深入到村里，进行技术指导，先教给他们在大队办公室装一个双向闸刀，广播时间，把闸刀推上去通广播；广播结束，拉下闸刀通电话。然后，从大队办公室通出一根线，将这条线用14号铁丝设法通到各家各户。“群众是真正的英雄。”在架设“入户线”的时候，各村有各村的高招，有的用的是埋好的木头杆子，有的是将角铁、瓷瓶钉入砖墙。总之，每个村架设的广播网就像是蜘蛛网。加上20世纪70年代农村的房屋大都是砖混房，在那样的环境条件下，架设的线路别说是用铁丝，就是用绝缘的皮包线也难以保证质量。信号时断时续，有时无法正常收听。然而就是这样，广大人民群众的热情之高，可谓史无前例，家家户户抢着安装。因为当时农村的业余文化生活太贫乏，老百姓除了过春节时，条件好的村子有业余文艺宣传队可以给社员们演演文艺节目，或者排练演出“样板戏”外，其余什么都没有。整天除了吃饭、干活、睡觉外，还能有什么呢？当时老百姓把这种生活形容为“仨饱一个倒”。因此，有了小喇叭，就别提多高兴啦。那时安装的入户小喇叭，有舌簧喇叭、陶瓷片的纸盆喇叭。

小喇叭一般安装在室内的房梁或山墙上，小喇叭有两根线，一根线从外边接进来，进入小喇叭，再从小喇叭上连一根线到地下。接地线是为了使它成为有线广播的回路，如果没有回路，有线广播就不能工作。小喇叭安好了，那个像一张饼大小的玩意儿，就开始有说有唱了。有的农户，把小喇叭当成自家的宝贝，专门给它制作了一个正方形的木制的匣子，正面设计的是当时流行的圆形包围着五角星的图案。圆形内，除五角星外，其余部分是镂空的，用来向外传递声音，内衬一块红布。

乡下人对小小的广播喇叭，充满了神秘的感觉。有一次，我有事回家，在大街上遇见我一个姑姥姥，她一见到我，连忙凑过来，神秘兮兮地问道：“你这么大的一个人，是怎样跑到小小的广播喇叭里面去的呢？”逗得她身边的人一个劲儿地笑，真是一个“老小孩”。说句实在话，我很小的时候，面对着“戏匣子”（收音机）那小小的神奇之物，也曾不止一次地想过：“这人是如何钻到匣子里面去的呢？”

在公社广播站的那些日子里，每当我走在大街上，总有人认出我就是天天在喇叭里讲话的人。于是，憨厚淳朴的乡亲们热情地招呼我，成群的小孩好奇地瞧着我，一些胆子大些的小孩还学着我的腔调：“西两洼公社广播站，现在开始播音啦。”所到之处，亲切融洽。

有线广播“村村通”工程实施后，我们的广播每天分早、中、晚三次播放，播音时间在6小时以上。有线广播成为社员们日常生活的作息令，一天也离不开的好伙伴。每天清晨6点钟，《东方红》乐曲准时响起，社员们听到歌曲就会起床，不用看闹钟。生产队长随即在广播里安排社员一天的劳动任务，人们用不着自己费神思考。因为在人民公社大集体的年代里，都是由生产队统一安排劳动并记工分的。生产队长在广播里安排劳动任务时，一般重复讲两遍，社员们认真地听，生怕漏掉了。早上6点30分是第一次播音，转播全国各地人民广播电台联播，8点30分结束，歌曲是《大海航行靠舵手》。这时候，社员们就伴随着这首曲调明快、歌词形象生动的歌曲，迎着朝阳出工劳作了。中午11点30分开始第二次广播，到13点30分结束。18点30分开始第三次广播，19点播送的节目是河北人民广播电台新闻联播，20点是全国各地人民广播电台联播节目。大集体的年代，经常要挑灯夜战，听完广播的结束歌曲《大海航行靠舵手》以后，有的仍未收工。

在公社有线广播“村村通”工作中，冶金部建筑研究院“五七干校”的同志，给予了我们极大的支持。他们专门抽调了几位高级工程技术人员到北京，集中采购原材料，为我们组装了立式大功率扩大机、录音机，为11个村子组装了交、直流两用扩音机（有的村还没有用上电）、高音喇叭等。这些器材和设备，比市场价便宜了很多，使我们的广播工作有了质的飞跃，由一级转播变为两级转播，广播质量得到了有效保障。记得当时县里在我们公社召开了现场会，号召全县各公社学习我们办有线广播的经验。

在冶金部建筑研究院“五七干校”的大力支持下，我们的广播由最初的直播变成了录播，由带动几百个小喇叭，到带动几万个小喇叭和几十个高音喇叭，充分发挥了有线广播的作用。使有线广播成为党在农村中向农民群众进行思想教育的有力武器。广大农民已对有线广播产生了浓厚的兴趣，各村小喇叭安装后，特别是有了高音喇叭后，有很多社员围拢来听广播，在一只大喇叭下，常常围着几十个男女老少，随着广播节目的变化，时而鸦雀无声，时而哄堂大笑，听得津津有味。

自从有了广播站以后，公社党委经常利用有线广播宣传党的方针政策，收听县里的电话会议、召开广播大会、播发政令和通知、介绍生产技术、表彰先进人物、预告气象信息等。

在物质匮乏、文化生活单调和信息闭塞的年代里，有线广播成为农村了解外界和传达贯彻上级指示精神的一个重要工具和窗口，它无论是在传播信息、部署工作，还是在丰富人民群众的精神生活等方面都发挥了巨大的作用，成为当时农村的一道独特的亮丽风景。

公社广播员的工作，看起来很风光，很神气，说起来很轻松：“风吹不着，雨淋不着，日晒不着。”实际上，当广播员特别辛苦，特别累。这辛苦是身体方面的，每天播音在6个小时以上，而且早、中、晚都是在人们吃饭的时间播出，可以说从来没有吃过“正时饭”；这累是精神心理方面的，广播属于上层建筑，是党的喉舌，特别是当时尚处于“文革”时期，“扣帽子”“打棍子”的歪风邪气盛行，容不得半点差池。特别是刚开始时的直播阶段，倘若念错稿子，说严重点儿，不仅饭碗给砸了，弄不好还会犯政治错误，一辈子抬不起头来。所以，每次播音时，精神都高度紧张，全神贯注，容不得一丝一毫的麻痹大意，长此以往，人都变得有点儿神经质了。特别是清晨的广播，要密切关注类似“美国之音”等“敌台”的干扰，一旦发现，马上采取措施处理。

在公社和县广播员这个极平凡的岗位上，曾涌现出不少社会名人，著名主持人、电影演员倪萍，著名新闻播音员邢质斌等。据央视著名播音主持人赵忠祥回忆：“1973年，当时的中央电视台叫北京电视台，只有我和沈力、吕大渝三名播音员。随着新闻信息量增大，相当缺新闻播音员。有一天录音科科长宋培福到北京郊区大兴县的岳父家，突然在门口听到了大兴县县广播站传出一个特别的女声，音质的力度、抑扬顿挫的感觉，让他大感意外。宋培福立即通过大兴县广播站，找到了那个播音员，她就是邢质斌……不久，宋培福就为台里推荐了邢质斌……从 1974 年开始，我就和她一起主持央视新闻节目。邢质斌的播音才华很高，她的音质质感属一流，是在《新闻联播》工作时间最长的播音员……”

但是，在那个年代里，有线广播和其他宣传工具一样，也宣传了“人有多大胆，地有多大产”“不怕做不到，就怕想不到”“鼓足干劲大生产，放开肚皮吃饱饭”，等等“左”的思想，产生了一些负面影响。（未完待续）

我当公社广播员（二）

如前所述，由于公社广播站所使用的信号是县广播站通过邮电局的电话线用载波的形式发送的，传输质量差，隔三岔五地发生故障，偶尔还会出现信号突然中断的情况。因为电话线是用木杆、铁丝、瓷瓶架设的架空线往下传输的，接收到的信号很微弱，稍微有点儿漏电、短路，信号就更弱或者干脆接收不到。我们对村里的广播，也是利用公社分机的电话线作为载体的，漏电、短路更是“家常便饭”，好在公社广播站到各村的距离都在 1 里至 5 里范围之内，距离短，线耗少，各大队又都有扩大机，经他们再次转播，倒也说得过去。但是，随之而来的问题是，每天三次广播期间，电话就没办法打了。无法打电话，社员们倒也无所谓，他们一年也打不了几次电话。但是，对于战备连、冶金部建筑研究院“五七干校”、北京钢铁学院“五七干校”三个县直或中直单位来说，就“遭殃”了，离开了电话，他们就好像断了线的风筝，完全失去了与上级的联络。为此，他们没少向公社党委会、“革委会”反映，要求另外架设一条有线广播线路。

单独架设有线广播线路，在当时的经济条件下，简直是“镜中花水中月”。那年月，各个村子连一根像样的电线杆子都拿不出来，通往各村的电话线已经连续多年“带病运行”了。

如何才能有一条自己的广播线路，成为我们一直苦思冥想而又无计可施的难题。

1971 年，公社广播站又增添了一名新成员，他叫李栋营，东程干村人，是我在社办高中和县“五七综合学校”哲学班的非常要好的同班同学。

李栋营长得中等身材，留分头，一副国人特有的国字脸，浓眉之下，闪烁着一双大眼睛，高鼻梁，阔海口。除了身高有点儿欠缺之外，俨然一个帅小伙。或许是没有干过多少庄稼活，他皮肤细腻，尤其是那一双不大的手，柔若无骨，爽爽滑滑，与大姑娘的手没有什么区别。李栋营为人忠厚、善良、谦和、正直，和睦亲朋、与世无争。李栋营大我一岁，上中学时，却低我一个年级，是“小三届”中的 67 届初中毕业生。他爱好广泛，喜欢京剧，特别是说快板书那叫一个绝。他天生一副好嗓子，那带有磁性的男中音，为他赢得了许多“粉丝”（虽然那时还没有这个词汇）。

李栋营是西两洼公社乃至全县的公社协助员中干的时间最长的一个，从风华正茂、激情飞扬的青年，一直干到花甲之年，有三十七八个年头，陪伴了十五任公社党委书记。这也反映出他对革命工作高度的事业心和责任感。哪怕世事沧桑、人事更迭，他就像一颗永不生锈的螺丝钉一样，心无旁骛地干好自己的本职工作，从不为金钱、地位、名利等所诱惑。他把工作和自己的生命画了一个等号，在激情燃烧的岁月里，发出了虽然微弱，但却是拼尽全身力量而发出的那份光和热。就像古希腊著名思想家、哲学家苏格拉底说过的一句话：“每个人身上都有太阳，主要是如何让它发光。”

李栋营的到来，不仅使公社广播站增添了一名生力军，让我们这支队伍形成了名副其实的“三驾马车”，而且在播音的类型、音质音色方面形成了“强强联合”，我的男高音，张小妥的女高音，李栋营的男中音，形成了和谐的三重奏。

不少来西两洼公社下乡的县直干部听了我们的播音，都啧啧称赞。我本家的一位叔叔李奎府的姨表弟王中卯，在县法院工作，那年到我们公社下乡，住在公社里，听了我们的播音，将我们三个人分别形容为“小夏青”“小葛兰”“小方明”。他还热心肠地把我推荐给了县广播站播音员邢老师。邢老师以前是安平中学的语文教师，成立县广播站时调过来当了播音员。虽然她没有教过我，但是我一直称呼她为老师。邢老师叫什么名字，我不知道，因为一般学生都忌讳提老师的名字。

有一次，我到县广播站开会，会议一结束，邢老师就神秘兮兮地将我拽进播音室，递过一张《人民日报》，让我朗读其中的一篇文章，她则打开录音机，一边录音，一边静静地听着。原来，她还真的把我当成“小夏青”啦。录了大概有十多分钟，邢老师说：“好了，就录到这里，你先回去吧。”究竟朗诵得是好还是不好，行还是不行，邢老师当时并没有表明态度。我心里想，肯定是砸锅了，事先一点思想准备都没有，拿起一篇文章连看一眼也没有，就要播出来，这难度也太大了，就是专业播音员也不行啊，何况自己是个还没上路的毛头小伙呢！邢老师怎么着也得有个态度吧。

后来，我从广播站张副站长那里得知，那天我录完音之后，邢老师很高兴地向他推荐了我，并连声说：“好苗子，李进章真是个好苗子呀！”张副站长是部队转业干部，为人热情、坦诚，在下属面前没有一点架子。有一次开完会，他见我头发长了，非得给我理发。一边理发，看见我的头发长得很硬实，根根直立，后脑勺的头发长得有些靠下，便开玩笑说：“你小子的头发长得挺少见，不仅挺拔，还一劲儿往下发展，我猜你一定是个‘花椒布袋——材料兜’。”这样一个和善的领导，说话肯定丁是丁，卯是卯，不会玩“虚悬套”（方言，指不会用假的骗人）。

或许是我与广播员没有缘分，那次录完音之后，我很快就被公社领导安排到了公社分机，当了机线员兼话务员，而邢老师也随其丈夫去了天津工作，这件事也就不了了之了。

广播站人多了，力量大了，那个萦绕在我们心头的单独有一条自己的广播线路的话题，重新提上了工作议程。或许是以前没有认真思考过，总觉得这是一个无解的难题，等到真正作为一个议题提出来讨论后，反倒一下子有了主意。我联想到社员们浇地时，有时水要经过道路，为了不影响通行，就用一根粗胶皮管子埋在道路之下，既解决了浇地问题，又不影响交通。这个一举两得的办法，我们何不用来仿效呢？我刚把这件事列举出来，还没有说下文呢，张小妥反应得很快，立刻就猜到了答案："你是说要把广播线埋在地下吗？""是啊，既然地上行不通，我们为何不在地下想想办法呢？"我说。"对呀，这可真是个好点子。"心直口快的李栋营说。"我也觉得这个办法可行，但是有几个具体问题需要想办法解决。"毕竟是老大姐，又是公社党委委员，张小妥经得多，见得广，她不紧不慢地说完前言，而后，把她想到的实际问题一五一十地摆了出来。这些问题主要是：一是线路是走田间地头还是走大路？二是用电缆还是胶皮线？三是如何解决老鼠啃咬线路问题？四是这么大的工程如何才能确保完成？

围绕着张小妥提出的四个现实问题，我们用了两天时间进行讨论，"三个臭皮匠顶个诸葛亮"，经过认真思考，深入研究，最后难题一个个被攻破了。我们共同的思路是：将胶皮线深深地埋在道路的一侧。用胶皮线，主要是考虑可以节省一大笔经费；深埋，是为了有效防止老鼠啃咬；埋在道边，则是为了在施工期间不影响人们出行。思路有了，方向明了，一个新的问题出现了，在几十年形成的坚硬的道路上如何开挖沟槽？用人工，显然不行，既费力，时间上也耗不起。正当我们再次陷入僵局的时候，怎么那么巧，窗外传来"突突突"的拖拉机的声音。"对，用公社拖拉机站的大型拖拉机带深耕犁！"我们三个人想到了一块儿，几乎同时说出了口。那时，公社拖拉机站有50马力的履带式和轮式拖拉机各一台，并配有深耕犁。

为了促成这件事，由张小妥和李栋营口述，我执笔，起草了给公社党委的报告:《关于埋设地下线，有效解决广播与电话相互干扰问题的报告》。在报告中，我们详细阐述了埋设地下广播线的好处，提出了具体实施的意见。这份报告契合了领导的心思，赵恒印书记和两位副书记商量后，认为这件事切实可行，马上召开了各大队党支部书记、社直单位负责人（主要是拖拉机站）会议，对埋设地下广播线进行了动员和部署，一场新的有关有线广播的战役拉开了序幕!

会议结束后，我们三个人做了内部分工，张小妥负责值班和对外联络，我和李栋营负责买线、布线，监督埋线质量。我们先到县五金公司采购了几十捆“胶皮线”，那时所谓的“胶皮线”，名为胶皮，其实材质是塑料，不过是在十几根像头发丝细的铜线外包裹一层塑料而已。那线是双股的，黏合在一起，用时再拆开。等我们把胶皮线买回来，我回村里借了两个“线拐子”。“线拐子”，也叫绕线器，是过去农村织粗布时用来拐线的一种木制用具，其形状多为“工”字形。我们村过去织粗布的人家挺多，不少农户还保存着织布机以及织布用的工具。我和李栋营把买来的胶皮电线缠绕在线拐子上，缠着线又发现一个问题，一盘线缠完之后，与另一盘线之间必然出现一个接头，接头处都是裸露的线头，裸露的线头肯定是不能直接埋入地下的，否则会导电，必须想办法加以解决。怎么办呢？我们很快就想到了点子。

那时，卫生院医生给病人打针用的青霉素还是粉末状的，这些白色粉末装在一个拇指大小的玻璃瓶子里，上面用软橡胶盖密封。打针之前，把针头扎进瓶子里，将针管里的生理盐水注射进去，用力摇晃小瓶，直到粉末充分溶化后再吸出来，给病人注射。打完针以后，这小瓶子就没有用了。在公社卫生院的角落里，这些废弃的小瓶子堆得到处都是，在他们那里是“废物”，在我们眼中却是“宝物”，我们可以化废为宝，将这些小瓶子全都收集来，将电线裸露的接头焊接好以后，放到小瓶里，然后灌上熔化后的松香和蜡油，凝固后既绝缘又结实。这样，接头漏电的问题便迎刃而解了。这些说起来很简单的事，做起来其实一点儿也不轻松。多少个夜晚，我和李栋营都在“点蜡”鏖战。看着燃烧的松香和蜡油一滴滴地滴进小瓶里，直到滴满凝固，我们心里高兴极了，深深为自己的小发明而沾沾自喜。

前期准备工作做好了，公社党委会、“革委会”一声令下，铺设地下广播线的战役开始了，说起来那真是一场“人民战争”。可惜的是，当时没有照相机，更没有录像机，没有能够将那热火朝天的劳动场面拍摄下来，作为历史资料好好地珍存，真是可惜可叹！这里，只好借用笔墨来描述一番了：每天清晨6点，随着小喇叭，特别是高音喇叭里传出的《东方红》乐曲响过之后，大队党支部书记就率领着各生产队队长来了，后面是长长的、扛着铁锨的、雄赳赳气昂昂的青壮年队伍。因为铺设地下广播线是一项政治任务，那些出身不好的、有政治历史问题的，是绝对不允许参加的。

公社拖拉机站的拖拉机“突突突”地开过来了，履带式拖拉机在道路一侧碾轧着地面前行，轮式拖拉机带着深耕犁在后，第一遍先将硬地面的土翻起来，第二遍将更深层的土翻出来，等社员们将沟槽里的覆土清理好，我和李栋营的工作便开始了，一个人牵着线头在后面蹲着，一个摇着线拐子倒着走放线。等线放好了，社员们开始往沟槽里填土。土填满之后，履带式拖拉机开始来回碾轧，直到基本恢复道路原状为止。

每一天，我们和拖拉机手、村里的青壮年们都重复着上述工作。只不过，村里的人换了一拨又一拨，拖拉机手换了一个又一个，我和李栋营却始终坚守在工作岗位上。也不知过了多少日子，这条深埋在地底下的广播线终于就位了，我们从此有了一条属于自己的独立的广播线路！

这条广播线至今还在地底下埋藏着，也许它早已腐烂，难觅踪迹。但是，按照“物质不灭”定律，它已经和朝夕相伴的大地融为一体，而且永远留存在我们的记忆中：可爱的地下广播线，你是我心中永恒的精灵！

跋　人如高山仰止，文如流水行云

——李进章及其散文集浅议

映潭

欣闻李进章老师的散文将结集出版，欣喜之情，溢于言表。不能不说，这是作者多年伏案笔耕的硕果；这是作者几度春秋呕心沥血的结晶！

笔者和李老师相识、相知、相交于网刊《绝对文学》。彼时，本人偶有文字被选用，李老师的文章频发，一来二往，彼此了解渐深。文章使我们结缘，文章使我们相亲。作者的散文，我几乎全部读过，一言以蔽之：似醇酒、若香茶，细细品茗，近乎陶醉、意犹未尽、余味无穷。深情回味，翰墨留香、余味无穷。

几年网络相处，深知李老师正直、善良、博学、睿智，颇有大家风范、学者风度；为人处世，泾渭分明；待人接物，仗义慷慨、大气谦恭。深受广大读者喜欢，深受社会贤达的尊重。

李进章老师早年身居乡村，当过公社协助员、民办教师、县教育局文员。1978 年国家恢复高考，他以一个初中毕业生的学历考入大学，成为当时全乡的文科“状元”。自此，他便如鱼得水，以其丰富的学识和超凡的能力，受到领导赏识和重用：先是留校任教、担任系副主任，成为全校第一个河北省优秀教师；后被司法行政系统领导看中，选调到司法学校担任校长，带领全体教职员工，经过不懈努力，将一所普通中专升格为省部级重点学校，荣获省级文明单位称号，并被司法部荣记集体一等功、个人二等功；进入地方国家权力机关之后，长期从事地方立法工作，屡有创新发展，曾被中共河北省委表彰为“思想政治工作先进个人”。

2011 年退休后，李进章老师继续发挥余热，仍担任河北省立法研究会副会长，河北经贸大学兼职教授、硕士研究生社会导师。工作之余，他广交八方文友，结缘贤达名人。笔耕不辍，泼墨撰文，著书立说，出版作品，在报章网络刊发文章，其文章篇篇引人注目，吸引读者如云，留言赞赏者数不胜数。长城内外，大江南北，燕赵浙皖，齐鲁三晋，不乏“粉丝”知音。

此次李老师大手笔，一举推出两部散文集：一部《最忆是故乡》，分为故园情深、亲吻大地、花木逢春、远方的家、低吟浅唱五个专辑，收入 35 篇（43 集）散文；另一部《人生小舞台》，分为千锤百炼、深情演绎、缘分天空、行者无疆、浮光掠影五个专辑，收入 32 篇（37 集）散文和随笔。两部新书相互辉映，相得益彰，令人期待。

综观 67 篇（80 集）文章，或叙事，或抒情，或追忆往事，或浏览世情，无论何种体裁，何种方式，无不表达其对党、对祖国和人民的热爱，对故乡的眷恋，对记忆中美好事物的依依之情。文章有的托物言志，有的借景抒情，有的叙议结合，有的放笔铺陈，篇篇都不是空洞说教、无病呻吟。写家乡，老屋炊烟，感情细腻，活灵活现；叙人物，男女老幼，特点鲜明，栩栩如生；绘风景，山水田园，秀美壮丽，惟妙惟肖；话农桑，五谷花木，鲜活灵动，如闻其香；谈感情，喜怒哀乐，真情流露，触动人心。读者阅其文，如闻其声，如见其人，如临其境，使人心旷神怡、放飞心情。

作者文笔独特，文风淳朴。篇篇仿佛高山流水，清澈明净。既不滥用辞藻、故弄玄虚，也没有晦涩费解词句，语言朴实生动，多是娓娓道来，引人入胜。虽不敢与唐宋八大家并论，却也是一枝独秀、文苑美文。

“江山代有才人出，各领风骚数百年。”如今，李进章老师已年近古稀，但身体强壮、精神矍铄、才思敏捷、佳作频频。闲言恕不赘述。期盼新书早日问世，期盼李老师“岁临夕阳人不老，文苑群芳再攀峰”。

后记

我从年轻时就喜欢文学创作，亦曾有作品在县文化馆油印的《安平文艺》上发表。1978年考上大学之后，由于对所学专业开始不感兴趣，加之大学里有的是自由支配的时间，于是除了写了一部中篇小说之外（因故丢失），各种体裁的文章都写，诸如影评、剧评、杂文、故事……累计起来有50多篇。其中，最具影响力的当属《评话剧“救救她”》，发表在《石家庄日报》头版头条，占据了半个版面，还给配发了一幅剧照，我也因此文一举成名，被该报聘为“骨干通讯员”。最成功的是中国女排在日本夺得第一个世界冠军之后，我在比赛马上结束时，匆忙写就的一篇通讯报道，当即让年轻的同学送往各个媒体。第二天，河北电台、石家庄电台、《河北日报》《石家庄日报》《建设日报》（属石家庄地区）5家新闻媒介同时播出或发表。

到了大三之后，由于专业课开始讲授了，我这才“金盆洗手”，打那以后与文学创作“彻底绝缘”。此后，1982年毕业留校任教11年，担任中专校长5年，调任河北省人大法工委从事地方立法工作13年，将近30年时间没有动过“文学创作的”心思。

2011年退休之后，第二年，我开始尝试着写纪实性回忆录，先后写出了《风雨少年行》《珍藏岁月的痕迹》，出版了93万字的《释怀人生》（全二卷）。自此，写作的热情不断高涨，在“我的卧虎湾”“绝对文学”“乡土文学”“今日作家”等公众号上发表散文、小小说、随笔等200余篇。我成为河北省作家协会会员以来，接连出版了《童年那些事》《小院几度桃花红》以及即将面世的《最忆是故乡》《人生小舞台》四本散文集、散文精选集和散文随笔集。

如今社会，人心浮躁，喜欢读书的人少了，即使是著名作家，他的书也只是让某些大款、社会名流买来摆在书柜里充充样子而已，能有几人去认真阅读？更何况是平民百姓！既然没有读者，出书的意义会大打折扣，“可叹新书印千册，尚藏车库染灰尘！”至于我出版的书，并没有打算作为流通物的意思，我只想待这些书出版后，赠送部分设区的市图书馆和学校图书馆收藏，送给家人、亲戚、朋友、同学、笔友一起来分享这写作的乐趣。

如前所述，《最忆是故乡》所收录的35篇（43）集散文，原创都是发表在多个公众号上，而后有一部分散文和随笔，在《老人世界》《公民与法治》《衡水文学》《荷花淀》《安平文学》等刊物和《燕赵晚报》《保定日报》《衡水晚报》《衡水晨报》的报纸上公开发表的。

本书中的散文，大多数是叙事散文，也有一些属于游记或者抒情散文。我的写作离不开我所经历的生活，以及闻听过、思考过的人生。有生活才有经历，有经历才有感受，有感受才有表达的冲动，有冲动才有最终的纸端文字。

我很庆幸，自从致力于散文写作后，逐渐被一些读者认识和认可。我虽然没预料到自己的作品会受到读者的青睐，但我敢肯定，读者接受的一定是我作品中所表达的真情实感。一篇优秀的散文作品，绝不仅仅在于文字的优美，最重要的是要有独到的思想性、艺术性和现实性。读者通过作家的作品能了解到历史文化，看到时代变迁，听到作家心声，领略作品的美妙，这才是散文高于其他文字的独特之处。

本人虽不具有悲天悯人之豪情，但平生也见不得不平事，空怀疾恶如仇之心。关注生活、记录人生，尽管自己的文笔还算流畅，描述也还清晰，但涉及人性的描述、情感的抒发，因笔力不逮，刻画不深，所写散文阅读性尚可，欣赏性略感不足，这是以后写作中需要加以改进提高之处。

感谢我的文友映潭（微信名）先生，不辞辛劳，为拙作所作的真情流淌、充满友谊的“跋”。映潭先生是一个人品、文品俱佳，为人尊重的退休“园丁”，与我相交甚笃，再三叮嘱我不要用其真实姓名，我只得从命。

感谢主编凌翔主任严谨认真、兢兢业业的精神，这种精神，其实也是对作者和读者高度负责的表现。

感谢本书责编老师以严谨的工作作风，精益求精地反复审阅书稿，为保证图书的质量所付出的努力。